Fernand BRAUDEL
Tempo e História

Fernand BRAUDEL
Tempo e História

ORGANIZADOR
Marcos Antônio Lopes

ISBN — 85-225-0422-9

Copyright © Eli Diniz

Direitos desta edição reservados à
EDITORA FGV
Rua Jornalista Orlando Dantas, 37
22231-010 — Rio de Janeiro, RJ — Brasil
Tels.: 0800-021-7777 — 21-3799-4427
Fax: 21-3799-4430
e-mail: editora@fgv.br
web site: www.fgv.br/editora

Impresso no Brasil / *Printed in Brazil*

Todos os direitos reservados. A reprodução não autorizada desta publicação, no todo ou em parte, constitui violação do copyright (Lei nº 9.610/98).

Os conceitos emitidos neste livro são de inteira responsabilidade dos autores.

1ª edição — 2003.
1ª reimpressão — 2008; 2ª reimpressão — 2014.

Preparação de originais: Luiz Alberto Monjardim

Editoração eletrônica: Victoria Rabello

Revisão: Aleidis de Beltran e Fatima Caroni

Capa: Leonardo Carvalho

Ficha catalográfica elaborada pela Biblioteca
Mario Henrique Simonsen/FGV

Fernand Braudel: tempo e história / Marcos Antônio Lopes (org.) — Rio de Janeiro : Editora FGV, 2003.
  184p.

  Inclui bibliografia.

  1. Braudel, fernand, 1902-1985. 2. historiadores — bibliografia. I. Lopes, Marcos Antônio. II. Fundação Getulio Vargas.

CDD — 920.99

Sumário

Apresentação		7
1.	O homem e o historiador *Maurice Aymard*	11
2.	Tempo histórico e civilização material *Antonio Penalves Rocha*	21
3.	O traje novo do presidente Braudel *François Dosse*	35
4.	Tempo e estrutura na unidade do mundo mediterrânico: Fernand Braudel e as voltas da história *Eliana Regina de Freitas Dutra*	57
5.	O tempo, a duração e o terceiro não-excluído: reflexões sobre Braudel e Prigogine *Immanuel Wallerstein*	71
6.	Um tempo para a história *Marcos Antônio Lopes*	81
7.	A longa duração das civilizações *Maurice Aymard*	101
8.	A temporalidade e os seus críticos *José Carlos Reis*	111
9.	O capitalismo anterior à Revolução Industrial *Carlos Antonio Aguirre Rojas*	123

10. O Mediterrâneo antigo   141
    Fábio Duarte Joly

11. A história da civilização latino-americana   151
    Carlos Antonio Aguirre Rojas

12. Braudel e o Brasil   169
    Luís Corrêa Lima

Apresentação

Reunindo textos que examinam diferentes aspectos da obra de Fernand Braudel (1902-85), este livro tem a intenção de prestar, à moda acadêmica, homenagem a um dos maiores historiadores do século XX. Pode ser que essa justificativa — também admiração confessa por sua obra — instale a seguinte dúvida: mas por que ler Braudel nesta altura dos acontecimentos, ou melhor, qual o sentido de um livro sobre Braudel neste Brasil de início de século? Quais as suas relações com a historiografia brasileira e, por extensão, com a cultura historiográfica latino-americana? Notamos que essas interrogações podem assumir facilmente os contornos de um complexo programa de pesquisa, porque a estatura intelectual do autor e a magnitude de seus trabalhos levar-nos-iam a isso. Mas se é fácil desdobrar essas perguntas em muitas outras, para encontrar várias respostas, a melhor e a mais simples talvez seja esta: a existência de numerosos artigos sobre o pensamento histórico de Fernand Braudel — a maioria deles de historiadores latino-americanos — é uma prova eloqüente de que seu trabalho repercute em nosso tempo. Além disso, na última década, volume considerável de seus livros foi editado em língua portuguesa, o que parece demonstrar que o autor possui os seus leitores.

Os artigos aqui reunidos formam uma análise abrangente de seus textos, que, diga-se de passagem, é difícil de ser "digerida". Com isso não se pretende desestimular a leitura direta de seus numerosos — e volumosos! — livros, escritos normalmente no formato de uma densa trilogia, que, segundo a ironia de Peter Burke, "confirmam o direito do autor ao título mundial dos pesos pesados". O efeito que procuramos é o exato oposto: estimular novos estudos sobre Braudel em nosso país talvez seja um dos aspectos relevantes que devemos reivindicar legitimamente para esta coletânea de ensaios. Se de fato constatamos uma concentração de artigos em torno do que se configura como uma de suas principais contribuições às ciências humanas — a teoria dos tempos múltiplos da história, que inclui a célebre idéia da longa duração —, essa convergência temática sobre um aspecto central não exclui diversos outros horizontes das visadas teóricas e da imensa atividade heurística do autor de *O Mediterrâneo*.

Mas se o livro segue o espírito de obra comemorativa, afirmamos com convicção que a importância do pensamento histórico de Fernand Braudel transcende qualquer evento dessa natureza. A universalidade de sua obra e a figura de relevo que ele faz no amplo conjunto das ciências humanas do século XX justificam, em qualquer tempo, muitos estudos, tal a monumentalidade de sua obra, o fôlego e o alcance do pensamento desse historiador que fez época na historiografia contemporânea ao defender uma unidade profunda das ciências sociais. Essa exigência de abolição das fronteiras disciplinares ele a expressou nos seguintes termos: "Todas as ciências do homem, inclusive a história, estão contaminadas umas pelas outras. Falam ou podem falar a mesma língua". E em outra ocasião: "Não se trata somente de escolher uma delas, mas de viver em concubinato com todas as ciências humanas". Inegavelmente, a importância do personagem é uma credencial insofismável e que dispensa a extensão dos louvores. Acreditamos que este livro constitua, nas proximidades do centenário de nascimento de Braudel, uma justa homenagem ao historiador que reinventou a história, dando o sopro de vida que fez desta área disciplina de destaque entre as ciências humanas.

Mas como homenagear Fernand Braudel sem prestar tributo aos atores que se uniram neste propósito comum? Em primeiro lugar, agradeço à Editora FGV, que aceitou publicar o livro, concedendo-nos ainda a liberdade e o tempo necessários para o aperfeiçoamento do projeto. A Carlos Antonio Aguirre Rojas devo o encorajamento da primeira hora e mais as muitas palavras de incentivo no decorrer dos trabalhos. Estudioso dos *Annales*, seus dois ensaios revelam-nos aspectos relevantes do conjunto da obra do grande historiador francês, sobretudo os referentes a temas de história latino-americana, da qual Braudel foi mestre brilhante na França. Immanuel Wallerstein e Maurice Aymard aderiram prontamente à idéia do livro. Esse estímulo, vindo de dois dos mais destacados colaboradores e conhecedores dos textos de Braudel, inibiu o desânimo e as tentativas premeditadas de abandonar o barco diante das dificuldades naturais que vão surgindo no curso da navegação. Seus artigos abordam elementos de vida e obra, detendo-se também na temática do tempo histórico. Antonio Penalves Rocha, Eliana de Freitas Dutra, Fábio Duarte Joly, José Carlos Reis e Luís Corrêa Lima desenvolvem análises que aprofundam aspectos centrais de suas concepções sobre a história, seja na esfera específica de seus livros, seja no âmbito de seu itinerário intelectual ou mesmo na amplitude de sua fortuna crítica. Esses autores revelam —

Apresentação

ainda que em seus ensaios não se ocupem explicitamente da recepção e da difusão da obra histórica de Braudel entre nós — o seu poder de atração e a sua presença marcante na historiografia brasileira. Fábio Duarte Joly, Rose Belim Moter e Sonia Lacerda dividiram comigo a responsabilidade pelos trabalhos de tradução de textos, pelo simples prazer de ajudar um amigo em apuros. Gostaria de remunerá-los com um sonoro e sincero muito obrigado, moeda ainda aceita apenas nos círculos restritos das pessoas desprendidas. Por último, mas não por isso o menos importante, fica também a dívida de gratidão para com Jézio Hernani Gutierre, da Editora Unesp, que, com sua habitual generosidade, tornou possível a inclusão do artigo de François Dosse no conjunto de ensaios aqui reunidos.

1

O homem e o historiador*

*Maurice Aymard***

Nascido em uma pequena aldeia no leste da França, perto de Bar-le-Duc, segundo filho de um professor apaixonado pela matemática, Fernand Braudel[1] foi, em função de seu frágil estado de saúde, confiado aos cuidados de sua avó ("Emilie Cornot, luz de minha infância", a quem ele dedicou, antes de sua morte, *L'identité de la France*), vivendo lá por sete anos, antes de voltar a morar com seus pais em Paris. Após o ensino secundário, estudou história na Sorbonne e, em 1923, foi nomeado professor do ensino médio na Argélia, primeiro em Constantine (1923/24) e mais tarde em Argel[2] (1924-33) — apenas com a interrupção de seu serviço militar na Alemanha —, onde ele também trabalhou meio período como conferencista na universidade, um dos mais brilhantes sistemas acadêmicos franceses nessa época. Lá ele pôde encontrar tanto professores experientes, como Stéphane Gsell e Eugène Albertini (arqueologia e história antiga), Georges Marçais (história medieval do Islã) e Emile-Félix Gautier (geografia), quanto professores mais jovens, como Charles-André Julien (história da colonização francesa) e Marcel Bataillon (história intelectual e religiosa da Espanha durante o começo do período moder-

---

* Tradução de Rose Belim Moter.
** Diretor de Estudos na École des Hautes Études en Sciences Sociales. Administrador da Maison des Sciences de l'Homme, Paris.
[1] Fernand Braudel nasceu em Luméville-en-Ornois, Meuse, em 24-9-1902, e faleceu em Cluses, Haute-Savoie, em 27-11-1985 (*Dictionnaire Le petit Robert des noms propres*. Paris: Dictionnaires Le Robert, 1997. p. 309). (N do O.)
[2] Capital da Argélia. Situada no litoral do Mediterrâneo, Argel foi porto militar e centro universitário sob influência francesa até 1962, quando a Argélia conquistou sua independência ao fim de uma guerra contra os franceses que havia começado em 1954. (N. do O.)

no). Em 1930 atuou também como secretário substituto na organização da grande conferência do I Centenário da Ocupação da Argélia pela França.

Em 1927, por volta dos 30 anos, começou a trabalhar um ou dois meses por ano durante o período de férias, primeiro nos arquivos espanhóis (Madri e a maior parte em Simancas, perto de Valladolid, onde ele encontrou Earl J. Hamilton e Federico Chabod) e posteriormente nos arquivos italianos (Palermo e Nápoles, Roma e Florença, Gênova e Veneza), para estudar a política externa de Filipe II no Mediterrâneo, tema que lhe tinha sido proposto como o argumento de sua tese de doutorado. Durante esses anos que passou na Argélia, e no decorrer das viagens ao redor de toda a parte ocidental do mar, esse "nortista", como ele gostava de se definir, apaixonou-se pelo mundo Mediterrâneo: o mar e a terra, as pessoas, as paisagens e a luz, as cidades e as montanhas foram partes da unidade geográfica e histórica que fascinaram mais amplamente sua imaginação.

Em 1932 foi chamado para lecionar em uma escola de ensino médio em Paris, e começou sua colaboração com a *Revue Historique*, mas a segunda mudança de sua vida ocorreu no começo de 1935. A proposta para ir ao Brasil e lecionar na universidade recém-criada em São Paulo, onde, com o apoio do governo francês, recrutou diversos jovens, brilhantes pesquisadores, que ainda não tinham encontrado sua posição na academia francesa: o geógrafo Pierre Monbeig, o antropólogo Claude Lévi-Strauss e, após a partida de Fernand Braudel, o sociólogo Roger Bastide. Após três anos de ensino neste país, Braudel o viu como a criação e a prolongação do Mediterrâneo, como uma mistura estranha do medieval e do moderno, e como um ponto de fusão de tradições e civilizações indianas, africanas e européias. Em 1937 foi apontado como professor ("ou melhor, como diretor de pesquisa") da IV Seção ("ciências históricas e filosóficas") da École Pratique des Hautes Études (EPHE), em Paris: uma instituição criada na década de 1860, fora da Sorbonne, para treinar jovens estudantes, não para a vida profissional, mas para pesquisas metodológicas. Na travessia entre Santos[3] e a França ele encontrou Lucien Febvre, um dos mais famosos e influentes historiadores franceses de seu tempo. Por 20 anos, até a morte de Febvre, ele foi o amigo íntimo do homem que, em 1929, fundou com seu colega Marc Bloc os *Annales*, para promover a nova

---

[3] Braudel retornou à França no navio Campana, em 1937. Na travessia, conheceu Lucien Febvre pessoalmente, pois já haviam trocado correspondências. Febvre voltava de uma curta estada na Argentina, onde participara de um ciclo de conferências. Esse foi um encontro fortuito que implicou uma parceria cheia de desdobramentos promissores para a história da historiografia francesa no século XX. (N. do O.)

concepção da história interessada em interdisciplinaridade e nos principais problemas do mundo presente.

Dois anos depois, Fernand Braudel foi chamado pelo Exército e, em junho de 1940, após oito meses de uma "guerra falsa", foi preso e enviado para a Alemanha, onde passou cinco anos no campo POW, primeiro em Mainz (1940-42), depois perto de Lübeck (1942-45). Como uma reação contra a vida no campo de concentração, dedicou esses cinco anos para escrever sua obra-prima, *La Méditerranée et le monde méditerranéen à l'époque de Philippe II* (defendida em 1947 como tese de doutorado e publicada em 1949) para a qual ele tinha aceitado a sugestão de Febvre: o Mediterrâneo em si mesmo, em vez de Filipe II da Espanha, é agora o centro e até mesmo, como escreveu Paul Ricoeur, o "herói" de seu livro.

Após a guerra, a rápida consagração de *La Méditerranée* como um escrito excepcionalmente original e uma conceitualização histórica dá a Fernand Braudel um *status* completamente novo no campo acadêmico francês. Membro do conselho editorial da revista *Annales* — após a morte de Marc Bloch, co-fundador com Lucien Febvre, em 1947, da nova VI Seção da EPHE (dedicada às ciências sociais e econômicas), onde ele criou e dirigiu por 10 anos o Centro de Pesquisas Históricas (CRH) —, seu único fracasso foi sua malograda candidatura à Sorbonne, que deu preferência a um historiador mais tradicional. Entretanto, dois anos mais tarde, foi indicado como sucessor de Lucien Febvre na presidência, que tinha sido de Michelet, do Collège de France: uma instituição muito prestigiada, criada em 1530 pelo rei Francisco I, fora da velha Sorbonne, para ensinar as novas disciplinas humanistas do Renascimento. Antes e depois da morte de Lucien Febvre, em 1956, quando ele se tornou diretor dos *Annales* e presidente da VI Seção, a chance e a dificuldade estariam ao lado de Fernand Braudel, agora estabelecido como um dos principais líderes da historiografia francesa, para tentar reformar, a partir de fora, o sistema acadêmico de ensino e pesquisa em ciências humanas e sociais, e às vezes contra a universidade, que tinha o monopólio de exames e de graus acadêmicos.

Os anos de 1957-72 são cruciais para sua influência institucional. Ele consegue dar grande impulso à VI Seção da EPHE (transformada, em 1975, na École des Hautes Études en Sciences Sociales — EHESS), para onde chama um grande contingente de jovens pesquisadores promissores (mas ainda não estabelecidos): historiadores como François Furet, Jacques Le Goff e Emmanuel Le Roy Ladurie, antropólogos como Marc Augé e Maurice Godelier, sociólogos como Pierre Bourdieu e Alain Touraine etc. A VI Seção torna-se o lugar simbólico das novas tendências da pesquisa e da interdisciplinaridade. Naqueles mesmos anos, Fernand Braudel fracassa ao criar a nova Faculdade de Ciências Humanas e Sociais, mas consegue convencer as principais instituições acadêmicas (Faculdades de Direito e Ciências Humanas e Fundação Nacional de Ciências Políticas) a cooperar para o desenvolvimento da pesquisa na nova instituição, a Maison des Sciences de l'Homme (MSH), à qual é dado o *status* de instituição privada (mas fundada principalmente com dinheiro público), que recebe o suporte decisivo da Fundação Ford e a qual ele dirige até sua morte, ajudado por Clemmens Heller (nascido em Viena e cidadão americano), com quem trabalhava desde a década de 1950.

Os anos de sua aposentadoria (1972-85) são anos de escrita intensa e mudança em seu *status* nacional e internacional. Em 1979 Braudel publica os três volumes de sua segunda obra-prima, *Civilisation matérielle, économie et capitalisme, XVe-XVIIIe siècles*, cujo primeiro volume já fora lançado numa primeira versão em 1967. Em seguida, começa imediatamente a escrever *L'identité de la France*, que deixará inacabado devido a seu falecimento em 1985. A tradução para o inglês de *La Méditerranée* (1972/73) é o ponto inicial da nova carreira internacional do livro (que tinha sido traduzido antes, no início dos anos 1950, apenas para o espanhol e o italiano) e a primeira de uma série de traduções nas principais línguas do mundo (incluindo chinês, coreano e japonês). Em 1976, o sucesso da série de televisão (12 filmes de 50 minutos cada) dedicada, sob sua supervisão, a *La Méditerranée* o fez famoso entre um grande público não-acadêmico. Ele dá entrevistas para os principais jornais nacionais e estrangeiros. Em 1984 torna-se membro da Academia Francesa, onde é denominado, após Claude Lévi-Strauss e Georges Dumézil, o terceiro grande cientista social de sua geração. Sua eleição confirma o que ele já havia escrito: as ciências sociais e humanas tinham chegado, durante a segunda metade do século XX, ao nível literário do romance e da poesia.

Por muitos anos e até hoje, Fernand Braudel tem sido considerado, por uma grande parte de pesquisadores que foram seus primeiros leitores durante os anos 1950, o autor de uma obra-prima, *La Méditerranée*, livro que legitimou sua posição acadêmica por toda a sua vida, e fixou, por muitas gerações de jovens historiadores, na França e fora dela, um tipo de modelo a imitar. É verdade que o plano e a concepção do livro foram tão inovadores a ponto de ele ser rejeitado — por uma pequena minoria de historiadores que, como Delio Cantimori, na Itália, e Bernard Bailyn, nos Estados Unidos, não aceitaram ou não compreenderam sua profunda coerência histórica e leram-no como diversão literária — ou apreciado — por uma crescente maioria, particularmente de jovens pesquisadores — como realização revolucionária e como o manifesto de uma nova forma de escrever história. É verdade também que Fernand Braudel continuou por muitos anos trabalhando nos arquivos do Mediterrâneo e fez de seu livro uma das bases dos programas de pesquisas do CRH: seu principal foco foi uma história econômica do mundo ocidental desde o fim do período medieval até o início da época moderna, com um interesse especial por comércio e transporte, serviço bancário e crédito, ambos vistos em sua estruturação espacial.

O Atlântico central e o Pacífico ibérico de Pierre Chaunu, o Atlântico sul e o Oceano Índico de Vitorino Magalhães Godinho ajustaram-se muito bem nessa perspectiva. O mesmo vale para a pesquisa nas grandes cidades do mundo do século XIV ao XVIII: Gênova (Jacques Heers), Roma (Jean Delumeau), Valladolid (Bartolomé Bennassar), Istambul (Robert Mantran), Veneza (Jean Georgelin), entre outras. Todavia, Braudel atraiu também para o CRH uma grande rede de trabalho de jovens pesquisadores estrangeiros, principalmente da América Latina e da área do Mediterrâneo, da Espanha, Grécia e Turquia. Aproximadamente 20 anos após a defesa da primeira versão como tese em 1947, e perto de 40 anos após a primeira visita aos arquivos espanhóis, a segunda edição de *La Méditerranée* (1966) integra os resultados de todas as novas pesquisas. Ainda que Fernand Braudel decidisse que essa segunda edição seria a última e estivesse plenamente envolvido na escrita do próximo livro, o mundo mediterrâneo absorve parte de seu interesse permanente, como atestam o episódio da série de televisão (1976) e os dois volumes que daí resultariam — *La Méditerranée. I: L'espace et l'histoire. II: Les hommes et l'héritage* (1977/78).

Parece que não só para seus leitores, mas também para ele, esse primeiro livro sempre teve uma importância especial. Após um longo período de leitura e acumulação de documentos, que não mais estavam à sua disposição nos campos militares na Alemanha, onde podia apenas relembrá-los e sonhar com o Mediterrâneo, Braudel encontrou finalmente uma estrutura espacial e cronológica suficientemente ampla para o personagem central de seu livro: o mar e a terra do mundo mediterrâneo, ambos vistos e analisados tanto no contexto da segunda metade do século XVI quanto na mais ampla estrutura de uma longa corrida cronológica e de todos os mundos que o Mediterrâneo e suas pessoas descobriram, colonizaram, criaram e organizaram à sua própria imagem e por suas próprias necessidades, isto é, a própria Europa, América Latina, costas da África e até mesmo uma porção do Sudoeste da Ásia, de Diu e Cochim a Malaca, Manila e Macau.

A associação de geografia e história — a geo-história — e a distinção entre as três temporalidades — o tempo longo, o tempo das evoluções sociais e econômicas e o tempo curto dos eventos humanos — são duas respostas complementares para a mesma questão: como combinar, por um lado, a singularidade de cada observação e situação, que é a matéria de base dos historiadores assim como de todos os cientistas sociais, e, por outro lado, o uso de estatísticas que ajudem a analisar evoluções cronológicas e relações mais ou menos estáveis entre diferentes fatores ou grupos de fatores, além de uma necessária perspectiva global? Até a sua morte, Fernand Braudel sempre repetia que a realidade histórica necessitava ser vista muito de perto, todavia poderia ser compreendida apenas em suas mais amplas dimensões: essa afirmação foi para ele uma forma de destacar a oposição entre sua própria abordagem e a abordagem dos micro-historiadores.

Foi com a experiência de *La Méditerranée*, e com o prestígio e a autoridade que adquiriu com seu livro, que ele pôde escrever no final dos anos 1950 e início dos anos 1960 seus artigos metodológicos (que podem ser lidos hoje em *Ecrits sur l'Histoire*). O mais famoso e mais freqüentemente citado desses artigos é "La longue durée", que foi publicado em 1958, por um lado para defender a história contra os ataques da antropologia estrutural de Claude Lévi-Strauss; por outro, para explicar os programas e ambições da mais recente criação e rápida expansão da VI Seção da EPHE, a qual presidiu após a morte de Febvre: história e matemática foram propostas para fortalecer o papel central no diálogo necessário entre as diversas ciências humanas e sociais.

La Méditerranée foi a chave do sucesso para Fernand Braudel e para o seu prestígio acadêmico. As conseqüências foram, para ele, um crescente fluxo de convites, palestras, condecorações acadêmicas, no exterior e no próprio país, e a criação, com Michael Postan, em 1960, da Associação Internacional de História Econômica, da qual foi presidente de 1962 a 1965 e, em 1968, com Federico Melis, do Instituto Internazionale di Storia Economica Francesco Dantini, do qual assumiu a direção científica a partir de 1970.

Mas, vista por outro lado, essa identificação com *La Méditerranée* possui também aspectos negativos. Mesmo que a maioria dos historiadores mantivessem uma atitude respeitosa perante Braudel, a nova geração de historiadores e cientistas sociais que emergiram por volta de 1968 e são seus sucessores — como editores dos *Annales* e como presidentes da VI Seção da EPHE — necessita afirmar também a sua própria independência e originalidade, bem como a diferença de seus interesses: a antropologia substitui a economia como principal parceira da história, e novas abordagens metodológicas, como a micro-história, são introduzidas em meados dos anos 1970. A *nouvelle histoire* não é mais a história de Braudel, mas a de seus sucessores, e torna-se moda falar de Braudel como uma espécie de "quem foi", que jamais seria capaz de completar *Civilisation matérielle*, cujo primeiro volume, lançado em 1967, deixou muitos leitores perplexos ou insatisfeitos

Até então, a carreira de Braudel pode ser considerada no mais alto padrão acadêmico: 15 anos de paciente pesquisa individual, depois a redação da obra-prima (no sentido medieval da palavra), e uma longa, prestigiosa e confortável vida acadêmica, durante a qual ele pôde viver dos rendimentos de sua obra-prima e de sua reputação. O livro foi inovador, como inovadoras foram também as posições que ele tinha ocupado no campo acadêmico (a liderança de novas e modernas instituições) e os programas que ele financiava: projetos ambiciosos de pesquisas disciplinares e interdisciplinares; o recrutamento de jovens pesquisadores, tomando como base seus projetos, e não suas vidas pregressas, isto é, baseando-se em seu futuro mais do que em seu passado; a criação e o financiamento de novos centros de pesquisas (um tipo de organização então incomum na França no campo das ciências sociais e humanas, e graças ao qual Braudel pôde encontrar e imitar modelos americanos, tais como os estudos de área); uma política editorial dinâmica; o desenvolvimento de cooperação internacional em nível mundial; e, do ponto de vista científico, a promoção de um "terceiro caminho alternativo" que permitiria a pesquisadores franceses se distanciarem tanto do marxismo quanto das influências americanas.

A originalidade de Fernand Braudel estava em sua capacidade para compreender o perigo da situação e elaborar uma reação coerente e rápida. O momento decisivo, após a "revolução cultural" de 1968 (sobre a qual Braudel disse, em 1969, numa entrevista a um jornal italiano, que "a sociedade faz a revolução cultural quando ela é incapaz de fazer uma revolução estrutural"), foi a crise econômica que começou em 1973/74. Quanto à interpretação da crise, sua reação foi imediata: foi o começo de um novo período econômico, de 25 a 30 anos no mínimo (um Simiand fase B ou a segunda parte de um Kondratieff), e talvez um *trend* secular. A crise confirmou sua crença na existência de longas ondas econômicas, ainda que não mais compartilhada e até mesmo considerada fora de moda pela maioria dos economistas. Quanto à concepção de seu livro, que tinha sido anunciado em 1967 para ser concluído em dois volumes, *Civilisation matérielle* e *Économie et capitalisme*, tornou-se o terceiro volume autônomo organizado em torno do conceito de economia mundial: um conceito que ele tinha traduzido do alemão para o francês em *La Méditerranée*, para distinguir o século XVI do mundo mediterrâneo como um mundo em si mesmo, mas o qual ele reinterpretou após sua discussão com Immanuel Wallerstein, numa longa perspectiva diacrônica e em sua dimensão geográfica global.

A expansão da economia européia aconteceu no Mediterrâneo. Não importava mais o momento no qual o Mediterrâneo saíra da "grande história" para tornar-se uma província muito ampla, como em seu primeiro livro, no qual ele hesitou entre 1620 e 1650, ou até mesmo mais tarde. Ele finalmente abandonou o mundo mediterrâneo em seu declínio. Dez anos antes da queda do muro de Berlim, ele concluiu o terceiro volume de *Civilização e capitalismo: a perspectiva do mundo* com uma interrogação sobre a crise da economia atual e o futuro do capitalismo e das relações entre o Estado e a economia. Essa mudança da história passada para o presente contribuiu muito para o sucesso dos três volumes que foram lidos por um grande público não-acadêmico, que encontrou neles não apenas uma visão geral do desenvolvimento econômico da Europa antes da Revolução Industrial, mas também um tipo de resposta para a ansiedade criada pelos efeitos sociais da crise.

De *La Méditerranée* para *Civilisation et capitalisme*, as diferenças e descontinuidades são tão importantes quanto as similaridades e as continuidades, e revelam a capacidade de inovação de Fernand Braudel nesse período de sua vida. A vida material, por exemplo, não exerce o mesmo papel que a geografia em *La Méditerranée*, ainda que tenha o mesmo tipo de continuidade cronológica, talvez identificado como a mais longa corrida da vida humana. Em relação à economia de mercado, que é o objeto do segundo volume (*Os jogos da troca*), ela representa uma fase da economia de baixo volume comercial: técnicas tradicionais de produção agrícola, formas de consumo alimentar, pequena escala de unidades econômicas como a família, negócios locais em que se fazia a permuta e a troca de diferentes ofertas em pequenos lugares com o uso de dinheiro, isto é, todas aquelas coisas que a maioria dos economistas e também historiadores econômicos não haviam levado em consideração nessa época. A "cadeia da longa duração" pode ser comparada, desse ponto de vista, com o caminho da independência, o qual foi "descoberto" por economistas como Paul David nos anos 1980 e utilizado para explicar os períodos mais curtos de estabilidade tecnológica.

O final da construção dos três volumes é organizado por volta de três leituras sucessivas de economia de três diferentes níveis de funcionamento e inteligibilidade. A diferença entre eles não tem a ver com sua duração, mas com a sua posição na estrutura hierárquica: ambos, vida diária material e capitalismo, movem-se fora do mercado; a primeira predominantemente sob e o segundo sobre as regras que o mercado tenta impor ao comércio. O livro tem, de seu ponto de vista, uma forte coerência, falha que em *La Méditerranée* foi muito criticada por alguns dos primeiros artigos revisados, os quais viam na terceira parte do livro (na minha opinião, incorretamente) um tipo de concessão à tradição.

Como *A identidade da França* foi deixada inacabada por Fernand Braudel, devido a seu falecimento, e como as duas primeiras partes publicadas são dedicadas a tópicos que estamos tentando encontrar em seus escritos, como população e agricultura, é mais difícil ver o que poderia ter sido a real margem de inovação na versão final do livro. Todavia, a ambição do projeto é claramente a de uma história total, começando "de baixo", a qual está mais profundamente enraizada no solo (população e vilas, mas também cidades e estradas), para alcançar um nível mais consciente, como o Estado, a sociedade, a cultura e a religião, que nunca tiveram, em seus escritos anteriores, algum tipo de importância. Mas esse "novo Braudel" — que começa a pensar em seu livro dois anos antes de se aposentar, aos 70 anos, e a escrevê-lo aos 77, mas morre aos 83 — está fora de nosso alcance e podemos apenas imaginar o que ele teria dito.

Esses três diferentes livros correspondem a três estágios diversos de sua vida. *La Méditerranée*, que ele terminou aos 45 anos, foi o resultado das experiências de seus anos de jovem historiador confrontando os arquivos do século XVI com a presente realidade, primeiro da Argélia, depois do Brasil. *Civilisation et capitalisme* foi o livro concebido durante a sua maturidade, quando já era o líder respeitado de uma instituição que ele tinha modelado para ser o instrumento e o lugar para compreender o mundo. *L'identité de France* foi o livro que dedicaria ao período de sua aposentadoria, mas o qual ele poderia apenas começar mais tarde: ele sabia desde o início que suas possibilidades para completá-lo eram limitadas, mas não mudou seu estilo de vida, de trabalho e de escrita.

Entretanto, uma coisa é comum nesses três livros: a diretriz de unidade da vida de Fernand Braudel, que foi, por um lado, uma enorme ambição pela história e, por outro, uma clara consciência de seus limites.

Bibliografia

BRAUDEL, Fernand. *La Méditerranée et le monde méditerranéen à l'époque de Philippe II*. [1949]. Paris: Armand Colin, 1966.

_____. *Civilisation matérielle et capitalisme*. Paris: Armand Colin, 1967.

_____. *Ecrits sur l'histoire*. Paris: Flammarion, 1969.

_____ (dir.). *La Méditerranée*. Paris: Arts et Métiers Graphiques, 1977/78. v. 1: L'espace et l'histoire; v. 2: Les hommes et l'héritage.

_____. *Civilisation matérielle, economie et capitalisme. XVe-XVIIIe siècles*. Paris: Armand Colin, 1979. v. 1: Les structures du quotidien; v. 2: Les Jeux de l'échange; v. 3: Le temps du monde.

_____ (dir.). *L'Europe*. Paris: Arts et Métiers Graphiques, 1982.

_____. *L'identité de la France*. Paris, Arthaud-Flammarion, 1986. v. 1: Espace et histoire; v. 2: Les hommes et les choses.

_____. *Grammaire des civilisations*. Paris: Arthaud, 1987.

_____. *Ecrits sur l'histoire II*. Paris: Arthaud, 1990.

_____. *Les écrits de Fernand Braudel*. Paris: Fallois, 1996/97. v. 1: Autour de la Méditerranée; v. 2: Les ambitions de l'histoire.

_____. *Les mémoires de la Méditerranée*. Paris: Fallois, 1998.

_____ & ROMANO, R. *Navires et marchandises à l'entrée du port de Livourne (1547-1611)*. Paris: Armand Colin. 1951.

Ensaios sobre Braudel

BRAUDEL and the US. Interlocuteurs valables? *Review*. Fernand Braudel Center, Binghamton University, 24(1), 2001. (Special issue.)

DAIX, P. *Braudel*. Paris: Flammarion, 1995. (Coll. Grandes Biographies).

GEMELLI, G. *Fernand Braudel e l'Europa universale*. Padua: Marsilio, 1990. Trad. francesa: *Fernand Braudel*. Paris: Odile Jacob, 1995.

TREVOR, Hugh & HEXTER, Jack. *The Journal of Modern History*, 44(4), Dec. 1972.

2

Tempo histórico e civilização material

*Antonio Penalves Rocha**

Civilização material, economia e capitalismo, um clássico da historiografia contemporânea, cuja tradução brasileira data de 1996, apresenta o resultado das leituras feitas por Fernand Braudel (1902-85) ao longo de toda a sua vida. Trata-se de um livro singular em conseqüência do caminho trilhado pelo autor para reconstruir a história do mundo inteiro entre 1400 e 1800, vista como "um Antigo Regime à escala do mundo". Os comentários sobre ele que se seguem pretendem tecer algumas considerações sobre esse caminho e o papel que o estudo da civilização material nele desempenha.

Embora tenha sido publicado pela primeira vez há quase 20 anos, o livro não envelheceu. Tanto é assim que continua interessando aos historiadores profissionais pelo caráter que imprime à história econômica e por estar apoiado em escoras teóricas que o mesmo historiador elaborou noutro trabalho. Continua também despertando o interesse dos demais cientistas sociais, tanto pela erudição do autor quanto pela utilização na pesquisa histórica de ferramentas que usualmente estão nas mãos de economistas, sociólogos, antropólogos etc. Não bastasse isso tudo, o livro tem tido bastante sucesso junto ao público não especializado, seja pela forma com que trata o assunto, seja pelo inegável talento literário de Fernand Braudel; prova disso foi o seu sucesso como livro de bolso na França.

A história desse livro principiou no início dos anos 1950, quando Braudel foi convidado por Lucien Febvre para fazer uma síntese das pesquisas sobre a história econômica da Europa pré-industrial. O resultado dessa empreitada seria transformado num livro da coleção Destins du Monde, dirigida pelo

---

* Professor do Departamento de História da Universidade de São Paulo.

próprio Lucien Febvre, que, juntamente com o convite, propôs a Braudel uma espécie de parceria: cuidasse este último daquele assunto e Febvre escreveria um outro volume, cujo título provisório era *Pensamentos e crenças no Ocidente, do século XIV ao XVIII*. No entanto, a parceria não chegou a bom termo: até 1956, ano de sua morte, Lucien Febvre não havia executado a tarefa que atribuíra a si mesmo. Quanto a Fernand Braudel, o trabalho para pôr um ponto final no livro se estendeu por cerca de 25 anos. Assim, em 1967, publicou, nessa mesma coleção, um livro intitulado *Civilização material e capitalismo*, que tinha o seguinte subtítulo: *O possível e o impossível: os homens frente à sua vida cotidiana*. Na sua introdução acha-se uma promessa: um segundo volume a ser publicado seria dedicado ao estudo da vida econômica.[1]

Mas não foi assim que as coisas aconteceram: a partir de 1967, o historiador trabalhou na revisão do livro, acrescentou a ele outros dois tomos e rebatizou o conjunto, que finalmente foi lançado em 1979. Desta feita, passou a se chamar *Civilização material, economia e capitalismo — séculos XV-XVIII*, composto de três volumes: 1: As estruturas do cotidiano; 2: Os jogos da troca; 3: O tempo do mundo. A atual edição brasileira segue esses títulos e essa ordem.

A importância assumida por *Civilização material, economia e capitalismo* na historiografia está tão diretamente ligada aos seus pressupostos teóricos, que se pode dizer que nele o método constituiu o objeto. Como tais pressupostos não foram elaborados no livro em questão, só podem ser claramente compreendidos dentro da história da própria obra de Braudel, que, por sua vez, participou do movimento historiográfico francês responsável pela formação da hoje todo-poderosa escola dos *Annales*.

A reviravolta da historiografia francesa começou em 1929, quando os historiadores Marc Bloch e Lucien Febvre, que trabalhavam na Universidade de Estrasburgo, encabeçaram um movimento que ensejava modernizar a disciplina histórica. Para tanto, juntaram-se a cientistas sociais e fundaram uma revista, *Annales d'Histoire Économique et Sociale*, para ampliar os campos da pesquisa histórica, deixando de lado os territórios que até então tinham sido privilegiados, a saber: a biografia, a história do pensamento e a história dos acontecimentos políticos. Mas a consecução desse propósito demandava uma aliança da história com as demais ciências sociais — geografia, sociologia, economia, psicologia, lingüística etc. —, que tinham co-

---
[1] Ver Baudel, 1970:12.

nhecido um desenvolvimento vertiginoso a partir de fins do século XIX. Por meio dessa aliança, o historiador teria à sua disposição instrumentos para penetrar em territórios que até então não haviam sido sistematicamente explorados pela história: os da história social, da história econômica e daquilo que hoje é conhecido como história das mentalidades. Juntamente com o estabelecimento de novos campos de investigação e de conhecimento do historiador, a revista pleiteava: a) a instauração de uma história-problema, em oposição à história narrativa, isto é, descritiva dos acontecimentos únicos; b) a ampliação das fontes de informação histórica, pois o documento escrito era supervalorizado, em detrimento da iconografia, dos vestígios arqueológicos etc.; e c) a adoção de uma dialética entre presente e passado, em contraposição à idéia dominante de que o passado era algo separado do mundo do historiador.

Os historiadores dos *Annales* jogaram a partida e venceram-na; desde o final da II Guerra Mundial, seus preceitos constituíram os alicerces de uma escola historiográfica que assumiu a hegemonia na historiografia francesa e hoje exerce um verdadeiro imperialismo dentro da história onde quer que seja.

Quando a revista foi criada, Fernand Braudel, nascido no interior da França em 1902, lecionava história na Argélia, onde permaneceu entre 1923 e 1932. Segundo Braudel, essa experiência profissional fez nascer sua paixão pelo Mediterrâneo; com ela surgiu, em 1929, um projeto de pesquisa, inicialmente intitulado "Filipe II, a Espanha e o Mediterrâneo". Para levar a cabo tal projeto, Braudel filmou documentos históricos em diversas cidades da orla mediterrânica.

Em busca de algumas orientações sobre o trabalho, entrou em contato com Lucien Febvre, autor da tese, defendida em 1911, "Filipe II e o Franco Condado", a qual, ao analisar um episódio da história diplomática, conservava ainda as marcas do *establishment* historiográfico francês. De qualquer modo, Lucien Febvre sugeriu — e Fernand Braudel acatou a sugestão — que fosse dado um novo perfil ao objeto: suas atenções deveriam se voltar para as relações entre o Mediterrâneo e Filipe II, quer dizer, era necessário que a pesquisa pusesse em primeiro plano a paisagem e a relação entre homens e meio natural na época de Filipe II, desvencilhando-se assim da tradicional história dos acontecimentos políticos. De qualquer maneira, Febvre recomendava a Braudel a aplicação dos preceitos de uma nova história ainda em gestação, pois na aliança entre história e ciências sociais merecia destaque o reconhecimento dos avanços da geografia que incorporara as idéias de Vidal de la Blache. Aliás, o próprio Lucien Febvre já havia publicado em 1922 um livro — *A Terra e a evolução humana, introdução geográfica à história* — em que destacava as relações entre meio ambiente e história das sociedades.

Entre os anos de 1935 e 1937, Fernand Braudel lecionou na recém-inaugurada Universidade de São Paulo. Trouxe para cá os filmes e deu prosseguimento ao seu trabalho. Na volta à França, viajou no mesmo navio em que estava Lucien Febvre, fato que marcou o início de uma relação: Febvre "adotou" Braudel como seu filho intelectual; este último aceitou de tal modo a condição que, em 1947, dedicou sua tese de doutorado a "Lucien Febvre como prova de reconhecimento e afeto filial".

Com a declaração de guerra da França à Alemanha, Fernand Braudel tornou-se oficial do exército francês, foi feito prisioneiro e, como tal, levado a um campo alemão, onde permaneceu entre 1940 e 1945. No campo de prisioneiros, Braudel continuou trabalhando: escrevia de memória em cadernos escolares os resultados de sua pesquisa e enviava os rascunhos a Lucien Febvre na França.

No que diz respeito aos *Annales*, quatro mudanças importantes ocorreram entre o final dos anos 1930 e o pós-guerra: primeiro, juntamente com a transferência de Marc Bloch e Lucien Febvre para Paris, a revista mudou de endereço em fins dos anos 1930; segundo, Marc Bloch, que havia se engajado na Resistência, foi preso e, em 1944, brutalmente torturado e por fim assassinado pelos nazistas; terceiro, quando terminou a guerra, Lucien Febvre escolheu Fernand Braudel como seu parceiro para dirigir a revista; este não só aceitou o convite como também permaneceu no cargo até 1968; quarto, com a entrada de Braudel, a revista mudou de nome, passando a se chamar *Annales. Économies, Sociétes, Civilizations*, nome que conservou até 1994. Cabe observar que a exclusão do vocábulo "história" do título indicava a sua maior abertura para outras ciências sociais — antropologia, demografia, psicologia social —, ao passo que o emprego do termo "civilizações" traduzia essa nova aliança.

Em 1947, Fernand Braudel defendeu sua tese de doutorado, "O Mediterrâneo e o mundo mediterrânico na época de Filipe II", publicada em 1949. *O Mediterrâneo* apresenta uma nova concepção do tempo histórico que foi teoricamente elaborada por Braudel a partir de dados obtidos na sua própria investigação. Tal concepção foi transformada pelo historiador num preceito teórico que se transformou na marca registrada de toda a sua obra, por ter sido aplicado nas suas demais pesquisas ulteriores.

No título do livro já estão representadas as diferentes partes que o formam. Na primeira, o Mediterrâneo; mas não se trata, aos olhos de Braudel, de uma "introdução geográfica", ou seja, a descrição de um espaço ou uma paisagem tidos como pano de fundo de um cenário; ele estava de fato interessado em submeter à análise histórica as relações entre homens, espaço e paisagens; na segunda, tem lugar o mundo mediterrânico, ou seja, as sociedades, economias, Estados, civilizações e, finalmente, na época de Filipe II, a narrativa de fatos políticos e militares do período.

Seguindo essa ordem, o historiador tinha em vista a reconstrução de uma "história total" do Mediterrâneo em fins do século XVI. Mas Braudel foi mais longe: obteve da investigação elementos para edificar uma teoria sobre a decomposição do tempo histórico. Explicando melhor, a observação do conjunto da vida do Mediterrâneo e o método de exposição do objeto estudado possibilitaram a Fernand Braudel dividir o tempo histórico em três ritmos, no que diz respeito às mudanças que se processam dentro dele. Assim, ao analisar o Mediterrâneo, ou seja, as relações entre homens e meio ambiente, viu-se diante de uma "história quase imóvel", "história lenta no seu fluir e na sua transformação, feita não poucas vezes de constantes reiterações e ciclos incessantemente reiniciados", "situada quase fora do tempo". Depois disso, há uma outra história, marcada pelo "ritmo lento", a do mundo mediterrânico — economias, sociedades, Estados e civilizações —, que se situa acima da "história imóvel". Por fim, ao tratar da época de Filipe II, encontra a "história tradicional", recortada não "na medida do homem, mas na medida do indivíduo, a história dos acontecimentos", considerada "a mais apaixonante, a mais rica em humanidade e também a mais perigosa. Desconfiemos desta história ainda em brasa, tal como as pessoas da época a sentiram e a viveram no ritmo das suas vidas, breves como as nossas. Esta história tem a dimensão tanto das suas cóleras como dos seus sonhos e das suas ilusões".[2]

Resumindo: Fernand Braudel fez a tripartição do tempo histórico em "um tempo geográfico, um tempo social e um tempo individual". Cada um deles segue um ritmo próprio: assim, o primeiro é quase imóvel; o segundo, lento; o terceiro, fugaz como a vida do indivíduo. Este último era tratado metaforicamente como "a agitação da superfície, as ondas que as marés levantam no seu poderoso movimento".[3]

Considerando o esforço dos historiadores dos *Annales* para deixar de lado a descrição do acontecimento único, dando as costas à "história historizante", e para ampliar os territórios de exploração da disciplina histórica por meio

---

[2] Braudel, 1953:xvii-xviii.
[3] Ibid.

de uma aliança com as demais ciências sociais, a formulação de Fernand Braudel tornava-se algo parecido com o ovo de Colombo. Isso porque a análise das sociedades, economias e civilizações exigia que a pesquisa histórica operasse dentro de um tempo mais lento, pois os fenômenos que se manifestam dentro desses campos são marcados pelas regularidades, permanências, continuidades e repetições, isto é, ultrapassam o curto intervalo de tempo ocupado pelo acontecimento singular.

No entanto, Braudel foi quem elaborou uma teoria sobre os diferentes ritmos do tempo histórico, cuja formulação completa se encontra no artigo "História e ciências sociais. A longa duração", publicado em 1958 nos *Annales*. Nele encontra-se a sugestão de que a história e todas as demais ciências sociais deviam sempre estar atentas às diferentes *durações* — intervalos de tempo — do objeto estudado e dar prioridade aos fenômenos de longa duração. Tomando assim o termo "duração" e empregando-o em *O Mediterrâneo e o mundo mediterrânico na época de Filipe II*, teríamos a longa duração nas relações entre homens e meio ambiente, haja vista que aí se encontram "uma história quase imóvel" e a curta duração nos acontecimentos da época de Filipe II. As sociedades, economias, Estados e civilizações ficariam entre esses dois extremos, pois se movimentavam dentro de "uma história lenta". No mesmo artigo, Braudel associou a tripartição do tempo a novos conceitos; havia o tempo breve do evento, o tempo dos ciclos econômicos, que é o das *conjunturas*, e também um tempo de amplidão secular, o das *estruturas*, entendidas como "articulação, arquitetura, porém, mais ainda, uma realidade que o tempo utiliza mal e veicula mui longamente".[4]

Cabe fazer mais uma observação sobre a questão da decomposição dos tempos da história. A indicação da existência de diferentes ritmos temporais não significa que Braudel tivesse a pretensão de formular uma completa teoria social, isto é, uma hipótese explicativa da dinâmica das sociedades. O que de fato lhe interessava era fazer uma "história total", isto é, uma história que quer dar conta de todos os aspectos de uma civilização, analisando todas as manifestações da vida e das atividades dos homens; as condições necessárias para se fazer essa história eram o reconhecimento da existência dos diferentes tempos e o emprego da caixa de ferramentas das ciências sociais.

Além do mais, a adoção do princípio da pluralidade dos tempos traria ganhos científicos à história. Isso porque, em primeiro lugar, por meio dele a história podia se desvencilhar do tempo linear e progressivo das filosofias da

---

[4] Braudel, 1978:49.

história (hegeliana, comtiana ou marxista), isto é, em vez de recorrer a uma noção apriorística de tempo, o tempo histórico passaria a ser dado pelos próprios objetos da pesquisa. Em segundo lugar, podia também defender-se das investidas de Claude Lévi-Strauss, que desqualificavam a história sob o forte argumento de que seu conhecimento das sociedades permanecia apenas no plano empírico, ignorando os elementos inconscientes da vida social, que, no limite, eram atemporais; nessa mesma linha de raciocínio, o antropólogo proclamava em *Antropologia estrutural*, também publicado em 1958, a superioridade da etnologia, pois ela era capaz de observar a estrutura inconsciente que organizava instituições e costumes, empregando instrumentos da lingüística. É também como reação a essas idéias de Lévi-Strauss que se compreende por que Fernand Braudel relacionou estruturas com longa duração, ou seja, conferiu-lhes caráter histórico. Enfim, não foi à toa que diversos historiadores classificaram o conteúdo desse artigo como a mais importante contribuição teórica de Fernand Braudel à escola dos *Annales*, se não o único princípio teórico da escola efetivamente revolucionário.

Em *Civilização material, economia e capitalismo — séculos XV-XVIII*, publicado 30 anos depois de *O Mediterrâneo e o mundo mediterrânico na época de Filipe II*, Fernand Braudel recorreu novamente à tripartição do tempo, só que desta feita o objeto não é mais uma região colocada em perspectiva histórica, como fizera no estudo sobre o Mediterrâneo, e sim uma Europa "alargada à dimensão do mundo", envolvendo, por conseguinte, África, Ásia e América, para um estudo de história econômica.

Até então os trabalhos dentro desse domínio da historiografia haviam-se apoiado na concepção do tempo progressivo, apresentando dados sobre o crescimento econômico e populacional ou estudando a evolução das atividades econômicas agrícolas, comerciais e manufatureiras. Contudo, a visada de Braudel foi de outra ordem, e dela resultou um esquema composto de três partes — novamente o três. Construiu uma "casa econômica" — expressão que usava sob os protestos de Febvre — de três pisos: no térreo estava a vida material, regida pelo signo do valor de uso; acima dele, no primeiro andar, a economia, que "começa no limiar do valor de troca", trazendo à luz relações existentes em dois níveis: a) "partículas elementares" (tendas de mascates, lojas e feiras) e b) "seus meios superiores, praças comerciais, bolsas ou grandes feiras"; a partir deste último, que está imbricado no primeiro nível, desenvolve-se o que chama de capitalismo, "sempre multinacional (...) das Companhias até os monopólios dos nossos dias". Finalmente, no segundo andar, achavam-se o nascimento e a cronologia de sistemas econômicos mundiais — as economias-mundo —, estando cada um deles, ao longo do período que vai do século XV ao início do XIX, sob o domínio de uma cidade: Veneza, Antuérpia etc.

Como se sabe, *As estruturas do cotidiano* é o produto da revisão do livro I de *Civilização material e capitalismo*, que Braudel publicara em 1967, revisão que não alterou a organização formal do texto, mas acrescentou dados, fontes e bibliografia. Nele o historiador apresenta aspectos da vida cotidiana de um mundo predominantemente rural do século XV ao XVIII, envolvendo de "80% a 90% da população do globo". Os assuntos tratados são: população — fomes, epidemias, peste, doenças; alimentação — trigo, arroz, milho, batata, massas, laticínios, gordura, ovos, peixe, pimenta, açúcar; bebidas e dopantes — água, vinho, cerveja, sidra, chocolate, chá, café, tabaco; casa, vestuário e moda; técnicas — fontes de energia e metalurgia; moeda e cidades.

Para Braudel, esses aspectos do dia-a-dia formavam uma "zona de opacidade" que se estendia "sob o mercado", dentro dos "limites do possível no mundo da pré-indústria". "À falta de melhor termo", argumenta, "denominei esta zona espessa, rente ao chão, *vida material ou civilização material*. É evidente a ambigüidade da expressão, talvez um dia partilhada pelos economistas, que darão etiqueta mais adequada a essa infra-economia, essa outra metade informal da atividade econômica, a da auto-suficiência, da troca dos produtos e dos serviços num raio muito curto."[5]

Para efeitos da análise de Braudel, as atividades da vida material são sempre locais, pois se realizam num "raio muito curto", garantindo a auto-suficiência das populações, o que lhes dá um caráter virtualmente autárquico. No que diz respeito ao ritmo temporal, esses aspectos da vida material arrastam-se pela força da inércia, "esta grande obreira da história", de modo que "só haverá ruptura, inovação, revolução na vasta linha que separa o possível do impossível com o século XIX e a convulsão total do mundo". Desse modo, são regulados pela mesmice, por um "passado obstinadamente presente", que consome o "tempo frágil dos homens". Manifestam-se por meio de "milhares e milhares de *fait divers*"; mas, como "poeira da história" que são, ao se reproduzirem igualmente solidificam-se como "realidades em cadeia. Cada um deles serve de testemunha a milhares de outros que atravessam a espessura de tempos silenciosos e duram".[6] Aqui, portanto, não há decisão dos homens, atores que não representam, mas são representados pelo hábito e

---

[5] Braudel, 1995, v. 1, p. 12.
[6] Ibid., p. 513.

pela rotina que os ajudam a viver, sem que tenham consciência disso. Muitos deles existem desde o começo da história da humanidade; embora sejam muito antigos, continuam vivos, constituindo um "passado multissecular que deságua no presente, como o rio Amazonas lança no Atlântico a vasta corrente das suas águas escuras".[7]

Assim sendo, para Braudel, a incessante repetição desses aspectos da vida material das populações pré-industriais tornam-se "séries", "longas durações", isto é, ocupam uma temporalidade que lhes é dada pela condição de estruturas.

No fim desse volume o leitor fica sabendo que *vida material* ou *civilização material* envolve principalmente três campos: o meio ambiente das sociedades, as bases materiais do cotidiano — alimentação, vestuário, moradia — e as técnicas. E isso é tudo o que se sabe a respeito do assunto em *As estruturas do cotidiano*, pois Braudel adotou aquelas expressões como conceito, sem no entanto defini-las e delimitar o campo de investigação que lhes pertencia dentro do conhecimento histórico.

Essa ausência tornou-se motivo de debate. De um lado, houve a irritada crítica de Carandini (1979:94) sobre a inexistência de um estatuto teórico do conceito de "civilização material" no livro de Braudel: "ele fala em termos literariamente sugestivos de 'poeiras da história', de 'cotidiano inconsciente', de 'rés-do-chão da vida econômica', de 'nível zero da história', mas o que podemos extrair de tais agudas definições?"[8] De outro, a defesa de Jean-Marie Pesez, marcada pelo espírito de escola, que considera, em primeiro lugar, o mesmo livro como "a primeira grande síntese de história material", para em seguida tomar a censura de Carandini como referência e fazer uma afirmação no mínimo discutível: "é certo que tal se verifica [a ausência de teorização], embora mais de uma fórmula saída da pena do escritor francês valha por uma definição, de tal modo ela toca no ponto certo, com uma felicidade de expressão que não tem igual".[9]

Mas talvez a questão da ausência de teorização possa ser melhor compreendida por um outro prisma: o objeto anunciado, tanto em 1967, no título da primeira edição do livro, quanto na edição de 1979, é o aspecto propriamente material do *cotidiano* das sociedades de um Antigo Regime mundial, que Braudel denominou *civilização material* ou *vida material*. Seja qual for o nome dado à coisa, o que de fato importa é que se trata da apro-

---

[7] Braudel, 1979:8.
[8] Carandini, 1979:94.
[9] Pesez, 1978:104.

priação pelo historiador de um objeto que havia estado até então sob os cuidados da etnologia. Esse pode muito bem ter sido um dos motivos que fez Braudel se sentir à vontade dentro do campo, eximindo-se da responsabilidade de defini-lo e de fixar o seu estatuto teórico; o outro parece residir no fato de que o assunto do livro *As estruturas do cotidiano* foi usado para um acerto de contas sobre as relações entre a história e as ciências sociais, como se verá adiante, sem que esse procedimento causasse prejuízos ao estudo propriamente dito e ao papel que o livro desempenha no conjunto da obra.

Cumpre destacar que a relação entre história e etnologia, no que diz respeito ao cotidiano, já foi posta em evidência por Jacques Le Goff: "o contributo imediato da etnologia à história é, sem dúvida, o sublinhar da civilização (ou cultura) material".[10] Vendo as coisas nessa perspectiva tem-se a impressão de que, ao entrar no território da etnologia, Braudel cumpria uma promessa dos *Annales* do pós-guerra, pois realizava, no final das contas, um trabalho no campo das "civilizações". *As estruturas do cotidiano* passaria então à condição de ponto alto do processo evolutivo da aliança da história com as demais ciências sociais, a partir da qual poder-se-ia afirmar, acompanhando mais uma vez Jacques Le Goff, que "a nova história, depois de se ter feito sociológica, tende a se tornar etnológica".[11]

Deve ser lembrado, no entanto, que essa formulação de Le Goff manifesta a lealdade de um sucessor de Braudel nos *Annales*, o que quer dizer que só se pode esperar dele muita delicadeza no trato, atitude expressa na noção de "contributo imediato" da etnologia à história, e esquecer um dos "combates" dos *Annales*. Com efeito, para quem está do lado de fora, essa entrada de Fernand Braudel na seara alheia pode ser traduzida mais adequadamente por meio de metáforas militares, como, por exemplo, "conquista de território inimigo". Isso porque em *As estruturas do cotidiano* o historiador acertou contas com a pretensão hegemônica da antropologia "estrutural" no terreno das ciências sociais ao mostrar que a história estava capacitada a operar com as estruturas, conferindo-lhes dimensão temporal. Com efeito, ao analisar o cotidiano dos séculos XV ao XVIII, Braudel demonstrou que a estrutura *muda*, muito embora pela sua própria condição seja uma realidade que o tempo "utiliza mal e veicula mui longamente", isto é, embora esteja submersa na longa duração, ela participa de uma determinada temporalidade. E tem mais: tal mudança só pode ser apreendida pela observação histórica dentro da dia-

---

[10] Le Goff, 1985:194.
[11] Ibid., p. 188.

lética das durações: no caso concreto de *Civilização material, economia e capitalismo*, tanto a expansão da vida material pode afetar o capitalismo como a expansão do capitalismo pode agir sobre a vida material. O que deve ser destacado é que Braudel não se limitou a descrever as estruturas do cotidiano: pretendeu também demonstrar que elas mudam; é o que se vê, por exemplo, quando afirma que só no século XIX haverá "ruptura, inovação, revolução" nas estruturas do cotidiano, e que se um homem do século XX visitasse a casa de Voltaire poderia "ter com ele uma longa conversa sem surpresas. No plano das idéias, os homens do século XVIII são nossos contemporâneos (...). Mas se o mestre de Ferney nos retivesse em sua casa durante alguns dias, todos os pormenores da vida cotidiana, até o cuidado que tivesse com sua pessoa, nos surpreenderiam muito. Entre ele e nós abrir-se-iam terríveis distâncias: a iluminação à noite, o aquecimento, os transportes, os alimentos, as doenças, os medicamentos (...)".[12] Desse modo, *As estruturas do cotidiano* de Fernand Braudel viabilizava a existência de uma história estrutural, ainda que o seu conceito de estrutura não fosse o mesmo que o de Claude Lévi-Strauss.

Vale pôr em relevo uma outra dimensão do mesmo assunto: ao se apropriar de um objeto da etnologia, não estaria Braudel tão-somente colocando em prática o seu empenho pessoal em criar um "mercado comum" das ciências sociais? Caso a resposta fosse positiva, não haveria como explicar a cordial rivalidade entre Braudel e Lévi-Strauss, a qual ganhou vida desde que ambos trabalharam na USP. Além disso, para o historiador "o mercado comum" das ciências do homem só se concretizaria se o evento fosse definitivamente banido dos seus domínios e se elas o substituíssem pela investigação dos fenômenos de longa duração, ou seja, só se concretizaria sob a hegemonia da história.

Em *Os jogos da troca* se encontra o primeiro andar, situado logo acima da "vida material", com a presença de "milhares de pontos modestos: feiras, bancas, lojas", até "seus meios superiores, praças comerciais, bolsas ou grandes feiras", estando o mais "elementar capitalismo" aí instalado. Apenas uma minoria da humanidade é mobilizada por essas atividades, dado que a grande massa está encapsulada na vida material.

A análise e a exposição que Braudel faz desse conjunto têm em vista "apreender regularidades e mecanismos", para apresentar "uma espécie de história econômica *geral* ou, para quem preferir outras linguagens, uma *ti-*

---

[12] Braudel, 1995, v. 1, p. 16.

pologia ou um *modelo*".[13] Ao lidar com isso tudo, o historiador centraliza esse seu estudo "na junção do social, do político e do econômico", ficando o livro "a meio caminho entre a história, inspiradora primordial, e outras ciências do homem".

Em suma, Fernand Braudel fornece dados sobre a "economia de mercado", tomando de empréstimo um conceito que era caro a Karl Polanyi e, ao mesmo tempo, se recusando a usá-lo no sentido específico que este lhe dera em *A grande transformação*. Nela encontra dois níveis: o das trocas locais, onde verifica que a concorrência flui sem entraves pela ausência de intermediários — produtores e consumidores mantêm contato direto —, e um outro nível superior, onde a circulação das mercadorias — produtos nacionais e internacionais — envolve intermediários, mercadores itinerantes que atuam como agentes econômicos; dentro desse conjunto prosperava o capitalismo, entendido como "esfera de circulação".

Embora estivesse ancorada na vida material, Braudel considerou que a "economia de mercado" era dotada de autonomia relativa, o que lhe assegurava algum movimento próprio. Por isso mesmo, ao contrário da vida material, que se encontra sob o signo da inércia, a "economia de mercado" estava sujeita a um outro ritmo temporal, marcado por mudanças lentas. Tanto é assim que, para Braudel, "o capitalismo é essencialmente conjuntural, ou seja, ele floresce de acordo com a ordem das trocas".[14]

Em *O tempo do mundo*, Fernand Braudel se dedica à construção de uma história "no seu desenrolar cronológico". Neste último andar da casa reside uma "espécie de superestrutura da história global", "uma espécie de consumação, como que criada e suscitada pelas forças que exercem abaixo dela, embora seu peso repercuta, por sua vez, na base". É nesse lugar que o historiador procurou apreender "a história *econômica* do mundo entre os séculos XV e XVII",[15] cujo principal protagonista é o desenvolvimento do capitalismo. Como parte da atuação desse protagonista, destacou o papel exercido por determinadas cidades na constituição de sistemas econômicos internacionais — economias-mundo, como os denomina —, baseando-se para tanto na análise de um único autor, Immanuel Wallerstein.

Note-se que o capitalismo para Braudel não é um "modo de produção", como o definiram os marxistas, ou ainda, segundo as suas palavras, "um con-

---

[13] Braudel, 1995, v. 2, p. 5.
[14] Braudel, 1979:61.
[15] Braudel, 1995, v. 3, p. 7.

junto social" envolvendo "nossas sociedades inteiras", pois existe uma "margem inferior" da economia constituída por "unidades independentes", que ainda hoje, "como no século XVIII, representa de 30 a 40% das atividades dos países industrializados".[16]

Assim, ele recusa não só a cronologia do capitalismo tal como fora feita por Marx, mas também o reconhecimento de sua existência como um sistema de produção baseado na exploração do trabalho assalariado. Para Braudel, a gênese do capitalismo ocorreu bem antes do período em que Marx a localizou, mesmo porque não é na produção que ele reside: "é na circulação, por excelência, que o capitalismo está à vontade".[17] Para afirmar isso, buscou apoio numa idéia de Lenin que aparece em *Imperialismo, último estágio do capitalismo*: "o capitalismo é a produção comercial no seu mais alto nível de desenvolvimento".

Com efeito, o capitalismo para Braudel é uma estrutura superior, constituída por grupos sociais privilegiados que se ocupam com cálculos e atuam em áreas da circulação desconhecidas pelo homem comum. Ele difere dos andares inferiores da casa porque sua regra não é a da concorrência, mas sim do monopólio, e o seu espaço é o do mundo inteiro. O setor capitalista, pelo seu próprio caráter, age com liberdade para selecionar os domínios em que irá intervir, estimulando uns ou abandonando outros à sua própria sorte.

Em resumo, a partir de todos esses dados tem-se o seguinte esquema da "casa" de Braudel: a vida material, na condição de estrutura, regida pela inércia, arrasta consigo o nível 1 da economia de mercado, constituído por feiras, lojas e tendas; o nível 2, no entanto, "o mais elementar capitalismo", é dotado de mobilidade relativa; ocorre que o seu desenvolvimento e seus modos de atuação implantam sistemas econômicos internacionais — as economias-mundo, cada uma sob a hegemonia de uma cidade; é este último plano que fornece ao historiador uma seqüência cronológica. Por esse caminho, Fernand Braudel submetia mais uma vez a história a uma divisão tripartite, tendo agora por objeto a economia pré-industrial: longa duração na vida material, mudanças lentas na economia de mercado e no capitalismo, que segundo uma imagem sua não se separam como água e azeite, e, finalmente, a curta duração nos eventos das economias-mundo. Distribuídos pelos três livros que formam a obra, a longa duração estaria em *As estruturas do cotidiano*; o tempo lento, principalmente na segunda parte de *O jogo das*

---

[16] Braudel, 1995, v. 3, p. 585.
[17] Braudel, 1979:112.

trocas; e, por fim, a curta em *O tempo do mundo*. Assim, ao efetuar um estudo de história econômica, Fernand Braudel demonstrou, primeiro, que a grade dos diferentes tempos da história podia ser encontrada em outros objetos históricos, e não somente nas relações entre homens e meio ambiente; segundo, que a operação historiográfica não deveria se limitar à análise de apenas uma das durações, embora reconhecesse o primado da longa duração; deveria, isto sim, analisar cada uma em si, para depois verificar no conjunto a dialética das durações.

Enfim, ao priorizar certos aspectos de uma obra, esses comentários não pretenderam tomá-los como única medida para a avaliação dos resultados de um trabalho em história. Esses aspectos só adquirem valor como um de seus elementos e, nesse caso, merecem destaque por serem indissociáveis de uma obra de síntese que expõe o fôlego e a erudição de Fernand Braudel.

Bibiliografia

BRAUDEL, F. *El Mediterraneo y el mundo mediterraneo en la época de Felipe II*. Mexico: Fondo de Cultura Económica, 1953. 2v.

_____. *Civilização material e capitalismo — séculos XV-XIII*. Lisboa: Cosmos, 1970.

_____. História e ciências sociais. A longa duração. In: BRAUDEL, F. *Escritos sobre a história*. São Paulo: Perspectiva, 1978.

_____. *Afterthoughts on material life*. Baltimore: The John Hopkins University Press, 1979.

_____. *Civilização material, economia e capitalismo — séculos XV-XVIII*. São Paulo: Martins Fontes, 1995. 3v. v. 1: As estruturas do cotidiano; v. 2: Os jogos da troca; v. 3: O tempo do mundo.

CARANDINI, A. *Archeologia e cultura materiale*. Bari: De Donato, 1979.

LE GOFF, J. *O maravilhoso e o quotidiano no Ocidente medieval*. Lisboa: Edições 70, 1985.

MORINEAU, M. Un grand dessein: "Civilization matérielle, économie et capitalisme (XVe-XVIIIe siècles)", de Fernand Braudel. *Revue d'Histoire Moderne et Contemporaine*. Paris: *28*, oct./déc. 1981.

PESEZ, J.-M. Histoire de la culture matérielle. In: Le GOFF, J. (dir.). *La nouvelle histoire*. Paris: CEPL, 1978.

3

O traje novo do presidente Braudel*

*François Dosse***

O confronto entre as ciências sociais e a história é um tema recorrente que transformou o campo das ciências sociais, movimentando as fronteiras entre as disciplinas. Dois grandes desafios foram lançados à história. O primeiro, violenta acusação, remonta a 1903 e foi escrito pelo sociólogo durkheimiano François Simiand na *Revue de Synthèse Historique*, com o título "Método histórico e ciência social". Depois de uma primeira reação de fechamento corporativista, dois historiadores de Estrasburgo, L. Febvre e M. Bloch, responderam ao desafio em 1929 e renovaram a escrita da história com a revista que criaram: *Annales d'Histoire Économique et Sociale*. Mas a batalha das fronteiras ainda não estava encerrada: no pós-guerra a ela se uniria o pensador e antropólogo francês Claude Lévi-Strauss para digladiar com os historiadores. Ele situa sua intervenção na esteira do questionamento de F. Simiand para desestabilizar a história, mas dessa vez do ponto de vista da antropologia, num artigo essencial: "História e etnologia", publicado em 1949: "Mais de meio século se passou desde que Hauser e Simiand expuseram e opuseram os pontos de princípio e de método que, segundo eles, distinguem a história da sociologia".

Nele Strauss afirma que a história, apesar dos apelos de renovação por parte das ciências sociais, manteve-se adstrita a seu modesto programa. Era simplesmente esquecer a ruptura ocorrida em 1929, que seria lembrada por

---

* Este artigo foi originariamente publicado em 1987 na revista *Espaces Temps* (34/35). A presente versão, traduzida por Ivone Castilho Benedetti, integra o livro *A história à prova do tempo. Da história em migalhas ao resgate do sentido* (São Paulo: Unesp, 2001). (N. do O.)

** Professor da Universidade de Paris XIII/Créteil.

F. Braudel naquele mesmo ano da publicação de *Anthropologie structurale*, em 1958, num artigo-manifesto publicado na revista dos *Annales*: "História e ciências sociais. A longa duração". E para mostrar que a escola tinha aprendido a lição, a revista voltaria a publicar em 1960 o artigo de F. Simiand.

O desafio de Claude Lévi-Strauss

Já antes da guerra, Braudel tinha convivido com o antropólogo Claude Lévi-Strauss na Faculdade de Filosofia da Universidade de São Paulo. Ele tinha podido aquilatar o clima de rivalidade e de confrontação teórica, e não hesitava em ironizar[1] as pretensões científicas dos etnógrafos que se valem de belas construções matemáticas, sendo incapazes de resolver uma modesta equação algébrica. Cada um, naquela faculdade de São Paulo, exaltava a superioridade de sua disciplina, espreitando o sucesso do outro. Quando, em 1949, Claude Lévi-Strauss definiu a antropologia social, atribuiu-lhe vocação hegemônica não só no campo das ciências sociais, mas também fora dele. Seu território deveria estender-se ao próprio âmago das ciências naturais, na união entre natureza e cultura. Estava em questão um jogo de poder institucional em que aquela jovem ciência descobria ter um apetite voraz para desalojar as antigas ciências humanas instaladas em sua legitimidade institucional.

Caberia à antropologia mostrar sua capacidade de realizar uma síntese de todas as abordagens mais científicas da sociedade humana, para desembocar numa divisão disciplinar mais vantajosa em que seriam admitidos a seu serviço aqueles que ela apresentaria logo depois como augustos ancestrais. A superioridade da antropologia, segundo Claude Lévi-Strauss, estava em sua capacidade de superar a divisão artificial entre ciências humanas e ciências naturais. E isso lhe permitia apresentar-se como uma verdadeira ciência a valer-se do rigor das ciências naturais, pondo-o a serviço da explicação das sociedades humanas. A antropologia "não desespera por despertar entre as ciências naturais na hora do Juízo Final".[2] Lévi-Strauss transforma a desvantagem da largada atrasada, da ausência de âncoras, num trunfo para construir uma ciência decidida a investir contra os poderes estabelecidos das ciências vizinhas. Seus contornos deviam ser o menos definidos pos-

---

[1] Ver Maugüé (1982:118).
[2] Lévi-Strauss, 1960:2.

sível para poderem avançar, absorvendo as outras ciências que se tornariam auxiliares, num canibalismo triunfante: "A antropologia não poderia, em caso algum, admitir ser desligada das ciências exatas e naturais nem das ciências humanas".[3] Ela não tem campo específico, a não ser uma postura mais original, mais inovadora, mais totalizadora, que lhe permite ser uma máquina de guerra eficaz no campo institucional da pesquisa e do ensino. Todas as ciências são assim convocadas a servir à pesquisa antropológica. O estudo das relações de parentesco deu origem a uma verdadeira matemática do parentesco, a um tratamento sistemático, lógico-matemático.

Nova divisão disciplinar

A antropologia estava em confronto principalmente com uma ciência irmã, mais concorrente da instituição universitária, a história. Se o assalto dessa jovem ciência não permitiu devorar os historiadores e transformá-los em auxiliares foi sobretudo porque a escola dos *Annales*, já bem implantada no plano institucional, soube reagir e assimilar em seu próprio proveito a contribuição antropológica. Claude Lévi-Strauss considera o território do historiador mais restrito que o do etnólogo, que não tem fronteiras temporais nem espaciais: "Se, teoricamente pelo menos, todas as ciências humanas podem adaptar-se à etnografia, nem todas podem adaptar-se à história, em razão da inexistência de documentos escritos para a imensa maioria delas".[4] Assim, a vantagem da antropologia sobre a história manifesta-se tanto no nível dos métodos quanto no da amplitude de seu campo de investigação. A antropologia, ciência ao mesmo tempo natural e social, armada da contribuição lingüística, matemática, geográfica e psicológica, está pronta, segundo Claude Lévi-Strauss, para assumir posição central numa eventual recomposição disciplinar. Ontem, a zoologia e a botânica foram absorvidas pela biologia. Da mesma maneira, Lévi-Strauss terá preparado novas divisões disciplinares, mais favoráveis à antropologia. Ele rejeita a falsa acusação que lhe é feita a respeito da história. Considera que esta é inevitável e irredutível, mas que posição lhe atribuem? Haverá compatibilidade entre a antropologia e a história?

---

[3] Lévi-Strauss, 1958:394.
[4] Lévi-Strauss, 1973:348.

Ao que tudo indica, a história que interessa a Lévi-Strauss é na verdade a história dos pequenos acontecimentos singulares. Ela deve restringir-se ao domínio concreto do empírico para deixar o campo livre à antropologia estrutural, que pode então espalhar-se pelo terreno da necessidade.

A história é então relegada ao plano de material básico utilizado pela antropologia: ela só pode apresentar o caráter aleatório e casual da evolução das sociedades e da passagem de uma sociedade para outras. Lévi-Strauss considera assim o "milagre grego" — passagem do pensamento mítico à filosofia na Grécia antiga — uma ocorrência histórica fruto de um simples acaso, visto que essa transformação não é nem mais nem menos necessária aqui ou alhures. Segundo essa concepção, a história situa-se na alçada do anedótico, e o tecido dos acontecimentos torna-se insignificante diante das leis inexoráveis das estruturas: "Toda uma pesquisa tendente às estruturas começa por inclinar-se diante do poder e da inanidade do acontecimento".[5] Qualquer concepção que atribuísse à história função que não fosse a de relato, qualquer filosofia da história não passa, para Claude Lévi-Strauss, de mito, e nesse sentido ele ataca Jean-Paul Sartre: "No sistema de Sartre, a história desempenha exatamente o papel de mito".[6] O que é vivido, os acontecimentos, o material histórico, tudo é mito.

A partir desse postulado, Claude Lévi-Strauss não entende por que os filósofos, entre os quais Jean-Paul Sartre, se obstinam em atribuir papel privilegiado à história. A fascinação exercida pela história está em sua capacidade de apresentar um conteúdo temporal coletivo que corresponde à apreensão que já temos de nosso passado pessoal, ao contrário da etnologia, que se estende na descontinuidade espacial. Ora, essa continuidade é ilusória para Claude Lévi-Strauss, uma vez que o historiador, se quiser atingir certo grau de significação, está condenado a escolher, a selecionar época, grupos e regiões. Ele só pode construir histórias, sem jamais ter acesso a uma globalidade significante: "Uma história total se neutralizaria a si mesma: seu produto seria igual a zero".[7] Portanto, não há totalidade histórica, mas uma pluralidade de histórias não ligadas a um tema central, ao homem. A história só pode ser parcial, nos dois sentidos dessa palavra.[8] Logo, para Lévi-Strauss, a história seria o último refúgio de um humanista transcendental; ele convi-

---

[5] Lévi-Strauss, 1966:408.
[6] Lévi-Strauss, 1962:336.
[7] Ibid., p. 340.
[8] Ibid., p. 342.

da os historiadores a livrarem-se da posição central do homem. Lévi-Strauss termina sua violenta diatribe contra a história proclamando: "A história leva a tudo, desde que saia".[9]

Portanto, apesar das denegações do autor, o que ele faz é um questionamento radical, mais ainda que o de F. Simiand no começo do século contra a escola positivista.

Do consciente ao inconsciente

A outra diferença de natureza que Lévi-Strauss discerne entre a história e a etnologia situa-se na profundidade dos procedimentos. O etnólogo teria acesso ao inconsciente de uma sociedade; poderia tornar transparente aquilo que a fundamenta, ao passo que o historiador deveria contentar-se com a fina película da escuma dos dias, do cotidiano, do concreto visível. Verdadeiro espeleologista, o etnólogo pode atingir níveis inacessíveis ao historiador: "O etnólogo caminha para a frente, procurando atingir (...) sempre mais o inconsciente para o qual se dirige, enquanto o historiador avança, por assim dizer, de marcha à ré, com os olhos fixos nas atividades concretas e particulares".[10] Por só ter acesso às atividades conscientes, a história apega-se a um nível insignificante, puramente contingente.

No entanto, existe a consideração da realidade empírica, da pesquisa etnográfica, mas como material básico para construir a estrutura inconsciente dos modelos subjacentes. Ora, essas estruturas têm a particularidade de ser a-históricas, intemporais. Elas formam um invariante que permeia a diversidade das organizações sociais enquanto inconsciente do social. Do ponto de vista de Claude Lévi-Strauss, a noção de *estrutura social* não se equipara à realidade empírica, mas aos modelos construídos a partir desta. Ele distingue a noção de estrutura social da noção, empírica, de *relações sociais*. Ora, o historiador fica no nível do empírico, do observável, sendo incapaz de criar um modelo e, portanto, de ter acesso às estruturas profundas da sociedade. Está destinado a continuar cego em sua caverna, a menos que se equipe das luzes do etnólogo, pois os modelos conscientes se interpõem como obstáculos entre o observador e o objeto: "Os modelos conscientes estão entre os mais pobres que existem".[11]

---

[9] Lévi-Strauss, 1962:347.
[10] Lévi-Strauss, 1958:32.
[11] Ibid., p. 308.

A história e a etnologia estão duplamente próximas pela sua posição institucional e pelos seus métodos. O campo de estudo de ambas é o *outro*, seja no espaço, seja no tempo, e Lévi-Strauss considera que essas duas disciplinas têm um mesmo objeto, o mesmo objetivo (que é compreender melhor as sociedades humanas), o mesmo método. A distinção essencial se situaria, portanto, entre uma ciência empírica, de um lado, e uma pesquisa conceitual, do outro. Pelo movimento em direção às estruturas inconscientes, a etnologia realiza um progresso que vai do especial ao geral, do contingente à necessidade, do idiográfico ao nomográfico. Claude Lévi-Strauss utiliza a famosa fórmula de Marx, segundo a qual "os homens fazem sua própria história, mas não sabem que a fazem", para atribuir ao primeiro termo a função de história e ao segundo, o campo do etnólogo.

Lévi-Strauss, que não pode negar totalmente a temporalidade, distingue duas formas desta, dois ritmos entre as diversas sociedades humanas. Retorna ao conceito de sociedade fria que aparece no século XVI, quando da descoberta dos índios americanos. Existiriam duas formas de história: uma história cumulativa, progressiva, e uma história na qual cada inovação viria a dissolver-se num processo de auto-regulação. O terreno de predileção da etnologia é constituído por essas sociedades primitivas nas quais Claude Lévi-Strauss saúda "a sabedoria particular que as incita a resistir desesperadamente a qualquer modificação em sua estrutura".[12]

Depois de distinguir as sociedades segundo sua *temperatura* histórica, Lévi-Strauss utiliza outra metáfora, a da semelhança entre o funcionamento da sociedade e o da máquina. Existem dois tipos. As sociedades frias assemelham-se a máquinas mecânicas que utilizam indefinidamente a energia constituída na partida: o relógio, por exemplo; e as sociedades quentes se assemelham a máquinas termodinâmicas, como a máquina a vapor, que funciona a partir de variações na temperatura. Elas produzem mais trabalho, porém consomem mais energia porque a destroem progressivamente. Esta última sociedade está em busca de diferenciais cada vez maiores e numerosos para seguir adiante e encontrar energias propulsoras revivificadas. A sucessão temporal, nas sociedades frias, deve influenciar o menos possível suas instituições. Dessa oposição entre sociedades frias e quentes Lévi-Strauss deduz ensinamentos metodológicos. Faz distinção entre um modelo de abordagem mecânica e operacional, para as sociedades frias, e um modelo estatístico, que é válido para as sociedades quentes. Situa assim a etnologia do lado dos

---

[12] Lévi-Strauss, 1960:41.

modelos mecânicos, e a história do lado do modelo estatístico: "O etnólogo recorre a um tempo mecânico, ou seja, reversível, e não cumulativo".[13]

As leis matrimoniais, por exemplo, nas sociedades primitivas podem ser agrupadas na forma de modelos nos quais os indivíduos são distribuídos em classes de parentesco ou em clãs. Tal classificação é impossível em nossas sociedades, nas quais é necessário o estudo estatístico.

Demarcações mentais

Lévi-Strauss ataca também o evolucionismo, a ideologia do progresso que pensa a história da humanidade num âmbito unitário, idêntico. Rejeita aqueles que concebem a história como uma sucessão de etapas, estágios em direção a um estado melhor, à realização do progresso humano. Quer se trate das espirais de Vico, das três eras de Auguste Comte, da escala de Condorcet ou da marcha para o comunismo de Marx, todos esses esquemas são mitológicos para Claude Lévi-Strauss. Herdeiro de Jean-Jacques Rousseau, ele não acredita mais no progresso. A este opõe a pluralidade dos caminhos, das civilizações e das temporalidades, com uma visão de mundo mais próxima de um relativismo cultural. Não se deve estabelecer hierarquia nenhuma em nome do progresso, mas, ao contrário, permanência e variância para além da diversidade das civilizações; e a preferência de Lévi-Strauss pende para os tempos mais recuados: "O homem realmente não cria nada de grande a não ser no começo".[14]

A ambição de Lévi-Strauss, correlata a seu intento de desistorização, situa-se no nível da descoberta do modo de funcionamento do espírito humano, verdadeiro invariante, permanência humana além de todas as diversidades de épocas ou espaços. A tarefa do antropólogo é inventariar as injunções mentais a partir dos invariantes detectados. É assim que, por trás das modulações sucessivas dos mitos, o antropólogo deverá procurar ler as leis internas e permanentes do espírito humano. Lévi-Strauss reabilita, por trás de uma metodologia muito inovadora e fecunda, uma idéia antiquíssima, que muitos acreditavam morta e enterrada: a de uma natureza humana, dado a-histórico, insuperável e intemporal, apreendido aqui pela detecção da existência de estruturas inconscientes e universais subjacentes. Faz isso em de-

---

[13] Lévi-Strauss, 1958:314.
[14] Lévi-Strauss, 1955:442.

trimento do estudo das instituições, de seu funcionamento, das relações de produção ou de poder. Seja pelo estudo das estruturas de parentesco, seja pelo do simbolismo mitológico, "sempre cabe fazer um inventário das demarcações mentais".[15] Trata-se de descobrir as necessidades imanentes que existem por trás das ilusões de liberdade até o domínio que aparece como o menos dependente das contingências materiais, como a mitologia: "Se nos deixarmos guiar pela busca das demarcações mentais, nossa problemática convergirá para a problemática do kantismo".[16] Nessa problemática, os mitos, em vez de revelarem a confrontação entre o social e o psiquismo inconsciente, permitem ressaltar a mobilidade fundamental do espírito humano para além de suas diversas manifestações. O anti-historicismo e a invariância são as características da obra de Claude Lévi-Srauss, que concebe a mitologia e a música como "máquinas de suprimir o tempo".[17] Esse questionamento radical da história conduzirá a uma mudança considerável das pesquisas históricas.

A resposta de Fernand Braudel: a longa duração como estrutura

Durante esse período, Fernand Braudel é parceiro-adversário dos estruturalistas. Ele opõe a herança de Marc Bloch e Lucien Febvre a Claude Lévi-Strauss, mas inova ao valorizar novos paradigmas. A história, segundo o modelo da revista dos *Annales*, encontrou em Braudel alguém capaz de revitalizar e renovar a mesma estratégia, transformando a história na ciência que, apossando-se dos programas das ciências humanas, seria capaz de confederá-las. Para resistir à ofensiva estruturalista, ele retoma em seus próprios termos, no fim dos anos 1950, certo número de paradigmas provenientes da antropologia e os adapta ao discurso historiográfico.

Uma história total

Braudel responde à sociologia de Claude Lévi-Strauss afirmando que a capacidade para unificar todas as abordagens do homem situa-se apenas na his-

---

[15] Lévi-Strauss, 1964:17.
[16] Ibid., p. 18.
[17] Ibid., p. 22.

tória, e em nenhum outro lugar. Tudo é histórico, incluindo o espaço, o que torna caducas as vãs tentativas dos estruturalistas. A história de Braudel pretendia ser, acima de tudo, síntese, assim como a antropologia, mas com a superioridade conferida pelo pensar o espaço-tempo. Nesse aspecto, retoma o legado da primeira geração da revista dos *Annales*. A duração condiciona todas as ciências sociais e confere papel central à história: "O tempo, a duração e a história impõem-se de fato, ou deveriam impor-se, a todas as ciências do homem".[18] A história tem como ambição restabelecer a globalidade dos fenômenos humanos; ela é a única que pode dizer qual é o lugar deles, sopesar sua eficiência em todos os saberes particulares. Captar em um mesmo movimento a totalidade do fenômeno social é a grande ambição da história braudeliana. Ela é a única que tem acesso àquilo que ele chama de "conjunto dos conjuntos".[19] No discurso braudeliano essa globalidade tem a característica de depender estritamente do concreto, das realidades observáveis. Portanto, ela está distante dos sistemas quase matemáticos implantados pela antropologia estrutural: "Preferimos a observação de experiências concretas a perseguir definições no abstrato".[20] O ideal e impossível de realizar, segundo definição de Braudel, seria apresentar tudo num único plano e com um único movimento. O historiador deve, portanto, tratar tanto do aspecto econômico e político quanto do cultural. Mas o conceito de globalidade de Braudel abrange a simples soma dos diversos níveis da realidade, sem contudo ser um instrumento conceitual capaz de apreender as dominâncias e determinações em jogo. Portanto, ele não ultrapassa o nível de um relato descritivo, ambicioso pelo campo que pretende apreender, mas limitado quanto à capacidade explicativa: "Não é que a história seja em primeiro lugar descrição, simples observação, classificação sem grande número de idéias prévias".[21]

A totalidade defendida não deve ser relacionada com uma concepção casual de história: não estão em ação sistemas de causalidade, e na maioria das vezes chega-se à simples acumulação de diferentes estágios. Observar, classificar, comparar e isolar são grandes operações cirúrgicas praticadas por Braudel. Como Lineu, ele multiplica classificações sistemáticas dos fenômenos observados, que são assim organizados segundo uma lógica depois de

---

[18] Braudel, 1969:105.
[19] Braudel, 1979, v. 2, p. 408.
[20] Ibid., v. 3, p. 199.
[21] Braudel, 1985:25.

terem sido inventariados. Por trás do conceito de história total à Braudel existe a concepção de uma história que se apresentaria como um magma, o famoso plasma de que já teria falado Marc Bloch. A palavra-chave do discurso braudeliano é *reciprocamente*, ou seja, tudo influencia tudo e reciprocamente. Com tais parâmetros de leitura do tempo, entende-se por que Braudel tem alguma dificuldade em elevar-se do descritivo ao analítico: "Seria possível escrever as seguintes equações em todos os sentidos que quisermos: a economia é política, cultura, sociedade; a cultura é economia, política, sociedade etc.".[22] Assim como para Novalis, a história braudeliana é necessariamente mundial; sua alça de mira é ampla e supõe o domínio do método comparativo pelo tempo mais longo e pelo espaço mais amplo possíveis.

A longa duração

Ao mesmo tempo que despreza a sociologia, Braudel abstém-se de polemizar frontalmente com Claude Lévi-Strauss, não o atacando em momento algum, apesar da situação de concorrência cada vez mais acerba. Ao contrário do tratamento reservado a G. Gurvitch, ele fala da "proeza" de Claude Lévi-Strauss[23] por ter sabido decifrar a linguagem subjacente às estruturas elementares de parentesco, aos mitos, às trocas econômicas. O maestro Braudel, que tem o costume de reagir com arrogância às jovens ciências "imperialistas", aceita pelo menos uma vez abandonar a batuta e chega a falar em "nosso guia", referindo-se a Lévi-Strauss. É o sinal manifesto de que Braudel entendeu a força e a atração desse discurso antropológico que também se apresenta como totalizador, mas com o apoio de um aparato matemático, com a criação de modelos que lhe permitem ter acesso ao inconsciente das práticas sociais e, portanto, adquirir rapidamente no campo das ciências sociais uma superioridade radical em relação à história. Braudel inova então, abeberando-se diretamente em Claude Lévi-Strauss. A todo o seu corpo de argumentos ele opõe o principal trunfo do historiador: a duração, não a duração do par tradicional acontecimento/datação, mas a longa duração que condiciona até as estruturas mais imutáveis e valorizadas pelo antropólogo; por exemplo: "A proibição do incesto é uma realidade de longa duração".[24]

---

[22] Braudel, 1979:34.
[23] Braudel, 1969b:70.
[24] Ibid., p. 73.

Ele reconhece a justeza da crítica de Simiand à singularidade do acontecimento e seu caráter fútil para as ciências sociais: "A ciência social tem quase horror ao acontecimento. Não sem razão: o tempo curto é a duração mais caprichosa e enganadora".[25] Propõe então reorganizar o conjunto das ciências sociais em torno de um programa comum que tivesse como referente essencial a noção de longa duração. Esta deve impor-se a todos, e, em se tratando de duração, de periodização, o historiador é rei.

Braudel apresenta essa mudança como uma revolução copernicana na própria disciplina histórica, esboço de uma inversão radical de perspectiva que deve permitir a todas as ciências humanas falarem a mesma linguagem. As ciências sociais têm duas maneiras de escapar à história, as quais é preciso conjurar: por um lado, uma visão infratemporal que se restringe a uma atualidade isenta de qualquer densidade temporal; para Braudel, é o que acontece com a sociologia, cujo método é limitado demais para preocupar o historiador. Por outro lado, existe a visão supratemporal, que nos tenta a construir uma ciência da comunicação em torno de estruturas atemporais. Nela se reconhece o intento estruturalista, que interpela seriamente o historiador. Braudel responde remetendo à longa duração: "Tentei mostrar — não ousaria dizer demonstrar — que toda a pesquisa nova de Claude Lévi-Strauss só tem sucesso quando seus modelos navegam pelas águas da longa duração".[26]

Braudel apropria-se do conceito de estrutura, que vai buscar em Lévi-Strauss, mas ele quer dizer coisa completamente diferente na economia do discurso braudeliano. Ao contrário de Lévi-Strauss, para Braudel a estrutura é a arquitetura, montagem, porém realidade concreta: ela é observável. Sua concepção é fundamentalmente descritiva, fiel a uma escrita tradicional da história. No entanto, ele tem o mérito de apropriar-se da noção de estrutura e de dar-lhe uma dimensão temporal. "Essas estruturas históricas são discerníveis, de certa maneira mensuráveis: sua duração é a medida."[27] Assim, em sua tese sobre o Mediterrâneo, as estruturas que ele enfatiza são a soma das redes de relações, as rotas, os gráficos, todas as relações que animam o espaço por ele cientificamente descrito e sopesado, mas sem interesse pela lógica interna desses mecanismos. Ele conclui sua tese fazendo uma profissão de fé de um estruturalismo histórico específico: "Sou estruturalista de temperamento, pouco motivado pelo acontecimento e mais ou menos mo-

---

[25] Braudel, 1969b:46.
[26] Ibid., p. 114.
[27] Braudel, 1979, v. 2, p. 410.

tivado pela conjuntura, esse agrupamento de acontecimentos de mesmo sinal. Mas o estruturalismo de um historiador nada tem a ver com a problemática que, com o mesmo nome, atormenta as outras ciências humanas. Ele não se dirige para a abstração matemática das relações expressas em funções, mas para as próprias fontes da vida, naquilo que ela tem de mais concreto, mais cotidiano, mais indestrutível, mais anonimamente humano".[28]

A estrutura braudeliana é evidente, acessível por sua imediatez e tem como característica comandar os outros fatos, o que confere primazia à longa duração em relação aos outros ritmos temporais, sobretudo ao que está ligado ao acontecimento. A postura de Braudel pretende ser deliberadamente receptiva; integra todas as posições a fim de abrir espaço para todos no grande laboratório das ciências humanas que superaria todas as clivagens e fronteiras, realizando a unificação do campo das pesquisas em torno dos historiadores, dos especialistas da duração.

Tripartição temporal

A resposta de Braudel a Lévi-Strauss e às ciências sociais em geral não se limita a opor-lhes a longa duração como estrutura, mas consiste em pluralizar o temporal. Já realizada em 1949 na sua tese, essa pluralização é teorizada como modelo em 1958. O tempo decompõe-se em vários ritmos heterogêneos que quebram a unidade de duração. O tempo se qualitativiza para adquirir nova inteligibilidade em vários níveis. A arquitetura braudeliana articula-se em torno de três temporalidades diferentes, três patamares: o tempo do acontecimento, o tempo conjuntural e cíclico e, por fim, a longa duração. É possível, assim, distinguir estágios diferentes do tempo e discrepâncias entre as diversas temporalidades.

Essa abordagem contribui positivamente para inverter a posição da história historizante, mas não é tão nova quanto pretende, pois Marx já havia detectado evoluções lentas e outras mais rápidas, bem como distorções entre as diversas temporalidades, como as discrepâncias entre a evolução lenta do aspecto ideológico em relação à evolução mais rápida das forças produtivas. Se Braudel pluraliza a duração, nem por isso deixa de ser partidário da visada histórica que assume por ambição de restabelecer uma dialética dessas temporalidades, em referência a um tempo único. Acontecimentos, con-

---

[28] Braudel, 1966, v. 2, p. 520.

junturas e longa duração continuam vinculados. Se a unidade temporal se subdivide em vários níveis, estes continuam ligados a uma temporalidade global que os reúne no mesmo conjunto.

Desse modo, ele se distancia do tempo múltiplo e sem densidade dos sociólogos. No entanto, falta atribuir um conteúdo ao esquema tripartite de Braudel, substantivar as velocidades de escoamento do tempo. A duração não se apresenta então como um dado, mas como um construto. A nova tábua de lei de Braudel, tripartite, é deliberadamente construída sem referência a uma teoria, seja ela qual for, e situa-se apenas no plano da observação empírica. Já em sua tese ele atribui a cada uma das durações um domínio, com domicílio específico: "distinção, no tempo da história, de um tempo geográfico, um tempo social e um tempo individual".[29]

O Mediterrâneo decompõe-se assim em três partes, três temporalidades, três domínios. Começa com uma "história quase imóvel"[30] das relações do homem com seu meio geográfico; é aí que entra a contribuição específica de Braudel para a integração do espaço na temporalidade.[31] Depois, intervém a história lenta, que é a história da economia e da sociedade; ele retoma aqui em seus próprios termos a história dos ciclos econômicos, a contribuição da nova história econômica e social ao modo de Labrousse. Por fim, uma história de acontecimentos, com a dimensão do indivíduo, com as oscilações breves e dramáticas da história tradicional. Essa tripartição temporal, segundo o domínio específico, é na realidade arbitrária, pois a política que tem como referência o tempo breve pode muito bem encarnar-se numa instituição de longa duração. Ao contrário, a geografia nos revela, muitas vezes no modo do drama, que a mudança nem sempre ocorre em escala geológica. A sucessão em três temporalidades não significa que Braudel atribua peso igual a cada uma delas. Incontestavelmente, existe uma temporalidade causal, fundadora da evolução dos homens e das coisas; trata-se da longa duração, que, por ser equiparada à natureza, desempenha o papel determinante em última instância. Encontramos então o discurso histórico em que se interligam natureza e cultura. Se Claude Lévi-Strauss tinha como ambição desvendar os mistérios da natureza humana naquilo que permitisse ligação entre biologia e psicologia, Braudel opõe-lhe a irredutibilidade da natureza física, a lentidão da temporalidade geológica.

---

[29] Braudel, 1966, v. 1, p. 17.
[30] Ibid., p. 16.
[31] Grataloup, 1986.

Neurônios ou geologia? O homem social encontra-se sufocado diante dessa alternativa. O acontecimento é relegado à insignificância, e, ainda que esse nível represente um terço de sua tese sobre o Mediterrâneo, só se fala em "agitação das vagas", "turbilhões de areia", "fogo de artifício de pirilampos fosforescentes", "um cenário". Encontra-se constantemente, num estado de espírito característico dos *Annales* contra a história historizante, a antipatia de Braudel pelo acontecimento, a qual J. Hexter qualifica de "apaixonada e às vezes irracional".[32] Ele justifica, portanto, a rejeição do acontecimento singular por parte das ciências sociais, assumindo então as críticas feitas por Simiand em 1903 e Lévi-Strauss em 1962. Em vez de ressituar o acontecimento na dinâmica das estruturas que lhe deram origem, Braudel prefere relegar o acontecimento à ordem da superficialidade, da aparência, para conseguir desviar o olhar do historiador para as evoluções lentas, para as permanências. E em relação às outras durações, a longa duração beneficia-se de uma situação privilegiada. É ela que determina o ritmo do acontecimento e da conjuntura; é ela que traça os limites da possibilidade e da impossibilidade, regulando as variáveis aquém de determinado limite. Se o acontecimento pertence à margem, a conjuntura segue um movimento cíclico, e apenas as estruturas de longa duração pertencem ao irreversível. Essa temporalidade de longo alento tem a vantagem de poder ser decomposta em séries de fenômenos que se repetem, de permanências que evidenciam equilíbrios, uma ordem geral subjacente à desordem aparente do domínio factual. Nessa busca de permanência, atribui-se posição particular ao espaço, que parece conformar-se melhor à noção de temporalidade lenta. "Mais lenta ainda que a história das civilizações, quase imóvel, existe uma história dos homens em suas relações intensas com a terra que lhes dá vida e os alimenta."[33]

Uma história estrutural

O desafio de Lévi-Strauss incitou Braudel a conceituar uma história estrutural de tempo quase imóvel. Encontram-se na sua obra os operadores lógicos utilizados por Lévi-Strauss para as "sociedades frias", adaptados aqui ao campo histórico. É aplicada uma série de regras combinatórias como instrumento de inteligibilidade da realidade: exclusão, inversão dos sinais e pertinên-

---

[32] Hexter, 1972.
[33] Braudel, 1969b:24.

cia permitem que o sistema utilizado se auto-regule por meio da reabsorção daquilo que se dá como novo ou contraditório, segundo operações lógicas internas.

A mudança e a ruptura não são mais significantes do sistema. O movimento histórico é pensado como uma repetição do mesmo, uma permanência na qual o invariante tem primazia sobre o transformado. As diferenças detectadas no interior do sistema não passam de diferenças de lugar, e a unidade prevalece sobre as oposições entre elas. As contradições que podem incidentemente emergir do processo histórico são reabsorvidas pela substituição de um termo por outro, preservando-se o substrato inicial.

A sociedade se reproduz assim sem ruptura fundamental por meio de um movimento de modulações contrapontísticas que se repetem no âmbito das regras de um sistema harmônico que mantém distante qualquer nota desafinada. Portanto, o sistema não pode ser modificado em si mesmo. Apenas um choque externo pode abalá-lo, pois ele não é atravessado por contradições internas. O conflito entre o estrutural e o histórico não data de hoje. Auguste Comte distinguia já a estática social da dinâmica e dava prioridade à primeira. Como escreve Lefebvre, "O estruturalismo é a ideologia do equilíbrio (...) é a ideologia dos *status quo*".[34] De que modo o historiador, diante do estudo do movimento, do processo e da mudança, poderá levar em conta essa herança? Só poderá fazer isso pagando o preço da busca de um equilíbrio terminal, parâmetro de seu estudo, em torno do qual se organizam oscilações nas quais se manifestam ilusões, acidentes, insignificância. A nova história braudeliana apresenta-se então como uma máquina de guerra contra o pensamento dialético, assim como Zenão de Eléia combatia já na Grécia clássica a filosofia do movimento: a de Heráclito.

Ao contrário dessa escrita da história, a dialética histórica dá primazia ao devir, e não ao ser, e vê o móbil, os operadores históricos num processo de cisão, e não de fusão dos contrários. Trata-se de pensar a contradição que se manifesta entre dois termos cuja diferença é não só uma diferença de lugar, mas também uma heterogeneidade qualitativa. Essa distinção é dialetizada por uma rede de correlações que torna unitário o movimento histórico num processo de cisão, de realização da contradição. O pensamento histórico só pode ser pensamento da ruptura, pensamento do trabalho efetivo da cisão rumo à superação da contradição; não rumo ao retorno de um passado em que a contradição fosse reabsorvida, mas em direção a um devir, a uma si-

---

[34] Lefebvre, 1975:69.

tuação nova. Nele o novo não se reabsorve no antigo, mas se dá como decididamente novo num pensamento que visa apreender aquilo que está deixando de ser, ou seja, a realidade em sua transição para outra realidade.

O discurso braudeliano, ao contrário, reabsorve o novo no antigo, a mudança na continuidade, as rupturas nas imobilidades. As continuidades seculares, as regulações constantes formam a base das pesquisas da história braudeliana.

Essa escrita da história que mergulha nas profundezas daquilo que constitui o ecossistema tem como primeiro efeito minorar o papel do homem como força coletiva. Deslocado, relegado à margem, ele cai na ratoeira e debate-se impotente. "O que faço é contrário à liberdade humana", afirma Braudel.[35] O homem nada pode contra as forças seculares que o constrangem, contra ciclos econômicos de longa duração. Não há escapatória na teia na qual o homem se debate: "Não se luta contra uma maré do equinócio (...). Nada se pode fazer diante do peso do passado, a não ser tomar consciência dele".[36] Subjacente a esse descentramento do homem existe uma concepção fundamentalmente pessimista do destino do mundo: "Ele esmaga os indivíduos".[37]

O homem perdeu todo o domínio sobre sua própria historicidade; está enleado nela e suporta sua ação, como espectador, objeto de sua própria temporalidade. Sua liberdade se reduz à imagem trágica da menina colombiana presa para sempre no tufo lodoso de uma erupção vulcânica, de onde será retirada apenas para morrer. Para além de nossa consciência, nossos hábitos infinitamente repetidos constituem nossas prisões consentidas, suscitam decisões fictícias que se perdem no labirinto de um cotidiano imutável. "A história infligida invade nosso mundo; temos apenas a cabeça para fora d'água, e olhe lá."[38] Não estamos muito distantes de "o homem está morto" do estruturalismo. Esse descentramento, paradoxal para um historiador, é resultado da operação de decomposição da temporalidade em três ritmos heterogêneos em termos de natureza e ritmo: o tempo geográfico, o tempo social e o tempo individual. A adoção desses patamares históricos tem como conseqüência, reconhecida pelo próprio Braudel, "a decomposição do homem num cortejo de personagens".[39] A longa duração funciona aqui como

---

[35] TF1, 22-8-1984.
[36] Idem.
[37] Idem.
[38] Y a-t-il une nouvelle histoire? Débat FNAC, 7-3-1980.
[39] Braudel, 1966, v. 1, p. 17.

linha de fuga para o homem, introduzindo uma ordem que está fora de seu domínio. A retórica braudeliana continua, porém, humanista, uma vez que o homem está apenas descentrado, não ausente, de sua construção temporal, que é fiel nesse nível à herança antropocêntrica de Febvre e Bloch. Um humanista organicista que não assume como finalidade a realidade humana, mas a pluralidade de seus órgãos.

Braudel, como Lévi-Strauss, inverte a concepção linear do tempo que progride para o aperfeiçoamento contínuo; em seu lugar, juntamente com uma história quase imóvel, ele põe o tempo estacionário no qual passado, presente e futuro não diferem, reproduzindo-se na descontinuidade. Apenas a ordem da repetição é possível, ela privilegia os invariantes e torna ilusória a noção de acontecimento. "Na explicação histórica, do modo como a vejo, é sempre o tempo prolongado que acaba por vencer. Negador de uma infinidade de acontecimentos."[40] A importantíssima permanência, posta em epígrafe por Braudel, cujo objeto central sempre foi a sociedade humana, é a hierarquia social. A sociedade é inelutavelmente desigualitária, e qualquer iniciativa de igualitarismo está, portanto, destinada ao fracasso em razão de sua natureza ilusória. Esse ponto é essencial, e Braudel se esquece de seu relativismo para basear-se nesse invariante que está além das épocas e das diferenças de lugares: "Toda observação revela essa desigualdade visceral que constitui a lei contínua das sociedades".[41] Nisso ele vê a lei estrutural sem exceção, à maneira da proibição do incesto em Claude Lévi-Strauss. Percebe-se até que ponto esse invariante é negador da historicidade, de qualquer tentativa de mudança. Braudel não buscará os fundamentos dessa lei inexorável: ela provém da simples constatação da realidade, da observação, e é com um argumento de autoridade que ele afirma: "Inútil discutir: os testemunhos são unânimes".[42]

Qualquer realidade social é, portanto, colocada no mesmo plano da hierarquia, da desigualdade, e só as variantes dessa lei imutável podem mudar, redundando numa sociedade ora baseada na escravidão, ora na servidão, ora no salário, mas essas soluções remetem ao mesmo fenômeno de redução à obediência de massa. Aliás, para Braudel é bom que assim seja: "As sociedades são válidas apenas quando dirigidas por uma elite".[43] A longa duração

---

[40] Braudel, 1966, v. 2, p. 520.
[41] Braudel, 1979, v. 2, p. 415.
[42] Ibid., p. 416.
[43] TF1, 22-8-1984.

é então mediadora de historicidade e, aliás, Braudel considera que não há progresso entre a sociedade escravocrata e as democracias modernas. O ápice da pirâmide social é sempre restrito. De que serve mudar de forma de exploração se a exploração subsiste?

A história, porém, é feita dessas mudanças das elites no poder, mas, "nove em 10 vezes, para reproduzir o antigo estado de coisas pouco mais ou menos",[44] pois a própria missão de qualquer sociedade é a reprodução de suas estruturas, como ocorre com as "sociedades frias" de Claude Lévi-Strauss. A ordem em vigor perpetua-se, tornando vãs as tentativas de transformação dos homens. Querer superar esse estado de fato é perda de tempo. Embora a hierarquia social seja o horizonte intransponível em todas as latitudes, Braudel só se detém num único invariante: "O Estado, o capitalismo, a civilização e a sociedade existem desde sempre".[45] A longa duração enleia, e o paradoxo aparece, manifesto, nunca ressaltado, e o historiador Braudel esvazia a historicidade. A combinatória de auto-regulação em atividade no nível das estruturas da sociedade permite a repetição do mesmo e torna caduca qualquer tentativa de transformação, de ruptura ou de simples mudança: "Não acredito em geral nas mutações sociais rápidas".[46]

Toda ruptura histórica está fadada ao fracasso, àquilo que se situa por trás do ilusório. Para Braudel, tudo é assim.[47] Acontece com a China, que conserva seus mandarins; com a Índia, que sempre teve suas castas; e mesmo com a Europa, sociedade que, apesar de mais móvel, evolui lentamente. No Mediterrâneo do século XVI, manifesta-se realmente uma agitação social, mas sua condição é de simples "acidente de percurso", "miríade de ocorrências".[48] As revoluções, assim como as feridas, curam-se depressa, e o organismo constitui sozinho os anticorpos que expulsam as tentativas de ruptura. As duas grandes fraturas culturais da Europa moderna, o Renascimento e a Reforma, são retomadas e reintroduzidas na ordem do repetitivo: "Tudo se acumula, tudo se incorpora nas ordens existentes".[49] No Renascimento triunfa o príncipe de Maquiavel, e a Reforma redunda no poder dos príncipes territoriais na Alemanha. Só a vitrine foi abalada durante essas re-

---

[44] Braudel, 1979, v. 2, p. 422.
[45] Entretien. *Magazine littéraire*, nov. 1984. p. 20.
[46] Idem.
[47] Braudel, 1979, v. 3, p. 48.
[48] Ibid., p. 82.
[49] Ibid.

voluções culturais; a sociedade e o poder continuaram intactos. O mesmo acontece na história contemporânea, e os atores de 1968 são "repreendidos por uma sociedade paciente".[50] Aliás, essa assimilação do novo pelo antigo é coisa positiva para Braudel, em seu recente ataque a essa revolução de 1968 que, segundo ele, desvalorizou a noção de trabalho e os valores morais, conduzindo à infelicidade, pois "ninguém é feliz se não estiver debaixo de uma redoma, com valores estabelecidos".[51] A longa duração braudeliana e seus diversos invariantes aparecem aqui claramente naquilo que são: uma leitura de nossa história que permite exorcizar qualquer risco de mudança, pois é por meio de sua relação com o presente que o historiador utiliza este ou aquele prisma capaz de lhe permitir recuperar o passado.

O retorno do recalcado

A resposta de Braudel ao desafio lançado pela antropologia estrutural teve sucesso, uma vez que a história continuou sendo peça central no campo das ciências sociais, sem dúvida pagando o preço de uma metamorfose que implicou mudança radical de seus paradigmas. Não conseguindo desestabilizar os historiadores como instituição, Lévi-Strauss voltou ao território deles para apropriar-se de suas velhas roupas usadas e abandonadas: "Uma vez que a nova história considerou que tínhamos razão em nos interessar por um monte de coisas que eles deveriam considerar. Nós, por outro lado, começamos a interessar-nos pelos domínios que a nova história abandonava, como as alianças dinásticas e as relações de parentesco entre as grandes famílias, que atualmente passam a constituir um terreno de eleição para os jovens etnólogos. Portanto, o que existe é um verdadeiro troca-troca".[52]

Em artigo na revista dos *Annales*,[53] Lévi-Strauss volta a falar das relações entre história e etnologia para constatar com satisfação os empréstimos feitos pelos etnólogos aos historiadores, atribuindo importância crescente à antropologia histórica. Os historiadores vestiram-se de etnólogos para estudar o passado de sua sociedade. A inspiração é a mesma quando se trata de explicar estruturas profundas, discernir invariantes. Uma vez que os histo-

---

[50] Braudel, 1979, v. 3, p. 542.
[51] Ibid.
[52] Entrevista com F. Dosse, 26-2-1985.
[53] Lévi-Strauss, 1983.

riadores assumiram o ponto de vista etnológico, cabe aos antropólogos dotar-se de novas ambições, não se limitando mais às sociedades frias, às microssociedades de arcabouço invariável.

A etnologia deve, portanto, assumir como objeto o próprio território do historiador em suas turbulências e, para melhor desestabilizar a nova história e evitar seu sucesso, então voltar-se para "a história mais tradicional", aquela das crônicas dinásticas, dos tratados genealógicos, das alianças matrimoniais das grandes famílias aristocráticas. É sintomático que, nessa competição entre as duas disciplinas, sirva de pivô a mínima parcela de saber deixado de lado. Visto que a história se tornou antropológica, a antropologia se tornará histórica. Braudel terá, assim, preparado as mudanças do discurso histórico da terceira geração dos *Annales*. Ele é um elo inelutável numa evolução que possibilitou abrir amplos campos de visão e de pesquisa para o historiador. Ele assegurou o triunfo dos *Annales*, legando um fecundo patrimônio intelectual e institucional sem precedente. Mas podemos perguntar se de fato não foi a antropologia que assumiu completamente o discurso histórico em seu interior. Verdadeiro cavalo de Tróia, o *Homem nu* de Claude Lévi-Strauss teria então conseguido despir Clio.

Bibliografia

BRAUDEL, F. *La Méditerranée et le monde méditerranéen à l'époque de Philippe II*. Paris: Armand Colin, 1966.

____. Histoire et sociologie. In: BRAUDEL, F. *Ecrits sur l'histoire*. Paris: Flammarion, 1969a.

____. Histoire et sciences sociales. La longue durée. In: BRAUDEL, F. *Ecrits sur l'histoire*. Paris: Flammarion, 1969b.

____. *Civilisation matérielle, économie et capitalisme, XVe-XVIIIe siècles*. Paris: Armand Colin, 1979. 3v.

____. *La dynamique du capitalisme*. Paris: Artaud, 1985.

GRATALOUP, C. L'appel des grands espaces. *Espaces Temps* (34/35), 1986.

HEXTER, J. Braudel and the monde braudelien. *Journal of Modern History* (4):507, 1972.

LEFEBVRE, H. *L'idéologie structuraliste*. 1975.

LÉVI-STRAUSS, C. Histoire et ethnologie. *Revue de Métaphysique et de Morale* (3/4):369-91, 1949.

____. *Tristes tropiques*. 1955.

_____. *Anthropologie structurale.* 1958.
_____. *Leçon inaugurale au Collège de France.* 1960.
_____. *La pensée sauvage.* 1962.
_____. *Le cru et le cuit.* 1964.
_____. *Du miel aux cendres.* 1966.
_____. *Anthropologie structurale.* 1973.
_____. Histoire et ethnologie. *Annales,* nov. 1983. p. 1.217-31.
MAUGÜÉ, J. *Les dents agacées.* Paris: Buchet Castel, 1982.

4

Tempo e estrutura na unidade do mundo mediterrânico: Fernand Braudel e as voltas da história*

Eliana Regina de Freitas Dutra**

O Mediterrâneo

Em suas reflexões sobre a eternidade, Borges afirma que "o tempo, se podemos intuir essa entidade, é uma ilusão: a indiferenciação e a inseparabilidade de um momento de seu aparente ontem e de outro de seu aparente hoje bastam para desintegrá-lo". O que aproxima e o que afasta Fernand Braudel dessa definição, a partir da concepção de tempo histórico por ele formulada na obra *O Mediterrâneo e o mundo mediterrânico na época de Filipe II*,[1] é o ponto fulcral em torno do qual faremos nossas considerações sobre a sua utilização do conceito de estrutura.

Nessa obra magistral, o autor nos alerta, já no prefácio da 1ª edição, que o Mediterrâneo é "um belo falso tema" e que um "estudo histórico centrado sobre um espaço líquido tem todos os encantos e os perigos de uma novidade". De fato, Braudel transforma um espaço marítimo em seu personagem principal, não sem antes salientar que

---

* Este texto, em sua primeira versão, foi apresentado no simpósio interdisciplinar "Estruturalismo: memória e repercussões", organizado na UFMG em 1995, e publicado em livro com o mesmo título (UFMG/Diadorim). A presente versão encerra alguns poucos acréscimos e os devidos reparos e correções.
** Professora titular do Departamento de História da UFMG.
[1] Ver Braudel (1983/84). Esta edição, aqui utilizada, foi organizada a partir da quarta edição francesa, de 1979, revista e corrigida pelo autor. Ressalte-se que desde a segunda edição, em 1966, o autor já teria incorporado certo esforço de definição conceitual em afinidade com categorias de extração estruturalista. Ver Kinser (1981).

O Mediterrâneo nem sequer é um *mar*, antes é um "complexo de mares", de mares pejados de ilhas, cortados por penínsulas, cercados por costas rendilhadas: a sua vida está ligada à terra, a sua poesia é predominantemente rústica, os seus marinheiros são camponeses nas horas vagas: é o mar dos olivais e das vinhas, tanto como dos esguios barcos a remos ou dos redondos navios dos mercadores, e a sua história não pode ser separada do mundo terrestre que o envolve, tal como a argila o não pode ser do artesão que a modela.²

O Mediterrâneo nos surge assim como um vasto complexo de relações econômicas, sociais e culturais, um mundo diversificado que o autor acredita dotado de coerência interna e configurado enquanto uma unidade. Para organizar esse imenso conjunto geográfico composto de mares, ilhas, montanhas, planícies, desertos, enfim, de Ocidente e Oriente, de cristãos e muçulmanos, é que Braudel elabora sua teoria dos distintos tempos históricos, da pluralidade das durações. A história é então decomposta em planos sobrepostos, ordenados segundo a variação dos seus ritmos, os quais, no Mediterrâneo, permitem a distinção, no tempo da história, de um tempo geográfico, um tempo social e um tempo individual.

Na primeira parte, intitulada "O meio", somos introduzidos no mundo das relações recíprocas entre o homem e o meio geográfico que o circunda. As modificações na paisagem do Mediterrâneo-terra e do Mediterrâneo-mar, e os ritmos de trabalho e vida, aparecem entrelaçados numa lenta realidade estrutural que tudo condiciona.

As descrições se sucedem: primeiro, *as montanhas*, esqueleto, segundo o autor, do espaço mediterrâneo, os Alpes, os Pireneus, os Apeninos e os *montanheses*, com suas práticas culturais arraigadas, sua vida atrasada, para quem a civilização é um valor pouco seguro, a ocorrência da transumância pondo em contato regular, através dos deslocamentos humanos, a planície e a montanha; depois, as *planícies litorais*, com as inundações, a malária, a estagnação econômica; na seqüência, *as planícies líquidas*, os mares Egeu, Adriático e Negro, onde a variação do nível das costas inunda cidades e deixa secos os portos, e os ventos e correntes marítimas impõem as regras e ritmos da navegação; as ilhas, Sardenha, Córsega, Chipre e Sicília, abertas ao mar e viradas para dentro, oscilando entre os pólos do arcaísmo e da modernidade, à frente e atrás em relação à história geral do mar, ponto de escala dos marinheiros e, ao mesmo tempo, refúgio de piratas; os *limites da bacia* mediterrânica, que tocam "a imensa e ininterrupta cadeia de desertos que

---

² Braudel, 1983/84, v. 1, p. 21-2.

atravessa o mundo antigo",[3] portas de ligação que orientam a história do Mediterrâneo segundo um pólo europeu e um pólo desértico, onde, ao norte, nas regiões temperadas, vivem os sedentários-cristãos, e ao sul, na aridez do deserto, os nômades-mulçulmanos.

Em cada um desses lugares descritos por Braudel vigora um tipo diferente de vida, mas sobre eles impera uma poderosa unidade física, resultante de "um clima unificador das paisagens e dos gêneros de vida".[4] O clima nos surge assim, no dizer de Lefort, como "o principal artesão da unidade física", o responsável pela homogeneidade da vida mediterrânica. O ritmo das estações forma o ritmo do tempo social, ora acelerado, ora mais lento, a depender das condições do inverno e do verão, se mais brandas ou mais intensas. Os homens vivem de um mesmo sopro oriundo de um Mediterrâneo aéreo construído, como quer Braudel, "de fora por uma dupla respiração: a do Oceano Atlântico, seu vizinho do oeste, e a do Saara, seu vizinho do sul".[5] Do Atlântico vem um clima úmido, frio e chuvoso; do Saara, um clima seco e quente.

Do clima dependem os movimentos dos portos, as colheitas, os deslocamentos nas rotas comerciais, e até a guerra e a paz. Assim opera-se uma convergência do meio físico e do social, do espaço e do tempo, num ritmo quase imóvel revelado pelas constâncias, permanências, rotinas, repetições. Esse tempo geográfico é de uma tal imobilidade que parece se confundir com a figura de um não-tempo, ou seja, com a eternidade, que nada mais é que a ilusão de um espírito finito.

Se a unidade física é obra da natureza, portanto da água, da terra e dos ares mediterrânicos, a unidade humana desse tão amplo mundo é construída pelo movimento incessante dos homens e pelas ligações e rotas que esse movimento implica. As rotas terrestres e marítimas são acompanhadas pelo autor nas suas ligações com as cidades, nos laços que unem umas às outras em torno das partidas e chegadas das caravanas. As rotas dos víveres, o arcaísmo e a evolução das técnicas de transporte, o crescimento demográfico, as fomes, as epidemias, a crise do trigo, as crises políticas urbanas, a riqueza, o crescimento e o retrocesso das cidades e dos Estados são descritos pelo autor ainda no campo da observação geográfica, portanto captados na lentidão de suas oscilações, embora já sinalizem para "o mundo do movimento" que as cidades vão introduzir.

---

[3] Braudel, 1983/84, v. 1, p. 194.
[4] Ibid., p. 257.
[5] Ibid., p. 259.

A vida dos homens, em toda essa parte do livro, enfrenta as imposições do ambiente, no qual nada parece mudar, embora se registrem ao longo do século sinais de variações climáticas, de degradações na vegetação, à medida que o espaço mediterrânico vai propiciando inúmeros deslocamentos dos agrupamentos urbanos, bem como modificações no percurso de suas rotas, entre outras transformações. E a história, assim, é quase imóvel. O meio aqui é uma *estrutura* de longa duração, conquanto essa estrutura seja entendida, tal como na definição braudeliana, como "um agrupamento, uma arquitetura; mais ainda, uma realidade que o tempo demora imenso a desgastar e a transportar". Nesta sua definição, o autor acrescenta que

> certas estruturas são dotadas de uma vida tão longa que se convertem em elementos estáveis de uma infinidade de gerações: obstruem a história, entorpecem-na e, portanto, determinam o seu decorrer. Outras, pelo contrário, desintegram-se mais rapidamente. Mas todas elas constituem, ao mesmo tempo, apoios e obstáculos, apresentam-se como limites (...) dos quais os homens não podem se emancipar.[6]

O Mediterrâneo, portanto, é uma estrutura, uma grande estrutura, dentro da qual se acomodam e interagem reciprocamente outras estruturas sociais. É à história dessas estrututuras que Braudel se dedica na segunda parte de *O Mediterrâneo*, intitulada "Destinos coletivos e movimentos de conjunto". O alvo agora ultrapassa a longa duração, para "compreender uma história ao ritmo mais bem individualizado: a de grupos e destinos coletivos".[7] O interesse pelas estruturas sociais se conjuga com o das conjunturas, reunindo, numa dialética das durações, "o imóvel e o que se move, a lentidão e o excesso de velocidade".[8] Lentamente ritmadas, essas estruturas são colocadas diante de variações conjunturais mais rápidas e durações cíclicas, no sentido de articular um outro conjunto: o dos grupos e grupamentos humanos. Nessa perspectiva, o autor se detém nas economias, nos Estados, nas sociedades, nas civilizações.

De saída, nessa parte da obra, ele nos diz que é preciso encontrar "as medidas, as proporções econômicas do século XVI".[9] E também assinalar qual é a ferramenta econômica e quais são os limites do poder do homem desse

---

[6] Braudel, 1976:21.
[7] Braudel, 1983/84, v. 1, p. 399.
[8] Ibid.
[9] Ibid., p. 401.

século, ou seja, o que ele construiu ou tentou construir no espaço do Mediterrâneo.

Assim somos levados a conhecer a disposição espacial das economias; a percepção e a medida das distâncias comerciais; os eixos de comunicação marítima e terrestre, com seus aspectos seguros e seus eventuais riscos; a ocupação dos espaços comerciais pelos veleiros do Norte europeu; o raio de influência dos portos; os números populacionais, a quantidade de homens, sua distribuição no espaço e os níveis do crescimento demográfico; as crises de abastecimento. Todos esses aspectos são tomados como indicadores dos limites estruturais da economia.

Por seu turno, os mecanismos monetários postos em ação, a circulação dos metais preciosos, o movimento dos preços e sua influência no enriquecimento dos negociantes e no empobrecimento dos camponeses e dos trabalhadores urbanos assinalam os movimentos conjunturais que incidem sobre a vida econômica. Do cruzamento desses dados emerge uma tendência secular: a de crescimento econômico. Este é uma realidade no Mediterrâneo do século XVI, não obstante as perturbações das guerras constantes entre os reinos europeus (com os impérios sustentando sozinhos os custos da guerra) e entre os impérios turco e espanhol; as rivalidades entre as cidades italianas; o banditismo; a pirataria; os excessos fiscais das monarquias.

Conjunturas não-econômicas[10] e tão heterogêneas se juntam às conjunturas econômicas, igualmente heterogêneas, para "melhor construir o edifício da história". A explicação conjuntural, entretanto, sabe-o o autor, "não pode ser completa, nem inapelável. É, todavia, *uma* das explicações necessárias, e uma espera inútil".[11] A sua ação sobre as estruturas dá forma a um tempo social em que se misturam ritmos lentos e conjunturais. O devir social aparece, assim, não em uma uniformidade, mas fazendo-se simultaneamente através de uma plural idade de histórias que se realizam nos vários domínios históricos, ordenados pelo critério das durações. Nesse ponto a diferenciação e a separabilidade dos momentos desse devir se distanciam da monotonia e do não-ser do tempo na eternidade.

E é sobre uma outra duração, curta, no nível do evento, que o autor vai se debruçar na última parte de seu livro, intitulada "Os acontecimentos, a política e os homens". Escrita, segundo as palavras de Braudel, "sob o signo dos acontecimentos", essa parte difere das demais porque, segundo ele,

---

[10] Ver Braudel, 1983/84, v. 2, p. 268.
[11] Ibid., v. 1, p. 268.

uma história global não se pode reduzir apenas ao estudo das estruturas estáveis, ou ao lento progresso da evolução. Estas realidades permanentes, estas sociedades conservadoras, estas economias prisioneiras da impossibilidade, estas civilizações à prova dos séculos, todas estas lícitas maneiras de distinguir a história em profundidade, dão (...) o essencial do passado dos homens, pelo menos aquilo que nos agrada considerar, na época em que vivemos, como o essencial. Mas este essencial não é a totalidade.[12]

Para alcançá-la ele se propôs fazer uma história na dimensão do indivíduo, uma história da "agitação de superfície", com "oscilações breves, rápidas, nervosas", mesmo sabendo-a perigosa, porque teria a "dimensão das cóleras, sonhos e ilusões dos seus contemporâneos".

Essa história, admitida como uma "escolha entre os próprios acontecimentos", se detém no campo dos eventos políticos, mais precisamente no desenrolar dos fatos militares, diplomáticos e administrativos, em torno dos impérios espanhol e turco, tais como: a paz e as guerras no Mediterrâneo, a abdicação de Carlos V (1556), o império de Filipe II, a guerra hispano-turca (1561-64), a formação da Santa Liga (1566-70), a batalha de Lepanto (1571), as tréguas hispano-turcas, as guerras civis (religiosas) na França e a guerra hispano-francesa.

É preciso destacar que não só a ação interessa a Braudel, mas também os efeitos duráveis oriundos das batalhas e das complexas instituições dos impérios analisados, o que inscreve os eventos num quadro social onde "correntes subjacentes, freqüentemente silenciosas", envolvem os episódios e conjuram a brevidade do instante.

Ao final, fica para o leitor a sugestão de que as durações são solidárias umas com as outras e que longa duração, conjuntura e acontecimento, enquanto temporalidades diversas, se ajustam. A articulação das durações e a convergência de tempos múltiplos é que tecem, portanto — e nunca é demais lembrar —, a totalidade da história do espaço mediterrânico. Por trás dessa conclusão assoma a concepção de estrutura[13] de Fernand Braudel.

Braudel e o estruturalismo: um diálogo possível?

Diferentemente da concepção que informa a análise estrutural praticada pelos lingüistas e etnólogos, ou seja, uma arquitetura lógica imanente ao

---

[12] Ver Braudel, 1983/84, v. 2, p. 273.
[13] Para um maior aprofundamento desse conceito, ver Braudel (1969, 1976 e 1992).

real,[14] para Braudel (e outrossim para boa parte dos historiadores) a estrutura se define como a maneira pela qual as partes de um todo são arranjadas entre si e, segundo ele, se mantêm enquanto tal no tempo. Essa concepção, assentada na idéia de uma organização e de uma coerência e que muitos já qualificaram como essencialmente descritiva, consiste em levar em conta as linhas de força do social e da realidade empírica, e por elas as estruturas sociais se confundem com as relações sociais, as quais, no caso de lingüistas e etnólogos, constituem somente a matéria para a elaboração de modelos que tornam manifesta a própria estrutura, a qual se esconde, tal como entende Lévi-Strauss,[15] aquém das aparências.

De Lévi-Strauss a Piaget e Paul Ricoeur,[16] nos lembra Hervé Martin, a estrutura apresenta alguns traços comuns, tais como a interdependência de todos os elementos e "o fechamento do conjunto sobre si mesmo, a sincronia, a possível realização de uma multiplicidade de variáveis".[17] Seria incorreto afirmar que o modelo interpretativo de Braudel se atém a todas essas características, o que não significa que devamos nos eximir de confrontar a sua *démarche* estrutural com as características mencionadas anteriormente.

No que se refere à sua perspectiva da *totalidade*, por exemplo, parece-nos que pode ser creditada a um entendimento da estrutura enquanto possuidora de um caráter de sistema, onde a modificação de um elemento repercute sobre os demais, tal como na mais clássica abordagem estruturalista. Assim é que, no Mediterrâneo, como nos lembra Claude Lefort, "toda modificação local, uma alta de preços em Sevilha, um novo itinerário comercial Barcelona-Gênova, leva consigo uma série de repercussões que se integram numa experiência única", a qual atravessa os campos do político, do econômico, do geográfico, do cultural.

Entretanto, a totalidade da história do Mediterrâneo, bem como a existência das diferentes sociedades que essa totalidade abarca deveriam ser, mantendo-se rigorosamente a perspectiva logicista[18] que informa a abordagem estruturalista, diferentes "combinações possíveis de um número finito dos mesmos elementos", ignorando-se as diferenças entre eles, as suas modificações no tempo, as razões "de seu ser assim". E as próprias estruturas

---

[14] Como bem ressalta Martin (1990). Também sobre estruturalismo e história, ver Pomian (1990); Burguière (1971); e Dosse (1993 e 1997).

[15] Ver Lévi-Strauss (1970 e 1975).

[16] Ver Piaget (1970) e Ricoeur (1983).

[17] Martin, 1990:319.

[18] A qual é destacada por Castoriadis (1982) numa perspectiva crítica com a qual nos alinhamos.

sociais seriam também elementos de uma hiperestrutura ou metaestrutura da história total, enquanto o tempo histórico seria "simples *medium* abstrato da coexistência sucessiva ou simples receptáculo dos encadeamentos dialéticos", ou seja, o tempo seria "apenas um pseudônimo de uma ordem de colocação e do engendramento recíproco dos vários elementos, portanto, simples condição exterior do processo com o qual não tem nada a ver",[19] simplesmente moldura. Nesse ponto, as ambigüidades de Fernand Braudel com os cânones do estruturalismo são desconcertantes.

Embora aparentemente afinado com os pressupostos logicistas do estruturalismo, os quais estão na base de seu entendimento do Mediterrâneo enquanto uma hiperestrutura, e com os desdobramentos do tempo histórico daí advindos, Braudel não ignora nem os processos temporais de erosão lenta das estruturas nem a irrupção acidental de eventos exteriores que vêm subverter os conjuntos mais estáveis. O que caracteriza a corrente braudeliana da história estrutural é exatamente o fato de que ela aspira a "conceituar vastos conjuntos humanos submetidos a evoluções lentas",[20] e nisso ela difere de outras correntes da história estrutural.[21] Ao conferir à estrutura uma dimensão temporal, ao admitir durações variáveis que preenchem a função de facilitar as transformações e, ao mesmo tempo, frear as inovações, Braudel deixa a estrutura aparecer como algo vivo, embora movimentando-se com lentidão, como algo plural e, sobretudo, enraizado no concreto, tal como no ecossistema mediterrânico — distante, por isso mesmo, da idéia de algo "aquém do real".

Também a divisão entre uma história das realidades conscientes e uma história das formas inconscientes da vida social, afirmada por Lévi-Strauss em sua *Antropologia cultural*, enquanto uma diferença de perspectiva entre história e etnologia é ultrapassada por Braudel quando este organiza uma prospecção do social na sua espessura, nas suas camadas profundas, em busca de coerências e regularidades da vida social nem sempre visíveis aos contemporâneos, nem sempre situadas no plano do dito, do manifesto, da

---

[19] Castoriadis, 1982:208.

[20] Martin, 1990:322.

[21] Aqui lembramos, seguindo o que já foi apontado por Hervé Martin, a corrente representada por Michel Foucault, que privilegia as descontinuidades e a emergência de estruturas novas; aquela outra que, numa perspectiva mais próxima dos cânones estruturalistas, lida com conjuntos fechados de textos, mitos e sistemas rituais, como é o caso de autores como Jean Pierre Vernant, Marcel Détienne, Le Roy Ladurie e Michel de Certau; e também a corrente representada pela antropologia histórica, com o seu interesse pela cultura material, a vida cotidiana, os significados simbólicos etc., naquilo que sugere repetição e cristalização social.

superfície do testemunho, como pensava Lévi-Strauss. As distâncias entre o formal e o concreto se vêem diminuídas pelo recurso aos modelos abstratos, que, estáticos ou dinâmicos, mecânicos ou estatísticos, processam dados empíricos, traduzem suas relações, reescrevem o real, passando da diversidade do vivido às regras que o ordenam. Tal é o caso do movimento dos preços e do movimento da natalidade, tratados pelo autor no Mediterrâneo do século XVI, em meio a um vaivém entre a análise e o concreto.

Por outro lado, se a estrutura braudeliana satisfaz a exigência da sincronia enquanto duração, repetição, tal como na realidade dos quadros geográficos, dos limites da produtividade, da estabilidade cultural das civilizações mediterrâneas, também é diacronia enquanto direção e evolução que se revelam, por exemplo, nos ciclos de desenvolvimento das cidades italianas, no advento de sucessivas fases econômicas que teriam possibilitado a alteração e a modificação, mesmo que em marcha lenta, da estrutura inicial. Esse é um aspecto rico do esquema braudeliano, pois revela que a distinção absoluta entre diacronia e sincronia não resiste quando o espaço social é aberto à temporalidade. A manutenção dessa distinção, ao contrário, suprime o tempo, tornando a história, como nos lembra Castoriadis, "simples justaposição de estruturas diferentes, desdobradas longitudinalmente, cada uma essencialmente a-temporal".[22]

Ainda que Braudel tenha reafirmado a particularidade da história e submetido, com sua teoria da duração, o conceito-chave do estruturalismo à lei dos tempos, ficam mantidos os aspectos ambíguos e contraditórios de sua obra. Isso porque, ao postular a convergência e a solidariedade das durações, ao condicionar os tempos social e individual ao tempo geográfico e assim integrar o Mediterrâneo numa totalidade, Braudel faz do tempo o elemento unificador da grande estrutura. Com isso esvazia uma das características mais importantes de seu conceito de tempo histórico: a multiplicidade e o que ela tem de mais significativo, ou seja, a diferença, a irregularidade, o acidente, o acontecimento, a ruptura, a recorrência, enfim, o aquilo que traduz a variedade dos tempos.

Nessa perspectiva, longa duração, conjuntura e evento se encaixam e são por ele considerados, em escritos posteriores a *O Mediterrâneo*, fugas, mas nem por isso fora do que ele chama de tempo do mundo, tempo da história. Braudel afirma que esses três tempos se encaixam sem dificuldade porque se medem por uma mesma escala: a do tempo do mundo, "imperioso, porque

---
[22] Castoriadis, 1982:206.

irreversível e porque corre no próprio ritmo da rotação da Terra".[23] E acrescenta que participar em espírito de um desses tempos é participar de todos. Esse tempo da história é concreto, universal, tal como um viajante — e aqui Braudel cita Ernest Labrousse — que, "sempre idêntico a si mesmo, corre o mundo, impõe os mesmos constrangimentos, qualquer que seja o país onde desembarca, o regime político ou a ordem social que aborda". Estamos então diante de um tempo que o nosso autor não reluta em designar como matemático e demiurgo, exterior aos homens, exógeno, que impele, constrange e arrebata os diversos tempos particulares. É esse tempo, o tempo imperioso do mundo, que permite a Braudel pensar o Mediterrâneo como uma estrutura unificada e, ainda, como o tempo que realiza "a grande história".[24]

Pelo que pudemos apreender da obra analisada, a existência de uma estrutura unificada não é estabelecida pelo autor, e sim postulada por ele, donde se conclui que a unidade foi tomada como um princípio, e não como um problema do qual ele teria partido. Ora, a realidade histórica é bem mais complexa do que qualquer possível estrutura unificada. Dificilmente uma estrutura qualquer pode abarcar as experiências sociais e humanas na sua totalidade. A busca de uma inteligibilidade do social-histórico e de relações inteligíveis entre momentos sucessivos do tempo não deve fazer com que percamos de vista as anomalias, os hiatos no transcurso temporal, o fato de que nem tudo se encadeia e que existem limites para as estruturas mais estáticas. A invenção permanente do social é que faz com que vários aspectos permaneçam sempre alheios à síntese e que nunca possamos abraçar mais do que uma parte do objeto histórico que queremos sistematizar.

Entretanto, essa visão do social como uma invenção permanente só pode existir atada a uma idéia do tempo como criação e alteridade, o que é incompatível com a idéia de que a instituição social-histórica é um prolongamento da temporalidade natural ou prolongamento de uma identidade também natural, como quer Braudel em *O Mediterrâneo* e em vários de seus escritos. A existência de um tempo natural, referido aos fenômenos espaciais, é apenas uma das dimensões do tempo, tal como socialmente vivido, apreeendido e instituído pelas diversas sociedades. Instituído, sim, e não demiurgo, exógeno, exterior aos homens, imperioso. Lembra-nos Castoriadis que "cada sociedade tem sua maneira própria de viver o tempo, mas cada sociedade é

---

[23] Braudel, 1983/84, v. 1, p. 59-60.
[24] Essa idéia é muito bem explorada por Reis (1994). Sobre a idéia de um tempo do mundo e a problemática de uma economia-mundo, ver também Fourquet (1989).

também uma maneira de fazer o tempo e de o fazer ser, o que significa uma maneira de se fazer como sociedade".[25] Esse movimento de instituição do tempo comporta, segundo esse autor, duas dimensões diferentes e obrigatórias: um tempo de demarcação, relativo à medida do tempo e baseado nos movimentos periódicos do estrato natural, tempo calendário, qualificado como identitário; e um tempo imaginário, tempo da significação, tempo do fazer social, que atribui qualidades ao tempo, ressignificando-o. Numa relação de inerência recíproca, o tempo identitário só "é tempo" porque o tempo imaginário lhe confere essa significação; e o tempo imaginário, por sua vez, seria inapreensível, ou melhor, não seria "nada" fora do tempo identitário. Esse movimento de instituição social do tempo — e suas respectivas dimensões — perde força no Mediterrâneo em face do agigantamento da perspectiva teórica que informa a abordagem estrutural de Fernand Braudel.

Ao pressupor, acima da pluralidade de tempos, uma convergência das temporalidades por força de um tempo natural, universal e imperioso, Braudel faz do tempo o tempo da grande história, o responsável pela coesão de todos os fenômenos no Mediterrâneo do século XVI. Para ele, as estruturas econômicas, as instituições, os costumes, as atitudes mentais e o comportamento político parecem unificar-se ao redor de uma única e mesma historicidade, de forma a fazer parte de uma mesma história global. Uma descrição total reuniria assim as experiências e o rico mundo diferenciado dos fenômenos históricos em volta de um único e mesmo centro: o princípio da unidade estrutural. Nessa unidade mediterrânea, onde o tempo geográfico tem papel primordial, com a predominância da longa duração, e o tempo longo acaba por vencer, impera a idéia de transformação, complemento da natureza, e não de criação, complemento da cultura. Em *O Mediterrâneo* é clara a preferência de Braudel por um relato natural, e não cultural, da experiência vivida. Daí a opção preferencial pelos ritmos do tempo, e não pela instituição sociocultural do tempo.

O tempo e a vingança da história

O mais curioso é que a hipótese unitária de Braudel que vimos analisando não é contestada, enquanto tal, por alguns de seus críticos,[26] que reclamam

---

[25] Castoriadis, 1982:243.

[26] Aqui estamos nos referindo a Claude Lefort, Josep Fontana e Carlos Martínez Shaw.

exatamente do seu fracasso, sem atentarem para o fato de que a totalidade braudeliana é um falso universal. Alguns[27] assinalam que o seu conceito de estrutura não possui precisão suficiente, do que resultou um mosaico de análise cujo sentido acaba escapando, quando a rigor é a sua constituição que estabelece a estrutura. Essa crítica se completa com a acusação de que o autor também teria permanecido obcecado pelo temor da "causalidade", e que de sua obstinação em condenar a relação causal — a qual, se lastreada nas relações e formas de produção e nas classes sociais, poderia sugerir um esforço-síntese mais promissor — teria resultado o pontilhismo de sua análise, oscilante entre o empirismo e o racionalismo.

A sua teoria das durações tem sido acusada, por outro lado, de debilidade, por pretender substituir uma verdadeira explicação das inter-relações dos distintos planos temporais da realidade social, que é assim escamoteada graças a um artifício metafórico que se faz passar por um verdadeiro feixe de nexos causais que de fato não existem. Os planos aparecem, assim, apenas justapostos, "sem suficientes amarras para relacionar os lentos movimentos da geo-história com as aceleradas peripécias das confrontações bélicas e nem sequer para vincular as estruturas da economia com as formas dos sistemas políticos".[28] Ressente-se da existência de contigüidade em detrimento da causalidade e, por conseguinte, de uma armação insuficiente da totalidade.

Nessa mesma linha de argumentação, a obra de Braudel foi qualificada como uma "história em fatias",[29] sem uma explicação integrada, dada a inexistência de relação efetiva entre os diferentes extratos temporais e de nexos explicativos globais capazes de esclarecer como os elementos de um plano atuam sobre os outros. Acusada de privilegiar a geografia; de se deter na circulação negligenciando a produção; de ignorar a transição do feudalismo ao capitalismo, questão central à época em que o Mediterrâneo é estudado, a arquitetura de obra, na sua estrutura tríplice, foi qualificada como puro artifício literário,[30] e a teorização dos três tempos considerada apenas um recurso *a posteriori* de racionalização da mesma.

---

[27] Este é o caso de Lefort.
[28] Shaw, 1994:72-3.
[29] Fontana, 1982:205-9.
[30] Ricoeur (1983) recupera de outra maneira a dimensão literária da obra, ao propor uma análise do Mediterrâneo na qual ressalta a perspectiva narrativa adotada por Fernand Braudel através da construção de um "quase enredo virtual", alicerçado em três temporalidades, por sua vez expressas por três níveis: estruturas, ciclos conjunturais e acontecimentos. Estes comporiam a trama de uma narrativa, e assim Braudel, na sua imitação do tempo, experimentaria um novo tipo de enredo.

O que se demanda do autor, assim nos parece, são relações de determinação causalista, finalista ou de implicação lógica entre os elementos das estruturas, ou da hiperestrutura, e sua definição unívoca. Em todas as críticas, a referência é uma visão da sociedade como um conjunto de elementos distintos, porém estáveis, referidos uns aos outros por relações hierárquicas, bem-determinadas. Nesse esquema não há lugar para a imprevisibilidade, o acaso, a diferença, nem para a liberdade e a aventura da criação de formas "outras". Mas há lugar, isso sim, para a idéia de um todo que deve, mesmo em face de tensões e contradições, reconciliar as partes; bem como de um quase absoluto, que tem por tarefa devorar as parcialidades, aniquilar a heterogeneidade, unificando a totalidade da variação a fim de dotá-la de um sentido final.

O mais instigante, no entanto, é que o ponto alto de *O Mediterrâneo* de Braudel parece-nos ser exatamente o que, na opinião de seus críticos, constitui o seu ponto fraco, ou seja, a incapacidade de estabelecer a unidade postulada através de sua teoria das durações. Isso é percebido por uns como "uma tentativa frustrada de introduzir coerência nesse funcionalismo sem base teórica",[31] e por outros, a exemplo de Claude Lefort, como um defeito. Isso porque esse autor reconhece nas desordens do banditismo, na fome, nas guerras e nas distâncias, dentro de diferentes ordens, social, econômica e geográfica, uma só expressão simbólica da incapacidade do mundo mediterrâneo de organizar seu espaço e estabilizar firmemente sua estrutura. De fato, ainda que o livro de Braudel mostre alguns momentos de unidade parcial e ocasional no Mediterrâneo, é o triunfo da heterogeneidade que prevalece, como que uma vingança da história, e do autor, contra uma ontologia cientificista. E foi ela que impediu que a teoria dos tempos de Braudel se anulasse nas imposições teóricas das ortodoxias, ou na indiferença da diferença, própria da eternidade, e que o tempo se desintegrasse na ilusão da intemporalidade.

Bibliografia

BORGES, Jorge Luis. *História da eternidade*. 3 ed. Rio de Janeiro: Globo, s.d.

BRAUDEL, Fernand. *Écrits sur l'histoire*. Paris: Flammarion, 1969.

_____. História e ciências sociais. A longa duração. In: BRAUDEL, F. *História e ciências sociais*. Lisboa: Editorial Presença; São Paulo: Martins Fontes, 1976.

---

[31] Fontana, 1982:207.

_____. *O Mediterrâneo e o mundo mediterrânico à época de Filipe II*. São Paulo: Martins Fontes, 1983/84. 2v.

_____.*Reflexões sobre a história II*. São Paulo: Martins Fontes, 1992.

BURGUIÈRE, André. Histoire et structure. *Annales ESC*. Paris: Armand Colin (3), mai/juin 1971.

CASTORIADIS, C. *A instituição imaginária da sociedade*. Rio de Janeiro: Paz e Terra, 1982.

DOSSE, François. *História do estruturalismo*. São Paulo: Ensaio; Campinas: Universidade Estadual de Campinas, 1993. v. 1.

_____. *L'Empire du sens. L' Humanisation des sciences humaines*. Paris: La Découvert, 1997.

FONTANA, Josep. *História; análisis del pasado y proyeto social*. Barcelona: E. Crítica/Grijalbo, 1982.

FOURQUET, François. Um novo espaço-tempo. In: LACOSTE, Yves (org.). *Ler Braudel*. Campinas: Papirus, 1989. p. 79-96.

KINSER, Samuel. Annaliste paradigm? The geo-historical struturalism of Fernand Braudel. *The American Historical Review*, 86(1):63-105, Feb. 1981.

LEFORT, Claude. Histoire et sociologie dans l'oeuvre de Fernand Braudel. *Cahiers Internacionaux de Sociologie*. Paris: Seuil, 5(13):125.

LÉVI-STRAUSS, Claude. *O pensamento selvagem*. São Paulo: Nacional/Edusp, 1970.

_____. *Antropologia estrutural*. Rio de Janeiro: 1975.

MARTIN, Hervé. Le structuralisme et l'histoire. In: *Les écoles historiques*. Paris: Seuil, 1990.

PIAGET, J. *Le structuralisme*. Paris: PUF, 1970.

POMIAN, Krzystof. A história das estruturas. In: LE GOFF, Jacques; NORA, Pierre (orgs.). *A nova história*. Coimbra: Almedina, 1990.

REIS, José Carlos. *Nouvelle histoire e tempo histórico*. São Paulo: Ática, 1994.

RICOEUR, Paul. *Temps et récit*. Paris: Seuil, 1983. v. 1.

SHAW, Carlos Martínez. Fernand Braudel: el cenit de la escuela de los Annales. *Revista del Occidente*. Fundación Ortega y Gasset, 1(152): 65-80, 1994.

5

O tempo, a duração e o terceiro não-excluído: reflexões sobre Braudel e Prigogine*

*Immanuel Wallerstein**

Ainda que os debates epistemológicos, sem dúvida, sejam eternos, existem momentos em que eles atingem um grau de intensidade particularmente elevado. Vivemos uma época assim, neste último decênio do século XX. É como se a ciência estivesse sendo violentamente questionada e, com ela, a racionalidade, a modernidade e a tecnologia. Alguns viam nisso uma crise da civilização, melhor dizendo, da civilização ocidental, ou mesmo o fim da própria noção de mundo civilizado. Cada vez que os defensores dos conceitos intelectuais dominantes se torcem de dor, em vez de ignorar seus críticos ou de responder-lhes com calma e, se ouso dizer, racionalmente, talvez seja tempo de distanciarem-se um pouco, a fim de formular uma apreciação mais tranqüila do debate em causa.

Há pelo menos dois séculos, a ciência achava-se entronizada como o meio mais legítimo, se não o único legítimo, de alcançar a verdade. No interior das estruturas do saber, consagramo-la pelo conceito de "duas culturas" — a da ciência e a da filosofia (ou das artes e letras) —, consideradas não apenas incompatíveis, mas, de saída, hierarquizadas. O resultado disso foi que, no mundo inteiro, quase todas as universidades separaram essas duas culturas em faculdades distintas. Se as universidades formalmente proclamaram a igualdade das duas, os governos e as empresas não esconderam sua preferência. Investiram, e pesadamente, na ciência; e, no conjunto, não mais que toleraram as artes e as letras.

---

* Tradução de Sonia Lacerda.
** Professor do Departamento de Sociologia da Yale University; diretor do Fernand Braudel Center.

A idéia de que a ciência é algo diferente da filosofia ou mesmo de que lhe é hostil — o que se chamou de divórcio entre as duas — constitui, na realidade, um fato relativamente recente da história das idéias, fato que assinala o término do processo de secularização associado por nós ao sistema-mundo moderno. Assim como a filosofia substituiu a teologia como base de definição da verdade no fim da Idade Média, a ciência tomou o lugar da filosofia no fim do século XVIII. Acabo de dizer "a ciência", mas trata-se nesse caso de uma versão bem particular da ciência, aquela que se associa aos nomes de Newton, Francis Bacon e Descartes. A mecânica newtoniana enunciou uma série de premissas e proposições que adquiriram *status* canônico na época moderna: os sistemas são lineares, determinados, tendem a retornar ao equilíbrio. O saber é universal e pode chegar a formular leis invariáveis e simples. E os processos físicos são reversíveis. Esta última proposição é a afirmativa que mais choca a intuição, pois sugere que as relações fundamentais não mudam nunca e que, portanto, o tempo não exerce nenhum efeito pertinente. Não obstante, ela é essencial à coerência do modelo newtoniano.

Destarte, segundo esse modelo, "o tempo e a duração" não podem ser temas significativos, ou, em todo caso, nada de que os cientistas possam fazer uso. Contudo, aqui está Ilya Prigogine, químico e físico, que fala deles; e cá estou eu, cientista social, que (como Braudel) igualmente falo.[1] Como isso é possível? Para compreendê-lo é preciso levar em consideração a história dos debates epistemológicos dos séculos XIX e XX.

Comecemos pelas ciências sociais. A própria idéia de ciências sociais é bastante recente, já que não remonta mais que ao século XIX. Ela remete a um corpo de conhecimentos sistemáticos, formulados a propósito das relações sociais entre seres humanos e institucionalizados no decurso dos dois últimos séculos. As ciências sociais, de alguma maneira, inseriram-se no intervalo da divisão do saber em duas culturas. É crucial ter em mente que a maioria dos pesquisadores em ciências sociais não procedeu a essa operação com a segurança que teria permitido afirmar a legitimidade (para não falar em superioridade) de uma terceira cultura possível. Em vez disso, ocuparam sua posição intermediária com certo incômodo e embaraço e não cessaram de debater se as ciências sociais estão mais próximas das ciências naturais ou das letras.

Aqueles que consideravam que as ciências sociais são nomotéticas, ou seja, que buscam leis universais, em sua maioria afirmavam que não existe

---

[1] Ilya Prigogine e eu participamos juntos de uma "Conferência de Prestígio" sobre o tema "Tempo e duração", na Universidade Livre de Bruxelas, em 25-9-1996.

nenhuma diferença metodológica intrínseca entre o estudo científico dos fenômenos humanos e o estudo científico dos fenômenos físicos. Toda diferença aparente era considerada extrínseca, portanto transitória, mesmo que difícil de superar. Segundo essa visão, os sociólogos acham-se simplesmente atrasados em relação aos físicos newtonianos, e esse retardo um dia será suprimido. Para tanto, é necessário retomar as premissas teóricas e as técnicas práticas da disciplina mais antiga. Nessas condições, o tempo (e, pois, a história) apresenta tão pouca pertinência para as ciências sociais nomotéticas quanto para a física do estado sólido ou a microbiologia. Muito mais importantes são a reprodutibilidade dos dados e a qualidade axiomática do trabalho de teorização.

Ao contrário desses pesquisadores, os historiadores "historizantes" (idiográficos) insistiam no fato de que a ação social humana não é repetitiva e, portanto, não se presta a generalizações em grande escala, válidas através do tempo e do espaço. Sublinhavam o caráter central das seqüências diacrônicas — a história tratada como relato ou narração —, assim como a estética do estilo literário. Sem dúvida, não se pode dizer que recusassem por completo o tempo, já que faziam valer a diacronia, mas seu tempo era exclusivamente um tempo cronológico. O que ignoravam era a duração, pois esta só pode ser definida por abstração, por generalização, e requer uma cronosofia. Esses historiadores preferiam a etiqueta de humanistas e reivindicavam sua vinculação à faculdade de letras, para melhor assinalar seu desprezo pelas ciências sociais nomotéticas.

No entanto, mesmo os historiadores humanistas e idiográficos submetiam-se à idolatria da ciência newtoniana. O que os assustava, bem mais que as generalizações (e, portanto, a ciência), era a especulação (e, pois, a filosofia). Pertenciam assim ao gênero de newtonianos contra a vontade. Concebiam os fenômenos sociais como atômicos por natureza. Seus átomos eram os "fatos" históricos. Tais fatos haviam sido registrados em documentos escritos, a maioria deles localizável em arquivos. Esses sábios eram ferozmente empiristas. Agarravam-se a uma visão tão próxima dos dados quanto possível, bem como à sua reprodução fiel na escrita da história. Essa proximidade dos dados tendia a reduzir-se a uma visão em pequeníssima escala, tanto no tempo quanto no espaço. Assim é que esses historiadores humanistas eram também historiadores positivistas, e a maioria deles enxergava, se tanto, pouca contradição entre esses dois projetos.

No decorrer do período de 1850 a 1950, essa definição das tarefas do historiador ganhou ascendência no mundo universitário. Não, por certo, que ela tivesse deixado de suscitar críticas virulentas. Uma corrente de oposição declarada manifestou-se, na França, nas páginas dos *Annales*, revista fundada por Lucien Febvre e Marc Bloch. Em carta de 1933 a Henri Pirenne, que compartilhava seu mal-estar ante a história positivista e cuja influência sobre a escola dos *Annales* foi profunda, Lucien Febvre exprimiu-se sem rodeios a propósito de um livro de Henri Seignobos: "Um velho atomismo poeirento, um respeito ingênuo pelo 'fato', pelo fato miúdo, pela coleção de pequenos fatos considerados como existentes em 'si'".[2]

Mas o enunciado mais claro e mais completo do modo dominante da escrita da história foi o que propôs, em 1958, Fernand Braudel, que havia retomado a tradição dos *Annales* após 1945. Examinemos esse texto, "História e ciências sociais: a longa duração". Comecemos pelo título. Se existe um termo que resuma a posição e a contribuição de Braudel é exatamente este: "longa duração". É um termo polêmico. Braudel pretendia atacar a prática dominante dos historiadores que concentravam suas energias no registro de acontecimentos de curto alcance, naquilo que ele chamava, a exemplo de Paul Lacombe e François Simiand, de "história acontecimental".

Para Braudel, a massa das "pequenas particularidades", ora ofuscantes, ora obscuras, que quase sempre se reduz à história política, constitui apenas uma parte da realidade, a bem dizer uma pequena parte. Braudel observa que as ciências sociais nomotéticas "têm quase horror ao acontecimento. Não sem razão: o tempo curto é a mais caprichosa, a mais enganadora das durações".[3] Afirmação que dá a chave da famosa tirada em *O Mediterrâneo*: "os acontecimentos são poeira".[4]

Assim, ao tempo cronológico, que registra os acontecimentos, Braudel opôs a longa duração, dando a esse termo uma definição muito precisa:

> Por estrutura os observadores do social entendem uma organização, uma coerência, relações bastantes fixas entre realidades e massas sociais. Para nós, historiadores, uma estrutura é sem dúvida articulação, arquitetura, porém mais ainda uma realidade que o tempo mal desgasta e transporta muito longamente (...). Todas [as estruturas] são ao mesmo tempo sustentáculos e obstáculos.[5]

---

[2] Lyon & Lyon, 1991:154.
[3] Braudel, 1969:46.
[4] Braudel, 1982:223.
[5] Braudel, 1969:50.

Ao invés de um tempo que não teria outra existência além da de um simples parâmetro físico externo, Braudel insistiu na pluralidade dos tempos sociais; tempos que são construídos e que, uma vez construídos, tanto nos ajudam a organizar a realidade social quanto impõem constrangimentos à ação social. Todavia, tendo assim demarcado os limites e o descaminho da história acontecimental, ele acrescentou que os historiadores não são os únicos a se enganar:

> Reintroduzamos a duração. Eu disse que os modelos eram de duração variável: valem o tempo que vale a realidade que registram. (...) Comparei algumas vezes os modelos a navios. (...) O naufrágio é sempre o momento mais significativo. (...) Estarei errado em pensar que os modelos das matemáticas qualitativas (...) se prestariam mal a tais viagens, antes de mais nada porque circulam em uma só das inúmeras notas do tempo, a da longa, muito longa duração, ao abrigo dos acidentes, das conjunturas, das rupturas?[6]

Assim, explica Braudel, encontram-se as mesmas falhas na investigação do infinitamente pequeno, que caracteriza o historiador idiográfico, e na pesquisa da duração não longa, mas longuíssima, que caracteriza o pesquisador nomotético. Desta última, ele diria que, se existe, "só pode ser o tempo dos sábios".[7]

Braudel conclui com duas afirmações. Em primeiro lugar, existem tempos sociais múltiplos, que interferem entre si e devem suas significações a uma espécie de dialética das durações. Por conseguinte, em segundo lugar, nem o acontecimento efêmero e microscópico nem a realidade eterna e infinita, cujo conceito é duvidoso, oferecem foco útil para uma análise inteligente. Se devemos alcançar uma compreensão significativa da realidade, convém mais nos determos no terreno do que designaria como o terceiro não-excluído: simultaneamente tempo e duração, um particular e um universal, que são simultaneamente os dois termos e nenhum deles.

Braudel considerava que a história tradicional privilegia o tempo, uma certa idéia de tempo, relativamente à duração, motivo pelo qual buscou reintroduzir o conceito de "longa duração" como instrumento epistemológico indispensável às ciências sociais. Prigogine considerava que a física tradicional privilegia a duração, uma certa idéia de duração, relativamente ao tempo, razão pela qual buscou reintroduzir a "flecha do tempo" como instrumento epistemológico indispensável às ciências naturais.

---

[6] Braudel, 1969:71-2.
[7] Ibid., p. 76.

Aqui também uma história da controvérsia parece necessária, se quisermos compreender o que se acha em causa no debate. Durante os dois últimos séculos, a história das ciências naturais conheceu um percurso um tanto diferente do das ciências sociais. A ciência newtoniana seguiu uma trajetória estável desde pelo menos o século XVIII, tanto no que concerne a suas características como construção intelectual quanto em seu papel ideológico na organização da atividade científica. No começo do século XIX, Laplace atribuiu-lhe um estatuto canônico — e pode-se acrescentar que ela ganhou lugar nos manuais. Numerosos praticantes da ciência newtoniana sentiram então que o grande esforço de teorização científica chegava a seu termo e nada mais restava aos cientistas que aplainar alguns problemas menores — e pôr os conhecimentos teóricos a serviço de fins práticos.

Mas, bem sabemos, ou deveríamos saber, que o trabalho de teorização, tanto quanto a história, jamais chega a seu termo, porque todo o nosso saber, por mais válido que nos pareça no tempo presente, revela-se transitório em um sentido cósmico, porquanto está ligado às condições sociais em que foi adquirido e construído. A verdade é que a ciência newtoniana se deparou com realidades físicas que não conseguia explicar e, no final do século XIX, quando Poincaré demonstrou a impossibilidade de resolver o problema dito de três corpos, essa ciência encontrou-se em situação crítica, mesmo sem a maioria dos cientistas estar preparada para isso.

Apenas no transcurso da década de 1970, com a extensão do mal-estar suscitado pela mecânica newtoniana como paradigma único de toda atividade científica, é lícito falar de um movimento intelectual importante no seio das ciências naturais, que desafiou o ponto de vista que até então predominava, de maneira geral incontestado, nas ciências da natureza. Essa tendência possui várias denominações. Para abreviar, diremos "estudos da complexidade". Uma das figuras centrais desse desafio foi Ilya Prigogine, que recebeu o prêmio Nobel por seus trabalhos sobre as estruturas dissipativas. Utilizarei aqui o último resumo de suas idéias, *O fim das certezas*, que tem como subtítulo: *tempo, caos e as leis da natureza*.[8] Assim como a "longa duração" marca o centro das preocupações de Braudel, podemos considerar aqui a "flecha do tempo" (expressão que Prigogine tomou de Arthur Eddington, mas que daí em diante se associou a ele) como o tema central de sua obra.

No começo de seu livro, Prigogine retoma as conclusões obtidas com Isabelle Strengers em *A nova aliança*, de 1979:

---

[8] Prigogine, 1996.

Os processos irreversíveis (associados à flecha do tempo) são tão reais quanto os processos reversíveis descritos pelas leis tradicionais da física: só podem interpretar-se como aproximações das leis fundamentais. (...) Os processos irreversíveis exercem um papel construtivo na natureza. (...) A irreversibilidade exige uma extensão da dinâmica.[9]

A mecânica newtoniana, diz Prigogine, descreve sistemas dinâmicos estáveis. Do mesmo modo que para Braudel a "história acontecimental" descreve uma parte, mas somente uma pequena parte, da realidade histórica, para Prigogine os "sistemas dinâmicos estáveis" não constituem senão uma parte, e somente uma pequena parte, da realidade física. Nos sistemas instáveis, condições iniciais ligeiramente divergentes, que são sempre e necessariamente particulares, bastam para produzir resultados imensamente divergentes. O efeito dessa sensibilidade às condições iniciais não foi verdadeiramente levado em conta pela mecânica newtoniana.

Assim como para Braudel os efeitos da longa duração são claros, sobretudo nas estruturas macroscópicas, e não nas microscópicas, para Prigogine "é efetivamente na física macroscópica que a irreversibilidade e as probabilidades se impõem com maior evidência".[10] Em suma, assim como para Braudel "os acontecimentos são poeira", para Prigogine, "quando se trata de interações transitórias, (...) os termos difusíveis são negligenciáveis".[11] A situação se inverte, em Prigogine, na longa duração de Braudel: "Com efeito, é nas interações persistentes que os termos difusíveis se tornam dominantes".[12]

Para Braudel, existem tempos sociais múltiplos. Só se podem propor leis verdadeiramente universais da longuíssima duração (duração que, segundo ele, se existe, deve ser "o tempo dos sábios"). Uma tal ciência social nomotética pressupõe a ubiqüidade do equilíbrio, como faz a ciência newtoniana. Também aqui Prigogine toma posição:

Enquanto no equilíbrio e próximo ao equilíbrio as leis da natureza são universais, longe do equilíbrio elas se tornam específicas, dependem do tipo de processo irreversível. (...) Longe do equilíbrio, (...) a matéria torna-se mais ativa.[13]

---

[9] Prigogine, 1996:32.
[10] Ibid., p. 52.
[11] Ibid., p. 62.
[12] Ibid.
[13] Ibid., p. 75.

Vê-se que o conceito de natureza ativa não causa nenhum embaraço. Muito ao contrário: "É porque (...) somos ao mesmo tempo 'atores' e 'espectadores' que podemos aprender alguma coisa da natureza".[14]

Existe, no entanto, uma diferença notável entre Braudel e Prigogine: o ponto de partida. Braudel teve de combater a visão dominante da pesquisa histórica, que ignorava a estrutura ou, dito de outro modo, a duração. Prigogine teve de combater a visão dominante da pesquisa em física, que ignorava os sistemas submetidos a condições de não-equilíbrio e as conseqüências do fato de as condições iniciais serem sempre únicas ou, dito de outro modo, o tempo. Eis por que Braudel sublinha a importância da longa duração, ao passo que Prigogine sublinha a da flecha do tempo. Nem um nem outro quer fugir de Cila para cair em Caribde. Braudel não desejava erradicar completamente a história acontecimental para substituí-la por uma história da longuíssima duração. Prigogine também não quer renunciar ao tempo reversível para entregar-se ao risco de tornar impossível a ordem e a explicação. Ambos insistiram em permanecer no terreno do terceiro não-excluído. O terceiro não-excluído de Prigogine chama-se caos determinista: "Com efeito, as equações são deterministas, como as leis de Newton. E, contudo, engendram comportamentos de aspecto aleatório".[15] Enfim, talvez se trate mais que de um aspecto, pois ele acrescenta que as probabilidades são "intrinsecamente aleatórias". Eis por que eu disse que ele se situa no terreno do terceiro não-excluído. Trata-se claramente de uma posição mediana:

> O acaso puro não é menos uma negação da realidade e de nossa exigência de compreender o mundo do que o determinismo. O que procuramos construir é uma via estreita entre as duas concepções, que conduzem igualmente à alienação: a de um mundo regido por leis que não deixam lugar algum à novidade e a de um mundo absurdo, acausal, onde nada pode ser previsto nem descrito em termos gerais.[16]

O próprio Prigogine fala de "descrição mediana". Mas eu desejaria insistir no fato de que não se trata simplesmente dos méritos do justo meio, e sim dos do terceiro não-excluído: caos determinista e, igualmente, determinismo caótico, no qual o tempo e a duração são ambos centrais e constantemente construídos e reconstruídos. Esse universo pode muito bem não ser tão simples como a ciência clássica acreditava descrever; mas pretende-se que esteja mais próximo do universo real, mais difícil de conhecer que aque-

---

[14] Prigogine, 1996:173-4.
[15] Ibid., 35.
[16] Ibid., p. 222.

le que nos habituamos a perceber, porém mais digno de ser conhecido, mais pertinente no que se refere a nossas realidades sociais e físicas e, afinal, mais promissor do ponto de vista moral.

Concluirei com duas citações. A primeira é do eminente historiador belga Henri Pirenne:

> Toda construção histórica (...) repousa sobre um postulado: o da identidade da natureza humana ao longo das idades. (...) [Contudo] basta um momento de reflexão para compreender que dois historiadores, dispondo dos mesmos materiais, não os tratarão de maneira idêntica. (...) Assim, as sínteses históricas dependem, no mais alto grau, não apenas da personalidade de seus autores, mas também de seu ambiente social, religioso ou racional.[17]

A segunda é do filósofo norte-americano Alfred North Whitehead:

> A ciência moderna impôs à humanidade a necessidade da vadiagem. Seu pensamento e sua tecnologia progressivos fazem da transição através do tempo, de uma geração a outra, uma verdadeira migração em meio a oceanos inexplorados de aventuras. O interesse da vadiagem está em que ela é perigosa e por isso necessita de habilidade, a fim de evitar os maus impasses. Devemos, pois, esperar que o futuro nos revele perigos. É próprio do futuro ser perigoso; e um dos méritos da ciência é equipar o futuro para fazer frente a seus deveres.[18]

Comecei esta exposição declarando que a ciência, ao que se diz, deve enfrentar vigorosos ataques hoje em dia. Isso não é verdade. É a ciência newtoniana que está sendo maltratada, bem como o conceito de duas culturas, que afirma a incompatibilidade entre a ciência e as letras. Assistimos à construção de uma nova visão da ciência, que igualmente representa uma nova visão da filosofia e cujo edifício epistemológico ergue-se em torno do princípio de que não só é possível mas absolutamente necessário manter-se no terreno do terceiro não-excluído.

Bibliografia

BRAUDEL, F. Historie et sciences sociales. La longue durée. In: BRAUDEL, F. *Écrits sur l'histoire*. Paris: Flammarion, 1969. p. 41-83.

---

[17] Pirenne, 1931:16, 19-20.
[18] Whitehead, 1959:125.

_____. *La Mediterranée et le monde méditerranéen à l'epoque de Philippe II*. 5 ed. Paris: Armand Colin, 1982. 2v.

LYON, B.; LYON, M. *The birth of Annales history: the letters of Lucien Febvre and Marc Bloch to Henri Pirenne (1921-35)*. Brussels: Académie Royale de Belgique, Commission Royale, 1991.

PIRENNE, H. La tâche de l'historien. *Le Flambeau*, *14*:5-22, 1931.

PRIGOGINE, I. *La fin des certitudes*. Paris: Odile Jacob, 1996.

WHITEHEAD, A. N. *Science and the modern world*. New York: Mentor, 1959.

6

Um tempo para a história

*Marcos Antônio Lopes**

> *O tempo de hoje data, ao mesmo tempo, de ontem, de anteontem, de outrora.*
>
> Fernand Braudel
>
> *Muito antigo e sempre vivo, um passado multissecular desemboca no tempo presente como o Amazonas projeta no Atlântico a massa enorme de águas agitadas.*
>
> Fernand Braudel

Mesmo antes de Fernand Braudel formular a sua célebre teoria do tempo histórico no influente artigo sobre a longa duração — publicado em 1958 na revista *Annales* —, Lucien Febvre e Marc Bloch já haviam alterado significativamente as velhas noções acerca deste relevante tema. Desde os primeiros *Annales*,[1] pensar o tempo histórico passou a implicar, também, a reflexão sobre o mundo histórico das sociedades do passado em seus próprios termos e, naturalmente, nas suas diferentes formas de controle social dessa matéria de base da história-conhecimento. O tempo da história, como passou a ser então concebido pelos historiadores do círculo de Estrasburgo nas primeiras décadas do século XX, deveria ser, sobretudo, um tempo social. Esses historiadores integraram em seu campo de análise as diferentes concepções de tempo predominantes entre os grupos humanos e as suas respectivas culturas. Lucien Febvre sintetizou magistralmente os riscos inerentes às tentativas

---

* Professor do Departamento de Ciências Sociais da Universidade Estadual de Londrina.

[1] Para uma visão de conjunto do que se denomina difusamente escola dos *Annales*, ver Carbonell (1988); Cardoso & Brignoli (1983); Chaunu (1976); Fontana (1998); Hobsbawm (1998); e Revel (1989).

de recuperação do passado das sociedades. Para ele, essas incursões eram algo assim como navegar entre Cila e Caribde. O "pecado mortal do historiador" ainda é uma de suas melhores metáforas — entre as muitas que cunhou em suas reflexões teóricas contra a "história historizante" — a alertar-nos para a complexidade do tempo histórico e para as dificuldades que os historiadores encontram em se interpor entre as suas diferentes escalas, à procura do sentido das idéias e das representações simbólicas, segundo a compreensão que as sociedades do passado elaboraram acerca de si mesmas.

O novo tempo dos *Annales*

As propostas dos *Annales* para a renovação dos estudos históricos geraram desdobramentos consideráveis, inclusive sobre a pesquisa de temas de história contemporânea, que, como se sabe, não era especialidade de Febvre nem de Bloch, tampouco de Braudel, apesar do grande interesse dos mesmos por temas do tempo presente, temas que afetavam todas as sociedades e que ecoavam no momento vivido, independentemente da época em que ocorreram. Desse ângulo, a II Guerra Mundial e o concerto horripilante das atrocidades que ela gerou — como o holocausto de milhões de judeus — é um exemplo "modelar" da história efetiva que eles mesmos viveram, Marc Bloch de forma mais trágica. Entretanto, na perspectiva dos *Annales* — já em sua gloriosa fase de *establishment* intelectual, a partir dos anos 1950 —, a história contemporânea foi estigmatizada principalmente por situar seus objetos na escala do tempo curto, o tempo dos acontecimentos, dos movimentos de superfície.

Durante algumas décadas, a chamada escola dos *Annales* inibiu a história contemporânea devido à natureza de sua matéria-prima mais importante: o grande evento, o acontecimento de vasta repercussão, segundo a concepção que se tinha à época acerca desse gênero de história. Mas essa visão acanhada, se olharmos com os olhos de nosso presente, já não mais predomina no círculo *annaliste* da geração atual, ou melhor, no círculo dos herdeiros da grande tradição dos *Annales*. Como enfatiza um conhecido epígono, Pierre Nora, quando se reduz o recuo do tempo, o evento reconquista suas cartas de nobreza.[2] Mas a história contemporânea não foi combatida apenas

---

[2] Para Michel Vovelle (1990:365), quando "Pierre Nora anuncia o 'regresso do acontecimento', fá-lo para registrar, como historiador do presente, a violência e a força do fato pontual que se impõe sem discussão, hipertrofiado sem dúvida pela ênfase que os *media* lhe atribuem". E Vovelle evoca Braudel: "Mesmo que se esteja de acordo com a mutação brusca, o acontecimento explo-

pelos *Annales*. Ela havia sofrido primeiramente os impactos da historiografia positivista do século XIX, porque, para os seus cultores, apenas o passado mais remoto tinha verdadeiro interesse histórico. Duplamente condenada pelas mais influentes escolas de pensamento histórico no século XX, a história contemporânea, em sua escala de tempo curto, ressurge hoje com bastante prestígio, sob ângulos da maior relevância, como é o caso da história do tempo presente, capitaneada por François Bédarida.

Inegavelmente, o círculo intelectual dos *Annales* da primeira e segunda gerações atuou como uma espécie de arauto a denunciar e a pregar contra uma história de eventos, de pouco alcance histórico, pois se interessava pelas possibilidades a seu ver mais fecundas de processos históricos de vários séculos, abordados em longos períodos de tempo, isto é, na perspectiva de seus movimentos lentos, de suas evoluções gradativas. Como disse Braudel, "A impressão profunda, imediata, após essa pesca submarina, é de que estamos em águas muito antigas, no meio de uma história que, de algum modo, não teria idade, que reencontraríamos, em suma, dois ou três séculos mais cedo e que, por vezes, num momento, nos é dado enxergar ainda hoje com os nossos próprios olhos".[3] Nos dias que correm, nota-se uma valorização da história imediata, expressão de emprego relativamente recente, mas que vem ganhando força. A história proposta por alguns diádocos da tradição *annaliste* passa, hoje, a apropriar-se de seu presente como objeto de análise e tenciona produzir pesquisas com base teórica consistente sobre questões da atualidade.

Uma das principais deficiências da história contemporânea, como área de pesquisa, está no fato de que ela constitui uma espécie de saber mais ou menos "a quente", ou seja, fundada no calor do próprio evento. Trata-se de uma história ainda em brasa, no dizer de Braudel, muito fugaz e de difícil apreensão: "Desconfiemos dessa história ainda ardente, tal como os contemporâneos a sentiram, descreveram, viveram, no ritmo de sua vida, breve como a nossa. Ela tem a dimensão de suas cóleras, de seus sonhos e de suas ilusões".[4] Acerca dos riscos de se fazer história no curso da qual o próprio historiador participa, às vezes de maneira bem ativa, o depoimento de Eric

---

sivo, será que ele é realmente criador?". No mesmo sentido vai a reflexão de Krzysztof Pomian (1984a:87): "Os acontecimentos são engendrados pelas estruturas e conjunturas. Eles são as manifestações visíveis das rupturas do equilíbrio ou dos restabelecimentos deste". De acordo com a metáfora braudeliana, os fatos são como vaga-lumes. Eles brilham sem iluminar a noite com uma claridade suficiente. Assim é que, em história, a obscuridade do sentido triunfa sobre o clarão dos eventos. Ver Braudel (1978a).

[3] Braudel, 1987:14.

[4] Braudel, 1978a:14.

Hobsbawm é esclarecedor: "eu não sou um observador externo; sou, de certo modo, um participante. Como confrontar a experiência vivida, as minhas opiniões e o que, como historiador profissional, descobri por intermédio de minhas pesquisas e leituras? (...) Além disso, há um outro problema mais dramático para alguém como eu, que esteve muito comprometido com o movimento de esquerda, com a causa da Revolução Russa".[5] Além do engajamento político, força que cega em parte as suas próprias análises, o historiador do mundo atual encontra-se privado da visão em perspectiva, da distância histórica necessária para avaliar questões muito próximas a ele. Além do mais, ele desconhece o epílogo, sendo forçado a trabalhar com conjecturas ainda mais precárias, como as virtuais possibilidades de desdobramento de um determinado acontecimento ou processo histórico. Não bastasse essa fragilidade, a amplitude e a complexidade de seus objetos, aliados à abundância de informações — o que se tem designado por vezes como "inflação documental" —, acabam por extrapolar as capacidades individuais na elaboração de sínteses explicativas sobre os temas atuais. Ao optarem por temas de maior profundidade cronológica, certamente Braudel e seus predecessores tomaram alguns desses elementos em perspectiva.

A idéia do tempo histórico e as dificuldades de sua percepção e elaboração teórica foram problemas que ocuparam a mente de Braudel. Febvre e Bloch, e mais radicalmente Braudel, construíram sua obra histórica a partir de uma alteração sensível na maneira de conceber esse fundamento do saber histórico. Foi a partir de uma nova e original concepção do tempo da história que os prógonos dos *Annales* revitalizaram uma disciplina que se encontrava metodologicamente esgotada nas primeiras décadas do século XX. É claro que não foram os únicos a terem idéias novas, mas a obra que realizaram lhes garante um papel de destaque no cenário historiográfico global. E é possível dizer que a posteridade valorizou bem mais o trabalho de Bloch e Braudel. Suas pesquisas e seus temas são, por assim dizer, mais universais e por isso despertam maior interesse entre os pesquisadores. A originalidade da obra desses historiadores está no fato de ela ter-se constituído principalmente numa nova visão do passado: contrariamente à concepção dos historiadores ditos positivistas, a nova história proposta por Febvre, Bloch e Braudel tornou-se um problema a ser formulado e desvendado pelo próprio historiador, que não se contentava mais em narrar fatos singulares.

---

[5] Entrevista concedida a Jorge Halperín, do jornal *Clarín*, publicada em *Folha de S. Paulo* (22-6-1997. Mais!).

Nos anos 1930, Lucien Febvre despontava como o combatente que, sem dúvida, personificou por toda a sua vida a tropa de choque de idéias novas dos *Annales,* acostumado a tripudiar com ironia sobre tantos e tantos estudos de uma linhagem de história que não era a sua, como ele gostava de se referir nas numerosas resenhas que publicou na revista. Febvre surgia como um autêntico divisor de águas, situando-se na confluência do antigo e do moderno, ou seja, o intelectual que paradoxalmente repudia a tradição, mas que não consegue libertar-se inteiramente dela, ainda que pela conservação apenas daquilo que ela apresenta de melhor. Atualmente, Lucien Febvre, o Voltaire[6] dos jesuítas metódicos, quero dizer, dos historiadores positivistas" — se assim podemos nos referir à sua intensa atividade de intelectual interventor em meio a seus combates pelo estabelecimento e afirmação de uma nova história —, tem sua obra menos estudada e debatida que a de Bloch e a de Braudel. Mas, como sabemos, essas posições são sempre provisórias, e não seria surpreendente se o autor de *Un destin, Martin Luther* retornar com força à cena historiográfica atual. É bom lembrar que a história intelectual vem ganhando terreno em todo o mundo, inclusive no Brasil, e que a grande personalidade — tema central de seus livros — recupera rapidamente o prestígio até há pouco em declínio. Livros que fizeram época na historiografia francesa e que ainda hoje exercem fascínio sobre os cultores da história — como *O problema da descrença no século XVI: a religião de Rabelais,* de Lucien Febvre, e *Os reis taumaturgos,* de Marc Bloch — são ainda um convite a redimensionar a força criativa desses, por assim dizer, patronos da historiografia contemporânea — seja pelo ângulo de suas percepções particulares em relação à história-conhecimento, seja pelo viés de sua inovadora noção de temporalidade —, que tantos e irremediáveis estragos causaram à tutela do anacronismo na história, insistentemente reproduzido por uma historiografia até então insensível às sutis diferenças existentes entre o passado e o presente das sociedades humanas.

Nos tempos da escola metódica, sob o império de Langlois-Seignobos, o "método" de pesquisa preconizava uma história de acontecimentos, uma história servida em fatias temporais milimetricamente recortadas. Os com-

---

[6] Há quem de fato alinhe esses dois grandes personagens da história intelectual. O paralelo feito por Georges Gusdorf, ao aproximar Voltaire de Lucien Febvre, é pertinente ao indagar: não estaria Febvre levando adiante, com as suas resenhas assassinas e os seus artigos demolidores, a obra da crítica historiográfica voltairiana? Nos diz Gusdorf (1960:226): "Voltaire não fez nenhum esforço para compreender Loyola, enquanto Lucien Febvre, por exemplo, que não tinha nada de luterano, consegue, pelo recurso da simpatia, reconstituir um admirável retrato do Lutero histórico".

bates de Febvre promoveram a sua "obra civilizadora", no plano de uma maior sofisticação intelectual. Mas por trás dos "debates e combates", título de uma das seções da célebre revista *Annales*, há uma mensagem subliminar. François Dosse demonstra-nos que não se tratava apenas de alimentar uma batalha de livros, uma querela intelectual, mas de saber se seria possível sair de Estrasburgo, se seria possível instalar-se em Paris e, no limite de um projeto de poder, se seria possível exercer um domínio institucional.

A concepção de tempo histórico em Febvre revela o talento criativo desse historiador, que parte de um marco intelectual ou evento criador do espírito — normalmente um texto clássico — para integrá-lo, e também a seu autor, em seu próprio tempo, nos marcos mais amplos de uma história social das idéias. É preciso notar aqui um aspecto já observado por Mikhail Bakhtin em seu *A cultura popular na Idade Média e no Renascimento*: o destaque concedido por Febvre aos luminares da cultura erudita do século XVI, aos grandes espíritos da Renascença, como Erasmo, Lutero, Rabelais e Marguerite de Valois, que por sua lucidez intelectual são compreendidos como os melhores sintetizadores do etos de uma sociedade, relegando às sombras os traços reveladores da cultura popular apreendida nos atores anônimos, entre as massas de citadinos e camponeses incultos. Para Febvre, o grande espírito não é apenas uma espécie de filtro por meio do qual se pode compreender um tempo longínquo, mas o próprio objeto fundador da pesquisa. Por sua ênfase nos eventos irradiados por uma mente brilhante como elemento de base do tempo histórico, Febvre exerceu pouca influência sobre as novas vertentes da pesquisa histórica entre o círculo *annaliste*, naquele novo espírito inaugurado por seu próprio trabalho de reflexão.

Entretanto, os seus debates, travados a partir da tribuna que lhe propiciou a sua revista, foram argumentos eloqüentes contra uma história de "pernas curtas", *histoire événementielle*, excessivamente presa a fatos esterilizantes, restrita às grandes datas e gravitando em torno das ações de personagens modelares. Mas como traduzir essa expressão francesa para o português sem cair no logro dos falsos amigos? "História factual", simplesmente, seria um simplismo literal. Isso porque "fato", na pesquisa histórica, possui o sentido jurídico de evidência, prova, dado documental. Como sabemos, nem os *Annales* nem a *nouvelle histoire* nem qualquer outra escola de pensamento histórico jamais cogitaram em abolir o fato da história, como também nunca fizeram vista grossa às datas e aos personagens, dados de base de uma disciplina que toma a ação humana e o tempo dessas mesmas ações como os ingredientes para "fabricar o seu mel", nas palavras de Febvre.

As biografias, das quais os historiadores ingleses são os mestres, a cliometria dos norte-americanos, a que se denomina *new economic history*, e a *École des Chartres*, dos próprios franceses, estão aí para demonstrar a existência de gêneros que valorizam ao máximo esses pressupostos em suas pesquisas. Assim sendo, *histoire événementielle* deve significar, em bom português, a história dos fatos singulares, estes, sim, a matéria-prima da "história historizante" tão combatida pelos *Annales*. Como nos afirmam Jacques Revel e Roger Chartier, em verbete que assinam juntos no dicionário organizado por ambos, juntamente com Jacques Le Goff, "A continuidade dos *Annales* parece notável pelo menos em dois pontos, referentes, aliás, a um mesmo projeto. Por um lado, na reivindicação de um ponto de vista que privilegia o estudo dos feitos das massas, do que é regular e constante: da noção de civilização, tão cara a L. Febvre, à longa duração de Braudel e à história imóvel de Le Roy Ladurie, passando pelo modelo socioeconômico elaborado por Labrousse a partir das flutuações cíclicas, a tônica é posta sobre a identificação de fatos estruturais".[7]

Mas o fato, nesse caso, é que a perspectiva febvriana do tempo histórico acabou sendo ofuscada pela concepção de seu colaborador, Marc Bloch. A obra de Bloch foi a perspectiva que "venceu pelo exemplo e pelo fato", observa Reis. Isso porque, no domínio da pesquisa histórica na França, entre os anos 1940 e 1970, o medievalista Bloch "levou a melhor" sobre o modernista Febvre, exercendo uma incontestável e duradoura influência. Segundo Reis, foi uma nova compreensão do tempo histórico que fez da obra de Bloch a contribuição mais sólida e permanente na construção de uma nova história, precisamente porque a estratégia do autor de *Les rois thaumaturges*, ao lidar com o tempo, foi evitar referências muito pontuais, como fez Lucien Febvre. Ao contrário deste, Bloch valorizou a realidade social, indo ao fundo das estruturas econômicas e sociais para só depois recuperar os eventos, mas sem dar-lhes grande destaque. Em Bloch, os eventos são realmente indícios reveladores do movimento histórico, o que não basta para inseri-los numa categoria especial. O tempo da história, na obra de Bloch, não é o tempo da alma ou da consciência, de indivíduos capazes de uma reflexão mais profunda acerca de seu mundo, mas o tempo inconsciente das coletividades, o que, até certo ponto, antecipa a *longue durée* braudeliana. Seu livro *Os reis taumaturgos* aborda as transformações lentas e as alterações perceptíveis de uma crença popular no poder de cura dos reis da França e da Inglaterra. Essas

---
[7] Revel & Chartier, 1990:32.

metamorfoses são apreendidas numa escala de tempo que vai do século XIII ao XIX, portanto, da Baixa Idade Média ao limiar das sociedades industriais.

Mas essa influência de Bloch sobre a pesquisa histórica, ou melhor, essa marcante influência no âmbito da posteridade seria mesmo dada por sua nova e original compreensão do tempo histórico? Ao que parece, não há como negar isso. Entretanto, não foi somente a sua compreensão do tempo histórico que fez de Bloch essa espécie de príncipe entre os historiadores franceses. O que fez Bloch tornar-se "exemplar" são os seus impulsos para a interdisciplinaridade, a sua sensibilidade e talento na análise de suas fontes, a sua luta pela anexação de novas fronteiras teóricas, os seus debates e combates travados contra o que Febvre chamava de "espírito de especialização", aproximando-se da geografia para estudar as comunidades agrárias, sua maior especialidade. E, sobretudo, a forma independente com que se aproxima e se apóia na sociologia de Durkheim, absorvendo-a nos seus aspectos fecundos, mas sem aceitá-la na íntegra. Foi essa sua relação reflexiva com a sociologia que o levou a ressaltar muito mais os grupos do que os indivíduos, concebendo suas pesquisas com um apurado foco de história social. Se Febvre cunhou a expressão "psicologia histórica", antecipando o que se tornaria, nos anos 1970, a história das mentalidades coletivas, foi a obra de Bloch que exerceu maior influência sobre essa mesma história das mentalidades.

Os primeiros *Annales*, com Febvre e Bloch, já tinham transformado a compreensão formalista e estéril de um tempo histórico filiforme, no velho esquema "linha do tempo". A proposta de uma história-problema, que construía seu objeto de pesquisa e que o reformulava segundo o curso da investigação, alterou significativamente a antiga noção do fato histórico, modificando o conceito de tempo da história. Inúmeras conseqüências adviriam das reviravoltas teórico-metodológicas dos *Annales* de Febvre e Bloch.

Ritmos braudelianos

Desde os primeiros *Annales*,[8] e mais ainda com Fernand Braudel, ao focar o passado, os historiadores se ativeram à evidência de que numa mesma insti-

---

[8] A expressão é recorrente mas nem sempre bem definida. Por "primeiros *Annales*" entenda-se o período que vai da fundação da revista *Annales*, em 1929, sob influência direta de Marc Bloch e Lucien Febvre, até a morte deste último, em 1956. Alguns autores também denominam essa fase "primeira geração dos *Annales*". A ela seguiu-se a "era Braudel", que, como afirma François Dosse, representa o "elo" com a *nouvelle histoire*, também conhecida como a "terceira geração dos *Annales*".

tuição explícita de tempo conviviam, em relações complexas e interdependentes, temporalidades plurais, tempos múltiplos, dados pelos diferentes ritmos da vida social. Certamente Braudel não pretendeu fazer de seu modelo teórico, a longa duração, uma espécie de camisa-de-força que obrigasse os historiadores a pensar o tempo histórico partindo exclusivamente dessa perspectiva. No prefácio do conjunto de ensaios intitulado *Escritos sobre a história* ele explica: "O entendimento útil deveria fazer-se (digo-o e repito-o insistindo) sobre a longa duração, essa estrada essencial da história, não a única mas que coloca por si todos os grandes problemas das estruturas sociais, presentes e passadas. É a única linguagem que liga a história ao presente, convertendo-a em um todo indissolúvel".[9] Mas a sua teoria fez época na historiografia contemporânea, seja atraindo simpatizantes ou despertando críticos. Para estes ele dirigiu as seguintes palavras: "Espero também que não me reprovarão minhas ambições demasiado largas, meu desejo e minha necessidade de ver em ampla escala. A história talvez esteja condenada a estudar somente jardins bem fechados por muros".[10]

O tempo histórico na obra de Braudel está ligado a conjuntos de ações sociais e políticas, a seres humanos concretos, ativos e passivos, às instituições e às organizações que deles dependem. Para Jean Glénisson, "O tempo, F. Braudel o vê, por assim dizer, viver e agir através da história dos homens, impiedosamente modelada por ele".[11] A partir de sua teoria dos tempos da história, Braudel explicitou, por meio de um modelo teórico sofisticado,[12] uma idéia que hoje soa como lugar-comum entre os historiadores, mas que não esteve sempre ao alcance da cultura historiográfica: o fato de que as sociedades adotam modos de vida peculiares a seu mundo histórico, inerentes somente a elas naquele tempo específico de suas existências, segundo um ritmo temporal definido pelos traços de suas culturas.

---

[9] Braudel, 1978a:8.

[10] Ibid., p. 15. Em entrevista concedida a P. Burke e H. G. Koenisberger em 1977, ele argumentou em defesa de sua concepção do tempo histórico: "Meu problema, o único grande problema a resolver, é demonstrar que o tempo avança com diferentes velocidades". Ver Burke (1992:52).

[11] Glénisson, 1986:233.

[12] François Dosse (2001:168) nos dá a medida desse modelo: "Esse descentramento, paradoxal para um historiador, é resultado da operação de decomposição da temporalidade em três ritmos heterogêneos em termos de natureza e ritmo: o tempo geográfico, o tempo social e o tempo individual. A adoção desses patamares históricos tem como conseqüência, reconhecida pelo próprio Braudel, 'a decomposição do homem num cortejo de personagens'. A longa duração funciona aqui como linha de fuga para o homem, introduzindo uma ordem que está fora de seu domínio. A retórica braudeliana continua, porém, humanista, uma vez que o homem está apenas descentrado, não ausente, de sua construção temporal, que é fiel nesse nível à herança antropocêntrica de Febvre e Bloch".

Mas o termo "duração", que é a pedra de toque da teoria braudeliana do tempo histórico, desperta interrogações. Estaria ele disponível na língua portuguesa? Certamente que me refiro ao sentido com que os franceses o empregam em história. Creio que não. Mesmo em francês é uma "noção ainda mal dominada", no dizer de Vovelle. Talvez fosse possível empregarmos termos como "permanência", "continuidade", "persistência", "recorrência". Mas a "longa duração", como uma série de outras expressões imprecisas em história, já foi consagrada pelo uso e nada mais há a fazer, a não ser reproduzi-la também. Se a sua carga semântica revela-nos, em nossa própria língua, uma idéia imprecisa, ela possui expressões semelhantes que, para além da história quase sem tempo das "prisões de longa duração" de seu teórico, identificam o largo uso e, portanto, o triunfo da idéia braudeliana entre os historiadores franceses: ela pode significar a "resistência da história", do gênero serial de Labrousse, "o inconsciente coletivo" e "a história da lentidão da história", das mentalidades de Ariès e de Le Goff, respectivamente, "a história imóvel", da geo-história de Le Roy Ladurie, ou mesmo "a força da inércia", das representações coletivas de Michel Vovelle.

Como afirma um *annaliste* de peso, Jacques Le Goff, há muito que se reconhece ser anacrônico representar o tempo histórico segundo o modelo dos velhos gêneros de história, como os anais romanos, por exemplo, com seus recortes temporais sempre idênticos, ano após ano, em cada um dos quais se procura introduzir uma certa quantidade de acontecimentos sempre semelhantes. Por influência da obra histórica de Febvre e Bloch, e um pouco mais tarde por influência de Braudel, fixou-se progressivamente nos estudos históricos a noção de que uma sociedade do passado revela-se mais claramente em nosso presente "quando o historiador consegue projetar a sua imagem no futuro", no dizer de Le Goff. Os *Annales* definiram uma concepção do tempo histórico em formulações bem mais complexas do que as idéias que predominavam na historiografia francesa do século XIX e que ainda eram hegemônicas ao longo de boa parte da primeira metade do século passado.

A partir dos *Annales*, o tempo da história deixou de ser uma dimensão etérea e meramente linear — na qual acontecimentos de repercussão se sucediam e faziam a história se mover —, tornando-se uma dimensão densa, complexa, reversível, que pode inclusive ser decomposta pelo historiador. Nada, portanto, da inexorabilidade do tempo da história intelectual. A um tempo histórico meramente físico, que regia o mundo natural e também servia de baliza cronológica para a história humana, impôs-se passo a passo a noção de um tempo histórico-social, com as suas múltiplas gradações. Se tomarmos a Baixa Idade Média de Jacques Le Goff como um exemplo dessa nova elaboração do tempo histórico, veremos que houve o tempo do camponês, o do mercador, o do nobre de sangue, o do sacerdote, regidos cada qual por diferentes sistemas de referências, que por sua vez eram definidos pelas hierarquias sociais e o capital de prestígio das ordens.[13] Isso parece significar que, num momento dado numa determinada etapa da experiência dos homens em sociedade, pulsam temporalidades diversas, definidas por uma complexa rede de aspectos, tais como as categorias profissionais, os prestígios de linhagem, o controle do sistema ideológico e o exercício do poder político, entre outras questões que moldam e fazem a dinâmica dos grupos sociais. Acerca das representações do tempo desses mundos agrários da Idade Média e do Antigo Regime, Fernand Braudel afirmava em fins dos anos 1970:

> O que me parece primordial na economia pré-industrial, com efeito, é a coexistência das rigidezas, inércias e ponderosidades de uma economia ainda elementar com os movimentos limitados e minoritários mas vivos, mas possantes, de um crescimento moderno. De um lado, os camponeses em suas aldeias que vivem de um modo quase autônomo, quase em autarquia; do outro, uma economia de mercado e um capitalismo em expansão, que se dilatam imperceptivelmente, se forjam pouco a pouco, já prefiguram o próprio mundo em que vivemos. Portanto, dois universos, pelo menos, dois gêneros de vida estranhos um ao outro e cujas massas respectivas se explicam, entretanto, uma pela outra.[14]

Por influência sobretudo de Braudel, a noção de temporalidade constituiu-se, sem dúvida, numa referência que os historiadores não poderiam evitar, sob o risco de cair e recair vezes sem fim nas armadilhas do anacronismo, conforme o bordão de Lucien Febvre. Com efeito, a presença de diferentes formas de anacronismo recorrentes na pesquisa histórica em qualquer época não se presta unicamente a humilhar os historiadores e a fazer a glória de seus críticos — normalmente adversários de outras áreas das ciências humanas —, mas demonstram ainda as dificuldades impostas à compreensão do passado pelas obras de transformação das culturas perpetradas pelo tempo histórico, que se apresentam na forma de uma máscara deformadora do sentido de todas as formas e manifestações da cultura a que se denomina alteridade, ou seja, o que é o mesmo sendo outro, na expressão de Paul Ricoeur.

---

[13] Ver Le Goff (1980).
[14] Braudel, 1987:12-3.

Um exemplo do enfoque inovador do tempo da história, tempo histórico-social por excelência, está na monumental obra histórica de Fernand Braudel. Ele demonstrou que, a partir do advento das sociedades mercantis dos séculos XIV e XV — como por exemplo em algumas cidades-Estado italianas —, desenvolveu-se o sentido de um tempo "concreto", que passa a ser regulado pelos valores culturais emergentes com a ascensão do capitalismo comercial. O tempo social em algumas sociedades renascentistas mais pujantes deixou de ser pautado preponderantemente pelas estações do ano, como na Idade Média, passando a se organizar, preponderantemente, em torno das atividades econômicas. Os dias das partidas dos comboios marítimos de Gênova e de Veneza rumo ao Oriente tornaram-se uma unidade de referência na existência das sociedades à época do Renascimento. Observa-se, no início da época moderna, uma guinada na noção do tempo histórico e nas formas de seu controle social. Isso porque tornou-se necessário introduzir divisões convencionais no tempo físico, que passaram a ser exigidas pela vida prática dos homens vinculados ao comércio e à manufatura. O tempo social começou a agregar um valor palpável, agora concebido pelo viés mais pragmático das relações econômicas, regulamentando-se pelas pressões socioeconômicas, entre as quais passa a figurar a necessidade crescente do aumento da produtividade nas pequenas unidades fabris emergentes à época do capitalismo mercantil.[15]

Nas sociedades da Europa moderna, largo horizonte das pesquisas de Fernand Braudel, o tempo apresenta exigências diferentes para os homens, a partir do aparecimento de segmentos sociais novos, como os operários urbanos. Conforme também demonstrou Le Goff, para um período bem anterior ao estudado por Braudel, os operários urbanos de algumas cidades medievais passaram a se orientar pelos sinos das igrejas.[16] Na época moderna, o relógio mecânico foi o regente de orquestra de um novo mundo do trabalho de alguns centros urbanos emergentes na Europa ocidental. O espetacular desenvolvimento da relojoaria no século XVIII, principalmente na Inglaterra, foi um esforço consciente dos setores dinâmicos das sociedades européias para atender às demandas de um público industrial que precisava lidar com uma dimensão do tempo que impunha novas exigências; por extensão, esse desenvolvimento favoreceu o controle mais rigoroso dos novos mundos do

---

[15] Reinhart Koselleck (1990) expressa pontos de vista muito próximos a este. Para uma rápida mas esclarecedora discussão sobre o tempo histórico, ver Aymard (1990).

[16] Ver Le Goff (1980).

trabalho, com a crescente deterioração das condições de vida dos operários. Afirma-se, com razão, que não foi o percurso da ciência, mas o desenvolvimento das relações de produção que marcou o destino da técnica nos primórdios do capitalismo industrial na Europa. Ao induzirem a necessidade da medição e do aproveitamento racionalizado do tempo, as profundas transformações das relações de trabalho e de produção da vida material ocorridas na época moderna provocaram significativas mudanças na antiga concepção medieval de um tempo social determinado pelos ritmos da natureza.

Como bem demonstra a metáfora braudeliana, a noção do tempo histórico é uma matéria aderente à reflexão do historiador, algo como a terra úmida que se cola à ferramenta do agricultor.[17] Mas se Braudel notabilizou-se por sua reflexão sobre um novo tempo da história — e por outras coisas geniais que realizou no campo de suas pesquisas —, é preciso que se dê ênfase à evidência antes apontada de que, nos próprios horizontes da escola dos *Annales*, uma atividade importante de reflexão sobre o tempo histórico lhe antecedeu. É bem verdade que Febvre e Bloch não teorizaram sobre o tempo da história, mas suas obras trazem implícita uma sensível, notável e renovadora compreensão do tempo histórico.

Isso para dizer que antes mesmo de Braudel formular a sua original teoria dos tempos múltiplos, expressa pela célebre idéia da "longa duração",[18] teoria que se desdobra em três dimensões distintas e em compassos muito diferentes — o longuíssimo tempo da natureza, o tempo médio das estruturas[19] e o momento fugaz das ações humanas —, o tempo da história já não mais se reduzia à pura e simples cronologia ou mesmo a periodizações esquemáticas de historiadores metódicos que, apesar das melhores inten-

---

[17] "O tempo adere ao pensamento do historiador assim como a terra se prende à pá do jardineiro" (Braudel, 1978b). Como se observa, Braudel tinha um pendor pelas imagens literárias e, neste gênero, talvez apenas Febvre rivalize com ele.

[18] F. Dosse (2001:165) explica-nos a teoria da longa duração: "em relação às outras durações, a longa duração beneficia-se de uma situação privilegiada. É ela que determina o ritmo do acontecimento e da conjuntura; é ela que traça os limites da possibilidade e da impossibilidade, regulando as variáveis aquém de determinado limite. Se o acontecimento pertence à margem, a conjuntura segue um movimento cíclico, e apenas as estruturas de longa duração pertencem ao irreversível. Essa temporalidade de longo alento tem a vantagem de poder ser decomposta em séries de fenômenos que se repetem, de permanências que evidenciam equilíbrios, uma ordem geral subjacente à desordem aparente do domínio factual. Nessa busca de permanência, atribui-se posição particular ao espaço, que parece conformar-se melhor à noção de temporalidade lenta".

[19] Estrutura! Esta é uma daquelas palavras cujo sentido não é muito fácil de captar no universo vocabular de Braudel. Mas num de seus textos metodológicos ele esclarece: para os historiadores, uma estrutura é, sem dúvida, articulação, arquitetura, e mais ainda, uma realidade que o tempo tem dificuldade em desgastar e que ele veicula longamente. Ver Braudel (1978a:49).

ções, apenas acentuavam a precariedade de uma noção do tempo histórico, aumentando consideravelmente os riscos de se fazer, e efetivamente fazendo, má história. A rigor, o tempo braudeliano abole a periodização em história e, por conseqüência, as grandes épocas do "quadripartidarismo clássico", que recorta a história em quatro grandes seções artificiais: história antiga, medieval, moderna e contemporânea.[20] Como nos lembra Peter Burke, Braudel "era impaciente com as fronteiras, separassem elas regiões ou ciências".[21] Ele substitui a periodização tradicional pela teoria das temporalidades, ou seja, pela análise das complexas relações que se estabelecem entre as diferentes dimensões do tempo histórico. Como afirma Marc Ferro, "colocando de lado a história-narrativa organizada em torno do par acontecimento/datação, ele a substitui por um modo de organização da demonstração legitimado pela escolha de um referencial único, a duração".[22]

Braudel aprofundou os já bem largos focos de fissura entre a complexa e ascendente idéia do tempo histórico dos primeiros *Annales* e a concepção dos grandes eventos da dita escola metódica do século XIX, ainda com uma fortíssima ressonância, a ponto de dominar a cena historiográfica francesa ao longo de algumas décadas do século passado. Entretanto, se há algumas linhas visíveis de continuidade do pensamento histórico de Braudel em relação à dupla mais ilustre da historiografia francesa, não devemos estabelecer uma relação mecânica entre suas idéias. A *longue durée* braudeliana começou a ser pensada e elaborada por Braudel antes de propriamente se tornar um *annaliste*, isto é, antes de ingressar em seu círculo de influência e se tornar o homem mais influente da academia em seu tempo.[23] Além disso, a história de Fernand Braudel é tributária da geografia humana francesa de Vidal de La Blache — reprocessada por Febvre em seu livro *A terra e a evolução humana* — e da história serial de Labrousse.[24]

---

[20] Sobre as implicações intelectuais, profissionais e ideológicas desse tipo de divisão da história, ver Chesneaux (1995).

[21] Burke, 1992:56.

[22] Ferro, 1989:95.

[23] "Fernand Braudel é, antes de tudo, um construtor de impérios, ourives em matéria de organização e preocupa-se sobretudo com a consolidação e a ampliação do território do historiador. (...) homem poderoso, apodera-se da máquina infernal que permite o reagrupamento desejado pela primeira geração ao dar-lhe uma cátedra institucional. Se não foi, como ele mesmo reconhece, um homem de revista, em compensação excedeu-se como construtor e edificador de uma escola" (Dosse, 1992:123).

[24] Ao promover uma história serial da escalada dos preços na Europa moderna, apreendida em documentação referente a séculos da história econômica, Ernest Labrousse também pode ser considerado um dos precursores de uma história que se move no tempo amplificado das conjunturas econômicas. Para uma visão do tempo da história segundo a concepção labroussiana, ver Pomian (1984b).

Em seus confrontos pelo reconhecimento das credenciais da história nos anos 1940-50, Braudel teve de esgrimir com alguns grandes teóricos das ciências sociais, entre eles Georges Gurvitch.[25] Mas seus debates e combates mais cruentos foram travados com outro gigante das ciências humanas do século XX: Claude Lévi-Strauss. Ora, os confrontos contra a história dos acontecimentos singulares já tinham sido vencidos por Febvre, tanto nas trincheiras institucionais quanto nas teóricas. Coube a Braudel enfrentar o avanço estruturalista de Lévi-Strauss, cujo projeto grandioso era o de anexação de todas as fronteiras das humanidades. As visadas teóricas da história braudeliana foram como um freio eficiente contra essas pretensões grandiosas da antropologia estrutural. Essa nova história braudeliana incluía, em seu universo de análise, uma série de novos temas como, por exemplo, a história das técnicas, das práticas médicas e da alimentação. Como ele mesmo reflete no livro *A dinâmica do capitalismo*, pequeno ensaio de conferências proferidas nos Estados Unidos e que poderíamos definir como o "memorial de Braudel", por tratar-se de auto-reflexão acerca de uma de suas obras maiores, *Civilisation matérielle, économie et capitalisme*, uma história, para ser boa história, deveria abordar os aspectos em referência. E Braudel ironiza a velha história que desumaniza os homens: "O que comem? O que bebem? Como se vestem? Como se alojam? Perguntas incongruentes, que exigem quase uma viagem de descoberta, porque, como sabem, o homem não come nem bebe nos livros tradicionais".[26] Contudo, afirma-nos François Dosse, a história de Braudel não triunfou sobre a antropologia de Lévi-Strauss, nem o contrário se verificou. Houve um honroso empate técnico. A história tornou-se antropológica, e a antropologia reconheceu à história o seu direito de existir como disciplina autônoma, admitindo-se de bom grado a troca de influências.

Na década de 1960, Claude Lévi-Strauss escreveu para a revista *Annales* um artigo em que confessava não ter compreendido o que se passava no

---

[25] Como notou Maurice Aymard (1993:109), Braudel "Nunca deixou de lutar, sem ceder à fadiga, contra a ameaça da fragmentação do saber e a favor da unidade profunda das ciências do homem e da necessidade de elaborar para elas uma linguagem comum para a qual a história, aparentemente mal armada, mas 'a mais legível, (...) a mais aberta ao grande público', deveria trazer a dimensão fundamental do tempo".

[26] Braudel, 1987:17. Segundo Pomian (1984a:83), "a história braudeliana não é apenas uma história econômica e social, inteiramente concentrada sobre as flutuações dos preços e dos lucros, em um país determinado, durante um período bem delimitado. Econômica e social ela é, seguramente, mas ela é também geográfica, demográfica, cultural, política, religiosa, militar (...). Ela invade tudo, ou quase. Ela torna-se uma parte fundamental e indispensável de toda pesquisa histórica por tomar como seu objeto não mais uma pequena porção do espaço e um curto intervalo de tempo, mas vastas extensões e períodos longos. (...) Compreendemos então a razão de o mundo braudeliano não possuir fronteiras bem definidas nem no tempo nem no espaço".

campo da teoria da história nos anos 40-50 do século passado, quando polemizou com Braudel acerca das credenciais da antroplogia para dominar todo o conjunto das ciências humanas. Expressando as novas relações possíveis entre a antropologia e a história, Claude Lévi-Strauss afirma nesse artigo de 1960:

> a antropologia se volta de novo em direção à história; não somente para essa história qualificada como "nova", para cujo nascimento contribuiu, mas também para a história mais tradicional e que às vezes se pensa antiquada, enterrada nas crônicas dinásticas, os tratados genealógicos, as memórias e outros escritos dedicados aos assuntos das grandes famílias. Nos próximos anos, veremos os antropólogos analisarem Saint-Simon (...) submergirem-se em obras esquecidas e depreciadas (...). Eles as estudarão com tanto cuidado como o fazem quando examinam os registros paroquiais e os arquivos notariais.[27]

Constituindo-se o conhecimento histórico num campo de estudos em permanente estado de mutação, é natural que um de seus principais fundamentos — a noção do tempo histórico-social — também se altere, consoante as diversas perspectivas dos historiadores, em diferentes épocas. A partir de Febvre e Bloch, e sobretudo com o autor de *La Mediterranée*, o tempo histórico passou a requerer dos historiadores habilidades especiais, como competência teórica e sensibilidade empática para lidar com as sociedades do passado, separadas de nossa época pelas barreiras impostas ao sentido e à compreensão, barreiras erguidas pela própria história.

Triunfo da longa duração

Fernand Braudel concentra em sua obra histórica tudo o que se produziu de mais inovador, pela fusão de uma dupla e benéfica influência, algo como a metáfora newtoniana do anão que vê mais longe erguendo-se sobre ombros de gigantes. Não há dúvida, na perspectiva da concepção do tempo histórico, Braudel é mesmo a figura central dos *Annales* e, por extensão, de toda a historiografia contemporânea. Para Reis, ele recebe as idéias de Febvre e Bloch e realiza "uma síntese original".[28] Assim, ele não é somente um "continuador deles". Braudel ganha *status* de co-fundador da *nouvelle histoire*, porque con-

---

[27] Tivemos acesso à versão em espanhol: Lévi-Strauss (1987).

[28] Reis, 1994a. Para outras análises do tempo braudeliano, ver também Reis (1994b e 2000).

seguiu fazer com que as duas tendências representadas por Febvre e Bloch se encontrassem e ganhassem "uma elaboração conceitual, uma organização explícita e original". Para Dosse, "ele é um elo inelutável numa evolução que possibilitou abrir amplos campos de visão e de pesquisa para o historiador".[29]

Em *O Mediterrâneo e o mundo mediterrânico à época de Filipe II* — que acabou por se tornar a obra-prima dos *Annales* —, Braudel desenvolve a célebre dinâmica da *longue durée*. O próprio Braudel nos explica esse aspecto: "Assim chegamos a uma decomposição da história em planos escalonados. Ou, se quisermos, à distinção, no tempo da história, de um tempo geográfico, de um tempo social, de um tempo individual.[30] A teoria dos tempos múltiplos da história foi a grande coordenada temporal a ser seguida por algumas das tendências pós-braudelianas da pesquisa histórica, ainda que façam suas próprias opções por cortes temporais e espaciais mais modestos.

Fernand Braudel foi o principal marco porque inovou pela percepção das profundas mas constantes conexões entre o tempo e o espaço, pela contigüidade da história com a geografia, abordadas em sua máxima amplitude: a quase infinita extensão de um mundo mediterrâneo que na época moderna reúne duas civilizações, cristã e muçulmana, que se aproximam e interagem, e que se recusam mutuamente. *La Mediterranée* consolidou-se como o paradigma dos *Annales* porque Braudel foi capaz de enxergar à longa distância, descendo às profundezas dos séculos para encontrar a quase imobilidade da história, os movimentos seculares imperceptíveis, os *trends* que, para ele, são as verdadeiras linhas de força que definem os elementos dinâmicos das sociedades, recusando implacavelmente o que se tornará apenas uma tendência posta de lado, uma possibilidade não realizada. Nesse sentido, François Dosse afirma que, " em relação às outras durações, a longa duração beneficia-se de uma situação privilegiada. É ela que determina o ritmo do acontecimento e da conjuntura; é ela que traça os limites da possibilidade e da impossibilidade, regulando as variáveis aquém de determinado limite".[31]

Acerca de um triunfo incontestável do tempo braudeliano na historiografia francesa contemporânea, com repercussões em outros países, Michel Vovelle nos diz, em texto publicado duas décadas após o artigo seminal de

---

[29] Dosse, 2001:171. E em outro texto Dosse (1992:132) considera: "Mais homem de ação do que teórico, mudou a direção de um certo número de orientações dos *Annales* da primeira geração. Por essa razão, ele é o nó essencial na evolução dessa escola em direção a sua era triunfal".

[30] Braudel, 1978b:15.

[31] Dosse, 2001:165.

Braudel: "A história de longa duração, tal como a podemos observar nos seus campos de trabalho 20 anos depois, não foi infiel ao modelo traçado, ainda que tenha sido por vezes arrastada para resultados imprevistos. (...) Ainda que com estas (e algumas outras) reservas, não podemos negar que, globalmente, tenha tido continuadores a tendência que se anunciava: e, num nível puramente descritivo, podemos prever a vitória do tempo longo".[32]

Sob esses aspectos, e muitos outros mais, Fernand Braudel é, com toda certeza, uma personagem paradigmática, a figura maior dos *Annales*, pela posição de destaque que ocupa na galeria dos grandes historiadores do século XX. Pensando nesses termos é que me aproprio das palavras de Michel Vovelle: "a longa duração, este fruto objetivo do progresso metodológico, não será nem um logro nem um disfarce, mas sim um meio de afirmar uma perspectiva do tempo histórico".[33] Um clássico de nosso tempo, eis uma definição que cabe muito bem à inovadora reflexão sobre a história e ao imenso trabalho de pesquisa realizado pelo grande historiador francês. Sua concepção do tempo remodelou o conceito da história, com profundas conseqüências para os rumos da disciplina na segunda metade do século XX.

Bibliografia

AYMARD, Maurice. Fernand Braudel. In: LE GOFF et alii. *A nova história*. Coimbra: Almedina, 1990.

_____. In: BURGUIÈRE, A. *Dicionário das ciências históricas*. Rio de Janeiro: Imago, 1993.

BRAUDEL, F. História e ciências sociais. A longa duração. In: BRAUDEL, F. *Escritos sobre a história*. São Paulo: Perspectiva, 1978a. p. 41-77.

_____. Prefácio de *O Mediterrâneo...* In: BRAUDEL, F. *Escritos sobre a história*. São Paulo: Perspectiva, 1978b.

_____. *A dinâmica do capitalismo*. Rio de Janeiro: Rocco, 1987.

---

[32] E Vovelle (1990:367) acentua: "Mas creio também que uma das mutações recentes que contribuíram mais diretamente para encaminhar a nova história social para o tempo longo foi, sem dúvida, o caminho que a trouxe, cada vez com maior nitidez, para a história das mentalidades".

[33] Vovelle, 1990:392-3. Nessa mesma direção seguem os argumentos de Pomian (1984a:86): "A descoberta de toda uma nova dimensão da história, da história estrutural, muito lenta, 'quase imóvel', 'feita freqüentemente de insistentes retornos, de ciclos recomeçados sem cessar', é uma das maiores contribuições (...) ao pensamento histórico de nosso tempo". E Peter Burke (1992:54) acrescenta: "Braudel contribuiu mais do que qualquer outro historiador para transformar nossas noções de tempo e de espaço".

BURKE, Peter. A era de Braudel. In: BURKE, P. *A escola dos Annales*. São Paulo: Unesp, 1992.

CARBONELL, C.-O. A nova história hoje. In: CARBONELL, C.-O. *Historiografia*. Lisboa: Teorema, 1988.

CARDOSO, C.; BRIGNOLI, H. P. A "escola francesa" ou "escola dos *Annales*". In: CARDOSO, C.; BRIGNOLI, H. P. *Os métodos da história*. Rio de Janeiro: Graal, 1983.

CHAUNU, P. *A história como ciência social*. Rio de Janeiro: Zahar, 1976.

CHESNEAUX, Jean. As quadrilhas do quadripartidarismo histórico. In: CHESNEAUX, J. *Devemos fazer tábua rasa do passado?* São Paulo: Ática, 1995.

DOSSE. Os anos Braudel. In: DOSSE, F. *História em migalhas. Dos Annales à nova história*. São Paulo: Ensaio, 1992.

_____. *A história à prova do tempo. Da história em migalhas ao resgate do sentido*. São Paulo: Unesp, 2001.

FERRO, M. De Claude Bernard à tripla revolução braudeliana. In: FERRO, M. *A história vigiada*. São Paulo: Martins Fontes, 1989.

FONTANA, J. A reconstrução: a escola dos *Annales*. In: FONTANA, J. *História: análise do passado e projeto social*. Bauru: Edusc, 1998.

GLÉNISSON, J. Uma visão da nova história: Fernand Braudel. In: GLÉNISSON, J. *Iniciação aos estudos históricos*. São Paulo: Difel, 1986.

GUSDORF, Georges. L'éveil du sens historique. In: *Introduction aux sciences humaines*. Paris: CNRS, 1960.

HOBSBAWM, E. A história britânica e os *Annales*: um comentário. In: HOBSBAWM, E. *Sobre história*. São Paulo: Companhia das Letras, 1998.

KOSELLECK, Reinhart. *Le futur passé. Contribution à la sémantique des temps historiques*, Paris: EHESS, 1990.

LE GOFF, J. *Para um novo conceito de Idade Média. Tempo, trabalho e cultura no Ocidente*. Lisboa: Estampa, 1980.

LÉVI-STRAUSS, C. Historia y etnología. *Revista de Occidente*. Madrid (77):84, 1987.

POMIAN, Krzysztof. Les rythimes de l'histoire: Fernand Braudel. In: POMIAN, K. *L'ordre du temps*. Paris: Gallimard, 1984a.

_____. Histoire des fluctuations économiques: Ernest Labrousse. In: POMIAN, K. *L'ordre du temps*. Paris: Gallimard, 1984b. p. 79-82

REIS, José Carlos. A perspectiva de Braudel: dialética da duração. In: REIS, J. C. *Nouvelle histoire e tempo histórico. A contribuição de Febvre, Bloch e Braudel*. São Paulo: Ática, 1994a. p. 32-57.

_____. *Nouvelle histoire* e evasão do tempo. In: REIS, J. C. *Tempo, história, evasão*. Campinas: Papirus, 1994b.

_____. Braudel: seus debates, combates e vitórias. In: REIS, J. C. *Annales, a renovação da história*. Rio de Janeiro: Paz e Terra, 2000.

REVEL, J. Os *Annales* em perspectiva. In: REVEL, J. *A invenção da sociedade*. São Paulo: Difel, 1989.

____; CHARTIER, R. Anais. In: LE GOFF, J. et alii. *A nova história*. Coimbra: Almedina, 1990.

VOVELLE, M. A história e a longa duração. In: LE GOFF, J. et alii. *A nova história*. Coimbra: Almedina, 1990.

7

A longa duração das civilizações*

*Maurice Aymard***

No início de seu manual sobre o mundo atual, intitulado *Grammaire des civilisations*,[1] Fernand Braudel nos lembra: o termo civilização possui múltiplos sentidos, e seus usos não coincidem de uma língua para outra, o que torna a sua tradução freqüentemente difícil. O termo apareceu na França em meados do século XVIII e se opôs, então, a "barbárie", em direção à qual foram atirados os "bons selvagens", idealizados, entretanto, pela pureza de seus costumes por parte do pensamento das Luzes. Aceito rapidamente na Inglaterra (*civilization*), relega ao segundo plano o termo mais antigo *civility*, que se identifica com a polidez corrente. Na Alemanha, *Zivilisation* vai, contrariamente, coexistir de forma duradoura com outras duas palavras: aquela, já antiga, *Bildung*, e aquela que, em compensação, se impôs no século XX, *Kultur*. Esta última identifica-se com as atividades do espírito (normas, valores, ideais), por oposição às técnicas de domínio de natureza que a expressão "civilização industrial e urbana" — por oposição à "civilização agrícola" que a havia precedido — estimula a reunir sob o termo civilização. Ao contrário, o italiano pôde contentar-se com a velha palavra *civiltà*.

A essas diferenças entre nossas línguas e entre as palavras que utilizamos para designar as mesmas realidades vieram sobrepor-se, ao longo dos dois últimos séculos, três novas formas de conscientização. A primeira, a partir

---

* Tradução de Marcos Antônio Lopes.
** Diretor de Estudos na École des Hautes Études en Sciences Sociais; administrador da Maison des Sciences de l'Homme/Paris.

[1] A primeira edição é de 1963. A obra foi reeditada três anos após sua morte, em 1987. Há edição brasileira: *Gramática das civilizações*. São Paulo: Martins Fontes, 1989. (Coleção O Homem e a História). N. do T.

do século XIX — quando a Europa, então no auge de sua hegemonia, realizava sob seu controle uma primeira unificação do mundo —, foi a da pluralidade das civilizações que dividiam nosso planeta. A segunda, notadamente influenciada pelos progressos da antropologia social e cultural, foi a da unidade e da coerência de cada civilização considerada em si mesma: toda análise — mesmo se ela começou, num primeiro momento, por distinguir entre os diferentes aspectos de uma civilização (religião, política, técnica etc.) — deve, em seguida, estabelecer as ligações variadas e complexas entre esses diferentes fatores. Isso nos faz recordar que uma civilização é, a um só tempo, uma representação do mundo e uma organização material e espiritual dele. A terceira tomada de consciência conduziu, enfim, às relações que se estabelecem entre as diferentes civilizações desenvolvidas: cada civilização é, à sua maneira, uma totalidade, mas, salvo raríssima exceção, e raramente duradoura, nenhuma está completamente separada das outras. As civilizações não cessam de realizar trocas de inovações e de "bens materiais" ou "culturais" entre elas, no decorrer das quais são levadas a fazer escolhas: aceitar, adaptar ou, ao contrário, recusar.

A respeito desse tema Fernand Braudel escreveu, há cerca de meio século (1949), em seu grande livro sobre o Mediterrâneo, que toda civilização se definia por seus atributos, por suas trocas e por suas recusas: "viver, para uma civilização, é ser capaz de dar, de receber e de emprestar. Mas reconhecemos, não menos, uma grande civilização pela forma com que ela às vezes se recusa a partilhar, pela maneira com que ela se opõe, com veemência, a certos alinhamentos, pela escolha seletiva que ela faz entre o que os negociadores lhe propõem e, freqüentemente, lhe impõem, se não houver atenção ou, mais simplesmente, incompatibilidades de temperamento e de vontade". Essas frases são mais atuais do que nunca. Elas estão em consonância com a crença, dos anos 1950-75, na convergência futura das civilizações, cujo desenvolvimento as levaria a evoluir na mesma direção: tal era o credo das teorias da "mundialização". Esse credo foi brutalmente questionado pela crise econômica mundial dos anos 1970. Ele reaparece hoje por trás de discursos, estes também na moda, sobre a "globalização". Esse credo, a crer-se nesses discursos, deverá inevitavelmente transformar nosso planeta numa grande aldeia e abolir de uma vez por todas as distâncias e as diferenças entre os homens, pela circulação instantânea das informações pela internet e pela circulação crescente e acelerada das mercadorias. Sabemos que, em escala mundial, apenas uma elite privilegiada tem real acesso às vantagens dessa circulação: algo da ordem de 5% da população do planeta pela famosa aldeia internet. E vemos crescer em nossa volta protestos de uma uniformização cultural, política e econômica que significará a submissão passiva a uma ordem imposta do exterior com a dupla face da modernidade e do inevitável. Essa recusa pode tomar as formas extremas de fundamentalismos religiosos ou ideológicos forçados até um ponto que nos parece absurdo e que temos dificuldades de não recusar e condenar. Essa negativa traduz sempre um desejo de defesa das civilizações, além do repúdio a uma homogeneização que significará a perda parcial ou total de sua identidade. Nunca o mundo afirmou com tanta força, e mesmo violência, sua diversidade e sua pluralidade quanto nestes tempos de globalização.

Será necessário, então, reencontrar ou recriar as condições de um diálogo que passa pela aceitação dessa diversidade e pelo reconhecimento do outro em sua diferença: não há diálogo possível sem uma forma ou outra de igualdade entre os interlocutores. Desse ponto de vista, o desaparecimento dos blocos que dividiam o planeta marcou um indiscutível passo adiante: o conjunto dos mapas foi redistribuído, ainda que continuemos a distinguir, por hábito, o "Norte", o "Leste" e o "Sul", como distinguíamos, há 20 anos, os mundos capitalista e socialista e o Terceiro Mundo, ao associarmos critérios estritamente econômicos e políticos. As fronteiras às quais a segunda metade do século XX nos havia habituado perderam grande parte (mas nunca a totalidade) de seu sentido. Outras fronteiras que acreditávamos abolidas, ao contrário, reemergiram e reencontraram toda a sua atualidade, como as dos nacionalismos que, para determo-nos num exemplo mais próximo, opõem e dividem os países do Sudoeste europeu e questionam a existência de Estados que acreditávamos consolidados. A religião torna-se novamente, em algumas regiões do mundo, um poderoso instrumento de identidade: uma identidade que, em certos casos, transcende as fronteiras dos Estados e que, em outras situações, ao contrário, colocam-nas em oposição.

Isso ocorre de forma semelhante com as línguas: mesmo que elas tenham desaparecido em grande número — uma vez que não são mais faladas por um número suficiente de pessoas —, línguas outrora minoritárias ou submetidas a posição de inferioridade pela afirmação de uma língua internacional ou imperial de comunicação (o alemão no Império, na Europa central e oriental, o osmanli[2] no Sudoeste europeu, o inglês na Índia etc.) ganham novamente um reconhecimento oficial — pensemos no catalão e na língua

---

[2] Referente a Osmã (1259-1325), fundador da dinastia imperial turca. Língua falada pelos grupos étnicos remanescentes do Império Turco na Europa oriental. N. do T.

basca na Espanha pós-franquismo. Ao lado do inglês, do francês e do português, as grandes línguas da África subsaariana surgem ou ressurgem como instrumentos de comunicação em escala regional sem, no entanto, impor-se como línguas únicas na escala de um Estado. Mesmo na Europa, de maneira mais genérica, as grandes unidades — de língua, de religião, de cultura, de origem étnica, de tradição histórica etc. — sobre as quais os Estados do século XIX tinham fundado sua existência, sua legitimidade e seu projeto político encontram-se hoje colocadas em xeque por um duplo processo: de afirmação e reconhecimento dos particularismos, e de substituição de fronteiras para criar um conjunto mais vasto.

Buscando compreender melhor todas essas evoluções em curso, muitas das quais nos surpreendem por sua rapidez, e que vão modelar o século XXI, o melhor caminho possível é interrogar outras realidades históricas mais profundas, mais duráveis e ainda mais abrangentes do que nossos Estados. Realidades que expliquem a história particular de cada um desses Estados, ao invés de serem por ela explicadas. Na primeira posição figuram as civilizações. Mas, que entendemos exatamente por civilizações? A palavra encobre, sem qualquer dúvida, múltiplas realidades, em relação às quais é necessário colocar ordem. Essa ordem pode se constituir em torno de quatro noções-chave: a reunião específica dos traços culturais que as constituem, o espaço que elas ocupam, a longa duração de sua vida e as sociedade às quais elas dão sua aparência. Mas, podem-se considerar escalas espaciais e cronológicas diferentes. Poder-se-á, assim, falar alternativamente de uma civilização "ocidental", profundamente marcada pelas diversas formas do cristianismo unindo, num conjunto, a Europa do Leste com a do Oeste, a América Latina e a América do Norte; de uma civilização européia, distinguindo-se tanto dos Estados Unidos quanto da América Latina; de uma civilização específica a cada um dos grandes Estados que compõem a Europa (Inglaterra, Alemanha, França, Espanha, Itália, Polônia, Rússia etc.; de duas civilizações, ocidental e oriental; ou mesmo, seguindo Janos Sücz, que deu posição autônoma à Europa central (*Les trois Europes*), de três civilizações que dividem o espaço europeu ou, enfim, de uma outra tripartição desse mesmo espaço, agora religioso, que há um milênio opõe ao mundo ortodoxo uma cristandade ocidental internamente dividida há cinco séculos entre a Reforma protestante e o catolicismo.

Entre essas definições variadas de civilizações européias, que repousam sobre uma sucessão de mudanças de escalas, seria inútil querer escolher uma a qualquer preço. Fixemos que toda civilização é múltipla e que se inscreve em uma história plural que a inseriu em uma longa seqüência de pontos de inflexão. Enfocada do Mediterrâneo, a ruptura entre as duas cristandades, que confirma o cisma, segue a fronteira que separa os mundos grego e latino que Roma havia unificado sob uma única autoridade política, sem abolir, no entanto, essa fronteira, que a queda de Roma separa novamente. Mas a linha que prolonga até o Báltico essa fronteira religiosa é mais tardia: ela traduz a história da cristianização da Europa não submissa à autoridade de Roma, a partir de Constantinopla, de um lado, e centros ocidentais da Europa carolíngia, de outro. Por seu turno, a linha de divisão entre as duas Europas — protestante e católica — segue, no conjunto, a fronteira de um Império Romano extinto há um milênio, como se a parte antigamente romanizada da Europa ocidental tivesse escolhido permanecer fiel à autoridade da Roma pontifical, enquanto a parcela não-romanizada tivesse decidido recusá-la.

Visto do Mediterrâneo, sempre, o Islã se impôs no século VII ocupando, do Egito ao platô do Irã, o conjunto do Oriente Próximo e do Oriente Médio, que tinham visto nascer e se afirmar, vários milênios antes de nossa era, as primeiras grandes civilizações agrícolas de nossa história — as únicas comparáveis com a China —, e se constituir os primeiros grandes Estados monárquicos. Esse conjunto, dominado durante mil anos pela Grécia, em seguida por Roma, retoma de um só golpe sua independência, em um Mediterrâneo também chamado a se dividir em três: as duas cristandades que dividem a margem norte, e o Islã que domina a margem sul, apoderando-se dos países do Magreb e do Sul da Espanha, onde Cartago já havia se implantado. Isso levou Fernand Braudel a escrever em *Grammaire des civilisations*: "Cristandade e Islã (...), essas novas religiões foram, sucessivamente, dominando o corpo de civilizações já estabelecidas. Cada vez mais, elas foram a sua alma: desde o início, elas tiveram a vantagem de tomar para si uma rica herança, um passado, todo um presente e um futuro. Como o cristianismo herdou o Império Romano que ele prolonga, o Islã se apoderará, em seu início, do Oriente Próximo, uma das mais antigas, talvez a mais antiga encruzilhada de homens e de povos civilizados que existe no mundo".

Mas, será difícil enfatizar que essas duas religiões que dividiram o espaço mediterrâneo aproveitaram, após se confrontarem legalmente, para lançar novamente sua expansão na direção a que Roma tinha renunciado a se arriscar? A cristandade, em toda a Europa a leste do Reno e ao norte do Danúbio e do mar Negro, depois, a partir dos séculos XVI e XVII, em direção à Sibéria; o Islã, não apenas na direção dos oásis da Ásia central, já atingidos por Alexandre, e daí rumo ao mundo chinês, mas também em direção à Índia e ao Sudeste asiático e, através do Saara, rumo à África negra. O Islã encontrou-se aí, a partir do século XVI, com o cristianismo dos mercadores, depois com os colonizadores europeus que chegaram pelo mar, o que explica a situação atual de muitos Estados africanos do lado norte do golfo da Guiné, divididos entre muçulmanos, majoritariamente ao norte, e cristãos, que dominam ao sul.

O importante é notar que essa história — no ponto em que nos encontramos, sempre apresenta ou está pronta a apresentar fronteiras muito antigas — modelou os espaços nos quais vivemos hoje. Ela constitui não a única mas, sem dúvida alguma, a principal chave que nos permite compreendê-los, fornecendo-nos os pontos de referência necessários. A desagregação da Federação Iugoslava, numa Europa que acreditávamos fortemente laicizada, forneceu-nos, no curso da última década, exemplos que surpreenderam pela violência das oposições que misturaram identidades religiosas e identidades étnicas, a tal ponto que os acordos de Dayton não reconhecem nenhum espaço aos que, na Bósnia, não se identificariam nem como sérvios, nem como croatas, nem como muçulmanos. Na União Indiana, que reúne, desde a secessão de Bangladesh, mais muçulmanos que o Paquistão, mas que tinha escolhido, desde Nehru, a neutralidade religiosa e o respeito às crenças de cada um, a hostilidade ao Islã tornou-se um programa político para os partidários de um hinduísmo intransigente. Na Malásia, apesar da existência de uma importante minoria chinesa e de uma inexpressiva minoria de origem hindu, o Islã tornou-se uma referência obrigatória que permite estabelecer a conexão, além do longo parêntese colonial, entre os primeiros sultanatos malaios dos séculos XIV e XV e o novo Estado que deles reivindica a herança e funda sobre eles sua legitimidade.

Se o fato religioso vem assim ocupar novamente o proscênio, ao longo das duas últimas décadas, como acontecimento maior da civilização e como traço da longa duração das identidades individuais e coletivas, é que ele divide com a política ao menos dois traços essenciais: fortemente interiorizada pelos indivíduos, a religião contribui para modelar em profundidade suas maneiras de pensar, de crer, de agir, de auto-representar o mundo de uma maneira que lhes permita resistir à perda da influência da religião no mundo moderno; implicando cerimônias e rituais de grupo, ela modela solidariedades, identidades coletivas, redes que estruturam nossas sociedades. Na Alemanha anterior à reunificação, o voto socialista caracterizava as regiões de maioria protestante situadas a leste do Reno, enquanto a CDU predominava na região renana e na Baviera, de maioria católica. Mesmo recentes, nossas democracias políticas podem assim reutilizar, em seu funcionamento cotidiano, realidades infinitamente mais antigas. Elas se inscrevem em uma continuidade e ocupam espaços em relação aos quais escrevem somente a história mais próxima de nós.

Uma das chaves dessa continuidade nos é, sem qualquer dúvida, fornecida pelas sociedades camponesas que ocuparam, valorizaram e constituíram em sua unidade como em sua diversidade o espaço europeu, assim como construíram o espaço da maioria das grandes civilizações do mundo. Diferentemente da América colonial, que foi construída a partir de suas cidades, o espaço europeu foi duramente modelado pelos camponeses, que representaram, até o início do século XIX, 80% de sua população. Isso faz supor uma combinação original entre, de um lado, a difusão de um sistema técnico associando, em proporções variáveis, os cereais, as culturas de arbustos, a criação de animais e a utilização dos recursos das florestas, tão favorável e fértil quanto, ao contrário, hostil e difícil de dominar, de onde surgiram a diversidade infinita de soluções encontradas; de outro, a fragmentação freqüente de nossas paisagens, que fazem com que nossas aldeias não se pareçam umas com as outras, enquanto todas as aldeias de uma mesma região se parecem entre si, para quem lance sobre elas um olhar exterior e superficial.

Poderíamos também definir a Europa como uma "civilização do pão", ainda que esse pão tenha sido por muito tempo branco para os mais ricos e preto ou escuro para a maior parte da população, ou que tenha sido feito aqui de trigo, ali de centeio e acolá de misturas variadas de outros cereais. O pão deixou de ser, hoje, a principal fonte de alimentação da grande maioria dos europeus. Mas permaneceu como nossa referência cultural, o que não impediu a Europa de adotar, alternativamente, o milho, uma planta americana, e o arroz, uma planta vinda da Ásia. Do mesmo modo, e de forma acelerada no decorrer dos últimos 50 anos, as populações rurais têm abandonado os campos em massa, para viver e trabalhar na cidade. A Europa de hoje nasceu da revolução industrial e urbana, que redesenhou as paisagens e redistribuiu os habitantes pelo espaço. Mas, para nós, o campo e a terra permanecem, como o pão, referências culturais essenciais: povoam nossa memória, nossa língua, nossos provérbios, nossa moral, assim como os ensinamentos transmitidos pela escola e pelas famílias.

A Europa também é, sem dúvida, a primeira grande civilização que, se não inventou a escrita, generalizou o seu uso e o seu ensino. Durante milênios esse ensino esteve limitado a minorias relativamente pouco numerosas, mas, no decorrer dos últimos 500 anos, ele se estendeu, por etapas, a novas camadas da população, até que nossos sistemas escolares fizessem dele, entre os séculos XIX e XX, uma obrigação para todos. Passada a primeira etapa — a da alfabetização generalizada —, e retomando as classificações de Jack Goody, a Europa pôde, alternadamente, definir-se como uma "civilização do texto impresso e da educação", que se tornou, por sua vez, a base de uma "civilização do conhecimento", hoje em concorrência com uma "civilização da informação". De certa maneira, essa definição corresponde ao espaço mais amplo da civilização européia, englobando a América do Norte, uma parte da América Latina e todos os países de povoamento europeu, como a Austrália e a Nova Zelândia.

Ninguém duvida que a guerra representou um papel importante na história da civilização européia e que ela contribuiu para definir uma parte dos temas dessa história. A guerra esteve por muito tempo, e até uma data bem recente, e para a maioria dos habitantes, indissociavelmente ligada à história dos Estados que dividiam o espaço europeu. Estes utilizaram-na largamente para conquistar novos territórios e demarcar suas fronteiras e, mais ainda, para estender ao conjunto de nosso continente as regras do equilíbrio entre Estados independentes e soberanos, que haviam sido definidos pela primeira vez na Itália de meados do século XV. E a transformação registrada ao longo dos últimos 50 anos, na qual gostaríamos de acreditar, é por sua vez ainda muito recente e frágil. Para tornar possível o diálogo entre seus diferentes integrantes, a Europa deve ainda confirmar-se como "civilização da paz".

Discorrendo assim sobre o espaço e sobre o tempo, e passando sucessivamente do religioso ao político, da economia à cultura e às formas tanto pacíficas quanto violentas que regem as relações entre os homens, confrontamo-nos com a extrema complexidade do termo civilização. Mas essa complexidade, longe de se constituir como um limite, pelo contrário, revela riqueza. Para retomar as definições de Fernand Braudel, as "civilizações são espaços, sociedades, economias, mentalidades coletivas, permanências". Qualquer escolha entre essas definições variadas, com as quais os quadros espaciais estão longe de sempre coincidir, sacrificaria a complexidade a uma tendência de simplificação que fecharia as fronteiras, tornando-as impossíveis de cruzar. Em compensação, todo diálogo supõe a troca, e toda troca implica a igualdade dos interlocutores, mas também, para que ele seja possível, implica lugares de encontro e mediadores, guias culturais qualificados, dos dois lados da fronteira, capazes de compreender as diferenças, mas também de ajudar a superá-las ao propor as equivalências. É o número desses mediadores a chave do êxito da etapa da história na qual a Europa se encontra engajada, em bloco, há um pouco mais de 10 anos. É preciso multiplicá-los, diversificá-los, fortalecer o lugar, o papel e o reconhecimento desses benfeitores de nossas sociedades. A aposta é uma aposta a longo prazo, mas na qual todos os progressos realizados poderão ser facilmente capitalizados e explorados para permitir novos progressos. Se pudéssemos desejar algo à Europa do século que começa, seria que o século XXI não venha a ser o século de língua única, mas o século dos "tradutores", os únicos capazes de fazer com que as culturas se comuniquem, preservando as suas diferenças.

8

A temporalidade e os seus críticos

*José Carlos Reis**

Braudel foi a figura central da segunda fase dos *Annales*, de 1946 a 1968, tanto como historiador quanto como administrador do patrimônio físico, institucional e da influência internacional que ele herdou de Febvre e de Bloch. A partir de 1957, após a morte de Febvre, Braudel assumiria a sua posição, à qual se dedicaria com uma fidelidade filial. Sob a sua direção, a "rede dos *Annales*" cresceu em quantidade e qualidade: expansão física, institucional, quantitativa. Braudel aumentou a sua área de influência mundial pela qualidade superior de seus próprios trabalhos e dos de outros membros. Além de ser o historiador arquétipo dessa fase, Braudel revelou-se grande administrador e expandiu enormemente a sua herança. Reafirmou os princípios dos fundadores, aproximando a história das outras ciências sociais, defendendo a posição "federadora" da história entre elas, pois "ciência do tempo, da duração dos fenômenos humanos" e, por isso, fundadora de qualquer outro saber sobre o homem. Recusou a história política e acontecimental, apesar de ainda fazê-la (e bem!) no terceiro livro de sua grande obra, *La Mediterranée et le monde mediterranéen à l'époque de Philipe II*. Braudel reafirmou a história-problema e a história global. Aqui destacaremos a recepção que a sua construção do tempo histórico teve entre os historiadores franceses e americanos, as críticas que lhe foram dirigidas, o lugar superior que sua obra conquistou na historiografia contemporânea.[1]

---

* Professor do Departamento de História da Universidade Federal de Minas Gerais. Doutor em filosofia pela Universidade Católica de Louvain.

[1] Para um estudo mais longo e denso da contribuição de Braudel à historiografia contemporânea, sobretudo em relação à sua noção de temporalidade histórica, ver Reis (1994 e 2000).

Em Braudel, o tempo histórico é ao mesmo tempo algo exterior e uma construção do historiador. Segundo J. C. Perrot, em Braudel o tempo histórico, por um lado, aparece ligado à sociedade e jamais só. Separado das ações sociais, o tempo histórico não é nada, só uma palavra. Ele se confunde com o que contém, embora não seja o criador desse conteúdo. Ele é a forma, os contornos da realidade vivida. Por isso Braudel vai às realidades concretas para perceber seus contornos e ritmos próprios e conclui que elas vivem simultaneamente no tempo longo e no tempo curto, que a vida humana se dá em uma dialética temporal. Esse tempo humano não terá a continuidade tranqüila e imediatamente apreensível que Bergson pressupõe para a consciência, mas será de origem coletiva e inquieta, isto é, oscila, vibra, continua e descontinua. Por outro lado, essas durações diferenciadas não são imediatamente apreensíveis. O historiador deve reconstruí-las, visando conhecer o que se passou.

Perrot procura diminuir a distância entre tempo reconstruído e tempo reconstituído. Para ele, se o tempo construído da pesquisa não pretende fazer reviver o passado, deve tender para esse revivescimento. O tempo construído deve ser uma recuperação da vida passada, ao mesmo tempo revivida e com algo mais do que foi quando vivida pela primeira vez: com conhecimento. Perrot argumenta, ainda, que a história vivida não é conhecida, e a história conhecida não é vivida. Quando se ganha o saber, perde-se a experiência, e quando se tem experiência, não se tem saber. Mas Braudel quis reunir ser e saber pela construção sofisticada da temporalidade histórica.

Para Perrot, Braudel, quando pretende realizar uma história global, quer superar essa separação entre ser e conhecer. Se ele não pretende reconstituir o tempo passado, sua reconstrução, enquanto dialética da duração, não exclui uma certa reconstituição. O que Braudel realiza em suas obras é um mapa detalhado, minucioso, do vivido, isto é, ele quis apreender toda a diversidade temporal, as curvas, as retas, os círculos, triângulos, hexágonos e quadrados, enfim, todas as formas e orientações da experiência vivida. Perrot considera que a construção do tempo que Braudel quer realizar coincide com a proposta de Bachelard. Assim como Bachelard, Braudel acredita que a duração pertence às coisas, mas sua construção — os cortes, as correlações, a continuação e a descontinuação — é produzida pela consciência historiadora.

Além disso, Bachelard, como Braudel, percebe o tempo como dialética da duração. O que dura, isto é, "o que recomeça sempre", aparece na busca da eficácia de um gesto. O gesto passado entra no presente prestando serviços importantes. O duradouro é uma "inércia viva", pois eficaz e servindo à vida.

Por isso a mudança é temida, pois pode trazer a morte. A longa duração, prossegue Perrot, não é uma sonolência do homem, é uma forma de vida, a mais viva. A vida cotidiana é marcada pelo reconhecimento e pelo conforto. As mudanças obrigam sempre a rearranjos e reajustes. Os ciclos capitalistas são desejados? A vida tende ao repouso, e só lentamente as oscilações são bem recebidas. Braudel parte desse realismo em sua compreensão do tempo. Na vida moderna, as oscilações tornam-se mais rápidas, mas não são tão ameaçadoras, pois há uma classe que tem os meios para controlar o evento. Essa classe até provoca eventos, impõe mudanças. E isso é uma novidade na história: uma classe que domina e está interessada mais em mudar do que em permanecer. Na verdade, ela realiza mudanças para permanecer. Ela o faz, primeiro, para melhor exercer o seu domínio; segundo, porque aprendeu a controlar o tempo ao tomá-lo metaforicamente como um jogo. Viver é, então, jogar, isto é, produzir eventos vantajosos. O objetivo é fazer com que o tempo ofereça mais lucros, sempre.

Braudel sofreu a mesma acusação feita a Marx: a de ser "determinista". Mas, para Perrot, assim como Marx, Braudel não tem nada de determinista. O que ele tem é consciência dos condicionamentos objetivos da iniciativa. O que ele enfatiza é a ação, a tomada de decisões a partir do conhecimento das condições objetivas, das estruturas inconscientes. Essas condições são ao mesmo tempo as margens estreitas da ação e aquilo que faz com que ela possa repercutir. Entretanto, Braudel recusa o debate filosófico sobre o evento e sobre a liberdade dos homens. Para ele,

> a palavra liberdade é carregada de sentidos múltiplos e diferentes ao longo dos séculos (...) cada uma dessas liberdades me parece uma ilha estreita, quase uma prisão (...). O grande homem de ação é aquele que pensa exatamente na estreiteza de suas possibilidades, que escolhe se manter nesses limites para aumentar sua potência. Todo o esforço contra a corrente do sentido profundo da história está condenado antecipadamente. Vejo o homem fechado em um destino que ele fabrica com dificuldade, em uma paisagem que desenha atrás dele e diante dele as perspectivas infinitas da longa duração. Na explicação histórica, tal como a vejo, é sempre o tempo longo que vence. Negadora de uma multidão de eventos, de todos aqueles que não consegue conduzir em sua corrente e que descarta impiedosamente. Certamente ela limita a liberdade dos homens e a parte do acaso. Sou "estruturalista" por temperamento.[2]

---

[2] Braudel, 1969:519-20.

Eis em algumas palavras, e de maneira explícita, a visão da história e do tempo histórico vivido em Braudel. A partir dessa perspectiva, qual seria o ator capaz de realizar essa ação, isto é, de produzir eventos dentro da estreiteza de suas possibilidades? Que escolheu ficar aí para aumentar a sua potência e procura se esforçar no sentido profundo da história, jamais contra a corrente, a não ser quando a contracorrente força a corrente principal para a frente? Que se vê fechado atrás e mais ou menos determinado pela frente, sentindo-se seguro assim e produzindo eventos de repercussão estrutural e mundial? Pensamos que sejam os capitalistas, isto é, grupos de homens dotados de recursos materiais, intelectuais e político-sociais, de uma visão de mundo caracterizada por uma atitude racional, calculista e determinada a obter vantagens, a ganhar. Braudel seria, se esta expressão ainda faz algum sentido, um "intelectual orgânico" desse grupo vencedor e produtor da grande história.

Os analistas de Braudel, embora sempre querendo enaltecer sua obra e mostrar seu lado inovador e genial, que ninguém contesta, não hesitam também em formular algumas questões que põem em risco até mesmo esse seu lado inovador. Esse lado é precisamente a construção do conhecimento histórico em obras marcantes e nas suas poucas, mas decisivas, intervenções teóricas sobre o tempo histórico. Claude Lefort, por exemplo, aponta para o seu empirismo, para a imprecisão do seu conceito de estrutura, o que o teria levado a apresentar um mosaico de análises cuja unidade de sentido nos escapa. Lefort considera que a obra de Braudel é caracterizada por um pontilhismo não-causal que contradiz a sua pretensão sociológica. O método de Braudel, conclui Lefort, oscila entre o racionalismo e o empirismo. Pensamos que Lefort tem alguma razão, mas talvez tenha lido a obra pontilhista muito de perto e com uma concentração excessiva, o que o fez ver as partes, isto é, os pontos, e perder o conjunto. Para se ver melhor uma obra pontilhista é preciso manter uma certa distância e prestar uma atenção flutuante — observa-se o conjunto e pode-se admirá-lo.

Um analista americano, Kinser, comentando *La Mediterranée*, vê uma descontinuidade entre a primeira edição, de 1949, e a segunda, de 1966. Considera que a primeira edição pertence à velha tradição historiográfica da geo-história, e que em 1966 Braudel já teria se acomodado à moda estruturalista, colocando mais problemas metodológicos do que resolvendo os que já existiam. Para Kinser, *La Mediterranée* não é um livro revolucionário nem constitui o paradigma dos *Annales*, pois prossegue as obras de Febvre, Bloch, La Blache e Pirenne. Braudel teria radicalizado o projeto científico da história, aproximando-a ainda mais das ciências sociais e tornando-a mais coletivista e conhecedora de homens anônimos. Para Kinser, na primeira edição, o conceito de estrutura de Braudel seria mais organicista, vindo de La Blache e de Roupnel. Na idéia de organismo, as partes agem e reagem de acordo com a organização do todo. Um organismo é autônomo, pois centrado, e possui uma evolução lenta, gradual, processual, conecta as partes a uma que muda, é complexo e totalizante.

Essa perspectiva estrutural-organicista de Braudel, segundo Kinser, deixou-o em dificuldades diante dos historiadores, pois ele teria se distanciado do mundo da superfície, da vida, do concreto. O conceito de totalidade orgânica, viva, é também problemático, pois dissolve os limites controláveis da pesquisa. Também encoraja a idéia de que além da confusão da documentação particular haveria um todo que tudo reconciliaria. O valor desse código organístico-humanístico, continua Kinser, é garantir a unidade do objeto de estudo, o que lhe oferece uma flexibilidade heurística. Tudo pode ser tentado, pois o resultado terá certamente alguma coisa a ver com o homem. O risco é sair pesquisando tudo com os métodos mais diversos, certo de que se chegaria à vida humana total.

Na segunda edição, Braudel teria mudado essa orientação. Kinser sustenta que, com o crescimento do movimento estruturalista e do poder de influência da obra de Lévi-Strauss, Braudel precisou se distanciar da primeira edição. Ele então abandonou a referência organicista de Roupnel e de sua história estrutural para se aproximar mais das ciências sociais em sua fase estruturalista, mas sempre evitando cair no conceito sistemático, matemático, lógico, de estrutura. Na primeira edição, a segunda parte era a da história natural, que se articulava à história imóvel geo-histórica da primeira parte; na segunda edição, a segunda parte tornou-se estrutural/conjuntural, e a primeira, estrutural. Braudel articulou e dispôs seus assuntos da mesma forma nas duas edições. Na segunda edição, chamou também de estrutural a primeira parte, e não mais de história imóvel. As representações gráficas das mudanças históricas ficaram ainda mais abundantes. Além dos gráficos, usou a retórica para expressar e representar a articulação dos ritmos lentos e mais rápidos. Usou mapas, fotos, tabelas estatísticas. Tempos rápidos e lentos não são noções abstratas, mas conceitos experimentais, visuais, concretos.

Kinser conclui que "o tempo do mundo de Braudel não é o de filósofos e cientistas, que procuram algum ponto arquimediano além das variantes dos relógios humanos e calendários astronômicos. O ritmo de Braudel está ancorado em uma visão humana, é produto da reflexão historiadora sobre o tempo das coisas humanas".[3] O tempo estrutural, na base das coisas, foi criado por uma percepção espacial: olhando as coisas a distância, o particular não interessa, mas as repetições, o anônimo contorno das ações diárias dos homens podem ser percebidos. O tempo humano passa lentamente.

Analisando *Civilisation matérielle*, Kinser aponta, primeiro, para o que é descontinuidade em relação a *La Mediterranée*: Braudel trata somente da ordem econômica e não pretende realizar mais uma história global, embora pretenda uma história global desta ordem. Depois, para o que é continuidade: os leitores de Braudel "não ficarão surpresos com o trinitarismo do desenho nem com a ênfase ou quase autonomia de cada nível comparado com o outro". Além disso, em *La Mediterranée* o capitalismo é apresentado como "uma força irresistível que comanda a história".[4] Apesar das ações violentas do "monstro", ironiza Kinser, Braudel o admira e mesmo o adora. Os conceitos presentes nas duas obras continuam os mesmos, embora em cada uma e em cada edição tomem conotações diversas: globalidade, unidade, pluralidade, estruturas, profundidade... Enfim, afirma Kinser:

> o tempo tem profundidade e altura, isto é, ele é apresentado como movimento através do espaço, com ritmos rápidos e lentos; ele não é nunca considerado como caótico, descontínuo, como possuindo força unitária ou como nada senão um sistema de coordenadas criado pelos historiadores por conveniências ideológicas de variados tipos.[5]

Para Braudel a história é una e toda atividade humana se insere na mesma interminável estrada. Seu ponto de vista eurocêntrico, hierárquico e teleológico aparece claramente em comentários sobre aqueles "povos primitivos", infelizes, perdidos em um incessante tempo repetitivo de vida à baixa tecnologia, na medida em que muito vagarosamente se incorporam à grande história da civilização ocidental. Kinser chama ainda a atenção para o aspecto sinóptico de Braudel: a enorme quantidade de informações, fatos, dados e conhecimentos apresentados de maneira viva e eficiente. Sua expressão escrita é também visual, teatral.

Eis um ponto da obra de Braudel que revela muito não só de sua concepção do tempo, mas sobretudo de sua capacidade de recriar o tempo, de "imitá-lo" em uma intriga, como Ricoeur considera que seja a melhor maneira de

---

[3] Kinser, 1981a:99.
[4] Kinser, 1981b:674.
[5] Ibid., p. 679.

apreendê-lo. Ricoeur examinou diversas construções teóricas que tentaram apreender o tempo em seu ser, para concluir que todas o deixaram escapar, pois chegaram a aporias insuperáveis. Pela teoria, nem as construções cosmológicas nem as fenomenológicas puderam atingir o tempo em seu ser. Ricoeur sugere, então, que a única maneira de abordar o tempo seria pela "imitação narrativa" que fazem a história e a literatura. E propõe que entre narrar uma história e a estrutura temporal da experiência vivida humana haveria uma correlação necessária. A narração seria uma abordagem "indireta" da temporalidade. Ela não diz o que a temporalidade é, nem o porquê dela, mas como ela se dá. Através de uma configuração narrativa, o leitor redesenha a experiência temporal do mundo humano, da qual ele participa. Ele a reconhece. A configuração narrativa não é uma teoria, isto é, uma abordagem direta do tempo. Ela só atinge o seu ser indiretamente: não possui conceitos que expliquem a temporalidade, mas recria, imita, e o leitor reconhece e compreende.

Em sua análise do livro *La Mediterranée*, Ricoeur conclui de forma perturbadora, pois põe em dúvida um dos princípios centrais da *nouvelle histoire*: a recusa da narrativa e do historiador literato. Considera Braudel um dramaturgo! Um exímio narrador! Braudel teria criado os três níveis de *La Mediterranée* em uma única narrativa. Mas procedeu analiticamente, distinguindo planos, deixando às interferências entre os planos o trabalho de engendrar uma imagem implícita do todo. Obtém-se, então, uma *quasi-intrigue virtuelle*, fragmentada em subintrigas. Ricoeur, portanto, considera Braudel um artista, um grande narrador!

Este lado artístico-literário de Braudel será enfatizado por dois autores: F. Fourquet e P. A. Rosenthal. Para Fourquet, Braudel é revolucionário, pois alterou a nossa visão do mundo, a nossa representação do tempo histórico. Nossa sensibilidade do tempo ampliou-se "espacialmente". Amplo, Braudel não se fecha em um único tipo de causalidade. Ele se abre a todas as explicações causais, visando um olhar múltiplo, que abrange diversas perspectivas. Para ele, curiosamente, Braudel não descobriu nenhum fato histórico maior — tudo o que ele descreve já se conhecia antes, dispersamente. Sua contribuição foi reunir, em um espaço dilatado, todos os eventos. Para juntar toda essa enorme quantidade de informações, Braudel teve de produzir uma "direção teatral" desses eventos, estabelecer os ritmos das ações, a disposição das iluminações, a movimentação dos personagens, a encenação, a representação. Esse é o grande evento produzido por Braudel em *La Mediterranée*. Ele raciocina precisa e teatralmente. Talvez, continua Fourquet, representação filosófica e representação teatral sejam a mesma coisa. A teoria é um espetáculo; a ciência, um drama de conceitos; o pensamento, um arranjo de metáforas. Braudel é um artista: produz narrativa, descrição, encenação. O único conhecimento que ele reconhece como materialista, pois não teórico, mas um quadro artístico: uma construção viva do vivido.

Esse entusiasmo de Fourquet vai contagiar Rosenthal, que pretende também fazer uma leitura estética de Braudel, procurando no próprio estilo sua concepção temporal. Rosenthal vê a escrita de Braudel como um espetáculo, uma abundante produção de imagens. Ele estará atento às figuras de linguagem, especialmente às metáforas usadas por Braudel. A linguagem metafórica foi um instrumento essencial utilizado por Braudel para fazer de *La Mediterranée* uma obra de método dos *Annales*. Segundo Rosenthal, é através de metáforas que Braudel desvaloriza a história tradicional, apresenta sua nova história, seus novos objetos, elabora a idéia de um sistema mediterrâneo, esclarece seus conceitos e explicações causais. "As metáforas servem como *Ersatz* a um discurso 'teórico' construído e como máquina de guerra contra a escola histórica dominante."[6]

Entretanto, apesar dessa grande admiração compartilhada por todos os analistas — pelo enciclopedismo de Braudel, pela sua construção do tempo histórico, por afinidade com sua concepção da história, pelo seu estilo como verdadeiro meio de mensagem —, eles também são unânimes em afirmar que *La Mediterranée* não é paradigmático, tanto que não teve seqüência entre os *Annales*. Para Kinser, ele não foi imitado porque oferece mais uma imagem da história dos *Annales* do que um método. Ele teria constituído dois campos de trabalho, a geo-história e a história econômica, e, nesse grande espaço, projetos individuais foram desenvolvidos. Essas duas orientações foram seguidas pelos *Annales*: a geo-história, ampliando seu tempo e reduzindo seu espaço; a história econômica, social e demográfica, tendendo a se dissociar das considerações estruturais e a se devotar a métodos conjunturais e seriais. Essas orientações de Braudel tiveram poucos seguidores. Quanto a *Civilisation matérielle*, esta obra abriu inúmeros caminhos: cultura popular, cidades, casamento, contracepção, demografia, técnicas, modas e costumes, vestuário, mobiliário, alimentação, doenças. Para Kinser, as obras de Braudel ofereceram aos *Annales* menos do que um modelo, apenas inspiração, sugestões. *La Mediterranée* é mais um evento, rico de conseqüências, do que uma estrutura, isto é, um paradigma a ser imitado.

---

[6] Rosenthal, 1991:118.

Outro analista de Braudel, também americano, J. Hexter, é ainda mais rigoroso: com *La Mediterranée* Braudel ofereceu à história um *programa* a ser adotado. De certa forma, esse programa foi bem-sucedido: a linguagem da estrutura e da conjuntura, da longa duração, foi assumida e praticada pelos *Annales*. Hexter considera *La Mediterranée* o *seminal work* dos *Annales*, isto é, um depósito de idéias ainda a explorar. Mas também considera que isso ainda é pouco em relação à ambição maior de Braudel: produzir a dialética da duração. "O livro não resolve o problema historiográfico que ele propõe: como lidar com a dificuldade historiográfica perene de articular os fenômenos duráveis com os de mudança rápida."[7]

Resultado: os mais notáveis trabalhos dos *Annales* pós-Braudel não foram construídos como *La Mediterranée*. Todos têm estruturas e conjunturas mais como conceitos úteis do que como unidades primeiras para a organização do material. Ainda segundo Hexter, a organização tripartite do tempo é mais um resíduo trinitário da mentalidade cristã do que uma necessidade racional, e as três durações são arbitrariamente ligadas a tempos específicos: longa para o geográfico, média para o econômico-social-mental e curta para o político — o que é um reducionismo. E Hexter termina resolvendo(!) o problema que Braudel não soube resolver: a história-problema é o método capaz de ligar duração e mudança. Braudel e seus seguidores fizeram uma história total, marcada pelo excesso de informações e de páginas, e não uma história-problema, marcada pela elegância da demonstração.

Entretanto, consideramos que uma concepção mais flexível do conceito de paradigma — se é que se pode ser flexível quando se trata de um tal conceito marcado pelo rigor — poderia levar a se pensar *La Mediterranée* e *Civilisation matérielle* como modelos, como matrizes disciplinares dos *Annales*. Os trabalhos que sucederam essas obras não são imitações, mas têm nelas as suas raízes, a sua inspiração. Sobretudo no que diz respeito à noção de tempo histórico: todos usarão a linguagem da longa duração e a dialética do presente/passado, todos abordarão objetos e fontes que possibilitem o uso dessa linguagem temporal. Os sucessores de Braudel, quando produzem, têm como referência a sua obra, o seu padrão de qualidade, o seu exemplo, a sua forma de organizar e dispor os materiais. "Imitar" não significa sempre "fazer igual". Em ciências humanas, "imitar" significa sobretudo "inspirar-se", "nutrir-se" e fazer diferente!

---

[7] Hexter, 1981:533.

Braudel tornou-se paradigma da ciência histórica, isto é, de uma área do conhecimento onde a teorização e a construção de modelos é sempre problemática. Foi modelo enquanto formou novos historiadores, inspirou-os na escolha dos seus objetos e propôs uma forma original de articular tempos. E, principalmente, porque elaborou melhor a introdução na história da consideração da simultaneidade, da não-mudança. Trata-se de uma influência difusa, mas referência sempre presente, que não se impõe como única forma de conhecimento histórico. Como Febvre, Braudel não pretendeu "aprisionar espíritos" em sistemas fechados. Em seu artigo "A longa duração", Braudel é explícito quanto a isso:

> nas linhas que precedem, não pretendo ter definido o métier de historiador, mas uma concepção desse métier. Feliz, e bem ingênuo, quem pensar, após as tempestades dos últimos anos, que chegamos a encontrar os verdadeiros princípios, os limites claros, a boa "escola". De fato, todos os métiers das ciências sociais não cessam de se transformar em razão de seus movimentos próprios e do movimento vivo do conjunto. A história não é exceção. Nenhuma quietude está viva e a hora dos discípulos ainda não soou (...) desde M. Bloch a roda não parou de girar. Para mim, a história é a soma de todas as histórias possíveis — uma coleção de métiers e de pontos de vista, de ontem, de hoje, de amanhã...[8]

A história pós-braudeliana tomou direções diversas, entre elas três principais: a história serial, a história estrutural e a história acontecimental, na orientação febvriana que Braudel incorporou em sua obra, embora não de forma central. A história serial está contida em Braudel, mas não é todo ele. Ela prossegue em sua ênfase na abordagem e exploração de conjunturas e ciclos econômicos, que ele próprio continuava, de Simiand, Bloch e Labrousse. A história estrutural, apesar da imprecisão dos termos, vai radicalizar a linguagem da longa duração, tendendo a uma história mais imóvel e sem os homens, desvalorizando o evento e pondo em segundo plano as oscilações conjunturais, que para ela se compensam e levam a criar a imobilidade. Finalmente, menor e nas bordas da *nouvelle histoire*, retorna a história acontecimental, política e biográfica, de tipo febvriano. O grande evento intelectual, psicológico, político, biográfico como janela, entrada, porta, abertura para a estrutura da sociedade.

O que definitivamente cessou em Braudel foi a pretensão à história global, a proposta de apreender a sociedade como conjunto de conjuntos, es-

---

[8] Braudel, 1969:54-5.

trutura de estruturas. Após Braudel, os *Annales* querem ainda fazer uma história com a linguagem do tempo longo e da dialética da duração, mas a história total torna-se, para eles, uma utopia epistemológica, ou seja, é para ela que se dirige, mas é nela que nunca se chegará, pois a realidade da pesquisa é a da reconstrução de estruturas parciais dificilmente articuláveis entre si. A tendência do conhecimento histórico dos *Annales*, aliás, é se afastar da história global e se fragmentar. Isso levaria o marxista L. Althusser (1970), em um artigo provocador, a pôr em dúvida a consistência teórica da concepção do tempo histórico dos *Annales*.

Bibliografia

ALTHUSSER, L. Les défauts de l'economie classique. Esquisse du concept de temps historique. In: *Lire Le capital*. Paris: Maspero, 1970. v. 1.

BRAUDEL, F. *La Mediteranée et le monde mediterranéen à l'époque de Philippe II*. Paris: Armand Colin, 1966.

_____. *Ecrits sur l'histoire*. Paris: Flammarion, 1969.

FOURQUET, F. Un nouvel espace-temps. In: *Lire Braudel*. Paris: La Découvert, 1988.

HEXTER, J. F. Braudel and the "monde braudelien...". *Journal of Modern History*, Chicago: University Chicago Press (4), Dec. 1981.

KINSER, S. Annalist paradigm? The geohistorical sctructuralism of F. Braudel. *The American Historical Association*. Washington (1), Feb. 1981a.

_____. Capitalism enshrined: Braudel's triptych of modern economic history. *Journal of Modern History*. Chicago, University Chicago Press (4), Dec. 1981b.

LEFORT, C. Histoire et sociologie dans l'oeuvre de F. Braudel. *Cahiers Internationaux de Sociologie*. Paris: Seuil (13), 1952.

PERROT, J. C. Le présent et la durée dans l'oeuvre de F. Braudel. *Annales ESC*. Paris: Armand Colin (1), jan./fev. 1981.

REIS, J. C. *Nouvelle histoire e tempo histórico; a contribuição de Febvre, Bloch e Braudel*. São Paulo: Ática, 1994.

_____. *Escola dos Annales, a inovação em história*. São Paulo: Paz e Terra, 2000.

RICOEUR, P. *Temps et récit*. Paris: Seuil, 1983-85.

ROSENTHAL, P. Métaphore et stratégie epistemologoque: La Mediterranée... de F. Braudel. In: MILO, D. S.; BOUREAU, A. *Alter histoire: essais d'histoire expérimentale*. Paris: Les Belles Lettres, 1991.

9

O capitalismo anterior à Revolução Industrial

Carlos Antonio Aguirre Rojas*

> *Em suma, a história do capitalismo é uma história de certas estruturas. Mas também por acaso não é uma história que se está ainda por fazer?*
>
> Fernand Braudel

Quando Lucien Febvre, em princípios dos anos 1950, propôs a Fernand Braudel o projeto de escrever uma obra de síntese geral dos trabalhos até então existentes sobre a "história econômica da Europa pré-industrial", dificilmente poderia ter imaginado a aventura intelectual que essa proposta desencadearia.[1] Pois, ao aceitar esse interessante desafio intelectual, Fernand Braudel envolveu-se durante mais de 25 anos na elaboração de sua segunda grande obra de história, que em 1979 foi publicada com o título de *Civilização material, economia e capitalismo, séculos XV-XVIII*.

Assim, durante mais de um quarto de século, o autor de *O Mediterrâneo e o mundo mediterrânico na época de Filipe II* dedicou-se tanto ao estudo e análise minuciosos dos documentos e das diversas fontes pertinentes a essa problemática da história real do capitalismo dos séculos XV-XVIII quanto à revisão e confrontação crítica das principais interpretações gerais desse mesmo tema. Como resultado geral, concluiu elaborando um "modelo, construído (...) em torno do capitalismo anterior ao século XIX", "uma problemática" para a "modernidade pré-industrial" ou, em termos mais gerais, uma tenta-

---

* Professor da Universidade Nacional Autônoma do México.

[1] Ver Braudel (1979, v. 3, p. 7; 1985:9). Para a gênese e a significação geral dessa obra, ver também Rojas (1996).

tiva de explicação do papel desempenhado por essa realidade denominada "capitalismo" dentro do "mais vasto campo da primeira modernidade do mundo".[2]

Isso significa que o tema central que Braudel desenvolve nas mais de 1.500 páginas de *Civilização material, economia e capitalismo, séculos XV-XVIII* é precisamente a exposição dos elementos desse modelo de capitalismo anterior à Revolução Industrial, um capitalismo que se desenvolveu na Europa e em grande parte do mundo entre os séculos XV e XVIII, compartilhando uma série de traços e características comuns que o constituem como uma etapa, coerente e identificável, da história geral do capitalismo. E ainda que Braudel, como costuma fazer em suas obras, ultrapasse freqüentemente os limites espaciais, temáticos, temporais e analíticos dessa problemática central abordada, ele se empenha em esgotar todos os elementos principais do problema escolhido.

Ademais, e sempre se mantendo fiel à perspectiva que ele mesmo postulou para a história global,[3] vai inserir essa explicação ou tratamento do capitalismo anterior à Revolução Industrial no mais amplo universo dessa "primeira modernidade do mundo" ou "modernidade pré-industrial", o que lhe permitirá esclarecer os vínculos desse capitalismo não só com as realidades subjacentes da economia de mercado e da vida ou civilização material, mas também, ainda que apenas de forma esquemática, com as realidades sociais, políticas e culturais mais importantes dessa mesma modernidade igualmente anterior ao século XIX.

Abordar então essa visão braudeliana do capitalismo anterior à Revolução Industrial implica necessariamente mergulhar no debate, ainda hoje fundamental, sobre os vínculos entre capitalismo e modernidade.[4] E também em toda uma série de perguntas ainda em aberto, como, por exemplo: qual é a relação das realidades capitalistas com o conjunto da "ordem econômica" vigente nos séculos XIII-XVIII? Qual o nexo de ambos com os distintos elementos dessa primeira modernidade pré-industrial? Como esta última se conecta com o conjunto das estruturas econômicas e, mais além, com as outras instâncias da modernidade? Quais são, então, as diferenças entre o capitalismo anterior à Revolução Industrial e aquele que se desenvolve de-

---

[2] Para estas citações e sobretudo para a idéia geral que lhes dá sentido, ver Braudel (1985, v. 3, p. 537-38).

[3] Sobre esse ponto, ver Rojas (1992 e 1993).

[4] Ver Echeverría (1991 e 1995); Santos (1994 e 1995); Wallerstein (1979, 1984a, 1989, 1991a, 1992 e 1995).

pois dela? E, igualmente, quais são as principais diferenças entre a primeira e a segunda modernidade, a primeira pré-industrial e a segunda contemporânea da industrialização generalizada? Mas também, e mais profundamente, quais são as continuidades ou permanências mais notáveis do capitalismo e da modernidade ao longo de toda a sua história? E, finalmente, que conexão existe entre capitalismo e modernidade? Será possível o fim do primeiro sem a morte da segunda? Que seria uma modernidade não-capitalista? Vejamos alguns dos elementos que Fernand Braudel desenvolveu para a solução dessas perguntas.

I

> *Estamos, queiramos ou não, completamente imbuídos na problemática marxista. Nós todos vivemos o impacto desse pensamento marxista.*
>
> Fernand Braudel

Braudel sempre insistiu em sua forma de trabalhar: não a partir de modelos preconcebidos *a priori*, mas, inversamente, começar pela revisão exaustiva do material empírico correspondente e, a partir de sua interpretação e ordenação coerente, ir construindo progressivamente os modelos globais que permitam compreender a realidade que está sendo estudada. E foi se atendo a esse esquema geral de trabalho que Fernand Braudel elaborou todas as suas obras e ensaios. Portanto, a revisão e o exame crítico das interpretações elaboradas anteriormente sobre os problemas por ele investigados eram sempre um segundo momento do trabalho, uma segunda tarefa, posterior à revisão das fontes e dos documentos históricos primários.

Assim, no longo caminho de sua investigação sobre o capitalismo anterior à Revolução Industrial, nosso autor foi se aproximando dos distintos modelos de interpretação geral do capitalismo, revisando e assimilando criticamente os trabalhos de Marx, de Max Weber, de Werner Sombart, de Joseph Kulischer ou de Karl Polanyi, entre muitos outros. E em cada caso, e também segundo seu costume habitual, Fernand Braudel foi recuperando, transformando, excluindo e assimilando os diferentes elementos que lhe ofereciam esses autores que estudaram ou teorizaram o capitalismo.

Desse modo, e entrando propriamente no tema do processo intelectual por meio do qual Braudel construiu seu "modelo" ou visão específica do capitalismo anterior ao século XIX, convém determo-nos um pouco em um dos primeiros contatos de nosso autor relativos a essa caracterização global do capitalismo da modernidade pré-industrial. Um contato que se encontra brevemente resumido em seu célebre artigo metodológico de 1958, "História e ciências sociais. A longa duração".[5]

Para tentar explicar aos cientistas sociais a quem se dirige o que constitui e o que significa a perspectiva metodológica da longa duração histórica, Braudel recorre, como de costume, a uma série de exemplos que, desdobrando-se como distintos "modelos concretos" de realidades ou estruturas de longa duração, permitam apreender mais adequadamente essa perspectiva. Então, abordando como exemplo de modelo possível o do capitalismo da Europa pré-industrial, no qual naquele momento trabalhava, Braudel escreve:

> Eis, perto de nós, no quadro da Europa, um sistema econômico que se inscreve em algumas linhas e regras gerais bastante claras: mantém-se mais ou menos no lugar, do século XIV ao século XVIII, digamos, para maior segurança, até por volta de 1750. Durante séculos, a atividade econômica depende de populações demograficamente frágeis, como hão de mostrar os grandes refluxos de 1350-1450 e, sem dúvida, de 1630-1730. Durante séculos, a circulação vê o triunfo da água e do navio, sendo toda a espessura continental obstáculo, inferioridade. Os surtos de progresso europeus, salvo as exceções que confirmam a regra (feiras de Champagne já em seu declínio no início do período, ou feiras de Leipzig no século XVIII), todos esses surtos de progresso se situam ao longo das franjas litorâneas. Outras características desse sistema: a prioridade dos mercadores; o papel eminente dos metais preciosos, ouro, prata e mesmo o cobre, cujos choques incessantes somente serão amortecidos pelo desenvolvimento decisivo do crédito e, ainda, com o fim do século XVI; os abalos repetidos das crises agrícolas estacionais; a fragilidade, diremos, do próprio soalho da vida econômica; enfim, o papel desproporcional, à primeira vista, de um ou dois grandes tráficos exteriores: o comércio do Levante do século XII ao século XIV, o comércio colonial no século XVIII. Assim, por minha vez, defini ou antes evoquei, após alguns outros, os traços principais do capitalismo comercial para a Europa ocidental, etapa de longa duração. Não obstante todas as modificações evidentes que os percorrem, esses quatro ou cinco séculos de vida econômica tiveram uma certa coerência, até a agitação do século XVIII e da revolução industrial da qual ainda não saímos.[6]

Um brilhante resumo de um conjunto de traços gerais que constituem o modelo de explicação do sistema econômico do capitalismo europeu anterior à Revolução Industrial e cuja paternidade será atribuída, poucas pági-

---

[5] Ver Braudel (1969). Sobre a importância ainda extraordinariamente atual desse ensaio, ver Lepetit (1995) e Rojas (1995 e 1996a).
[6] Braudel, 1992:51-2, 62).

nas depois, ao próprio Karl Marx, quando no mesmo artigo afirma: "Falamos mais acima do capitalismo comercial entre os séculos XIV e XVIII: trata-se aí de um modelo, entre vários, que podemos depreender da obra de Marx".

Um primeiro modelo do capitalismo europeu dos séculos XIV-XVIII que constitui, na verdade, uma notável leitura histórica de muitas das teses principais contidas na obra de Marx. Pois, como se sabe, a intenção primeira de Marx ao escrever *O capital* — livro que acabará inconcluso, mas de cujo projeto derivará um enorme legado de textos, manuscritos e ensaios preparatórios e complementares, que se converterão depois no conjunto maior da herança intelectual de seu autor — não era escrever uma história real do capitalismo europeu e mundial desde as suas origens até o século XIX, mas elaborar uma teoria geral do modo de produção capitalista e de suas leis fundamentais de funcionamento.[7]

O que, contudo, não impediu que Marx escrevesse capítulos inteiros de sua obra com forte conteúdo histórico, utilizando a todo o momento esses elementos histórico-reais ou histórico-concretos como permanente ilustração e exemplificação de suas principais afirmações e desenvolvimentos teóricos. Mas sempre dentro de uma intenção discursiva que não pretende construir modelos de explicação da história real, mas sim um aparato conceitual ou conjunto de conceitos articulados dentro de uma teoria geral que sejam capazes de dar conta dos elementos essenciais do modo de produção capitalista considerado em sua abstração geral e, portanto, dos elementos essenciais comuns a todo modo de produção capitalista possível.[8]

De sua parte, Fernand Braudel está preocupado com a construção de um modelo explicativo e coerente dessa história real do "primeiro capitalismo" europeu e mundial, desse capitalismo da Europa pré-industrial considerado realidade histórica concreta e singular. Logo, em função dessa preocupação, deriva da obra de Marx o conjunto de traços e linhas características a que já nos referimos.

Um conjunto coerente de elementos distintos dessa "etapa da longa duração" do capitalismo anterior ao século XIX que, derivado da obra de Marx, servirá a Braudel como uma primeira referência importante dentro do longo trajeto de investigação que findará apenas em 1979 e que em 1958 encontra-se em suas fases iniciais. Uma referência demasiado evidente para qualquer um que busque explicar e compreender o capitalismo moderno e que o nos-

---

[7] Ver Marx (1975:6-8).

[8] Para essas diversas intenções discursivas que articulam a obra de Marx, por um lado, e a de Braudel, por outro, ver Echeverría (1993).

so autor irá progressivamente matizando, completando, criticando e, finalmente, incorporando, modificando de maneira significativa no seu próprio esquema geral de interpretação desse campo de investigação.

Na obra *Civilização material, economia e capitalismo, séculos XV-XVIII*, o autor continua avançando, depois da redação de seu artigo sobre a longa duração histórica, num caminho que vai compartilhar com a imensa maioria dos estudiosos que, no século XX, se atreveram a tratar desse enorme e complexo problema da história do capitalismo, o qual se concentra sobretudo no vínculo fundamental que se estabelece, real e historicamente, entre o fenômeno do capitalismo e o processo mais geral de desenvolvimento da modernidade.[9]

Um vínculo que, tendo sido assinalado pelo próprio Marx como a conexão específica entre o "modo de produção capitalista" e a "sociedade burguesa moderna", não pôde todavia ser desenvolvido com mais detalhes pelo autor de *O capital*. Pois, ao deter-se privilegiadamente na análise exaustiva dos mecanismos internos e das leis principais de funcionamento do processo de produção capitalista e em suas implicações gerais, Marx conseguiu apenas esboçar, de forma muito geral, esse nexo essencial entre capitalismo e modernidade.

E é em torno deste último nexo que irão avançar os diversos autores que, depois do fundador do marxismo, tiveram a ousadia intelectual de encarar esse complexo tema da caracterização e história dos diversos aspectos globais desse capitalismo moderno. Pois, ao perguntar-se sobre a relação entre luxo e capitalismo, ou entre ética protestante e capitalismo, ou mesmo indagar sobre as modificações que sofre a economia psíquica dos indivíduos e das sociedades por causa do moderno "processo de civilização", sobre os modos de construção dos discursos ou as práticas disciplinadoras da "época clássica" da modernidade, ou a gênese do novo e inédito "sistema-mundo capitalista", esses autores vão adentrar-se necessariamente na problematização da complicada relação entre capitalismo e modernidade.

Como eles, e por sua própria conta e risco, também Fernand Braudel. À medida que avançava na construção de seu próprio esquema, Braudel foi detectando e logo definindo essas duas histórias paralelas e até hoje dificilmente separáveis das curvas evolutivas do capitalismo, por um lado, e da

---

[9] Pensamos, para mencionar apenas alguns exemplos, nos trabalhos de Werner Sombart, de Max Weber, de Norbert Elias, de Michel Foucault ou de Immanuel Wallerstein, que constituem em nossa opinião "entradas" bastante diferentes nessa temática complexa e importante da caracterização da modernidade e de seus vínculos com o fenômeno do capitalismo.

modernidade, por outro. Duas curvas que, ao coincidirem no geral, quanto ao seu momento de emergência histórica, localizado entre os séculos XIII e XVI, e também quanto ao seu espaço geográfico de origem, dentro do território da "pequena Europa" ocidental, irão dificultar ainda mais sua caracterização adequada e específica.

Duas curvas que se acompanham e apóiam mutuamente durante os últimos cinco ou sete séculos, sem contudo confundir-se, e que o postulante da longa duração histórica vai periodizar ou dividir claramente em dois momentos distintos, falando de uma "primeira modernidade", posterior à Revolução Industrial e dentro da qual "ainda estamos vivendo", assim como menciona e procura especificar um "primeiro capitalismo" e outro que seria "o capitalismo atual" ou "presente", ambos também separados por essa época crucial da segunda metade do século XVIII e primeira metade do século XIX.[10]

Ainda que Braudel, como veremos mais adiante, relativize profundamente a significação e o impacto da Revolução Industrial, ele reconhece, a partir da perspectiva da longa duração, o caráter até certo ponto excepcional dessa mesma época ou momento em que se desenvolve essa revolução, caráter que, em sua opinião, deriva mais de ter sido o momento que serviu de cenário para todo um conjunto de profundas mudanças estruturais, tanto econômicas quanto sociais, políticas e culturais, que vão precisamente condensar-se e desenvolver-se nesse período específico compreendido aproximadamente entre 1750 e 1850.

Para Fernand Braudel, a história do capitalismo e também a da modernidade estão decisivamente influenciadas, a partir de uma perspectiva de história profunda, por esse complexo conjunto de revoluções das estruturas de longa duração que durante séculos e às vezes milênios governaram a vida dos homens na sociedade, nos planos demográfico, alimentar, das fronteiras entre o necessário e o luxo, técnico, monetário, econômico e geográfico, entre outros, revoluções que serão precisamente o objeto de estudo central de uma parte importante da obra braudeliana: *Civilização material...*

Trata-se de um conjunto de transformações verdadeiramente cataclísmicas no que se refere às estruturas vigentes nesses distintos níveis do tecido da reprodução social global.[11] Transformações profundas e radicais das arquiteturas humanas de longa duração que, embora comecem em distintos

---

[10] Para se ter apenas algumas referências sobre essas distinções, ver Braudel (1997a, 1997b e 1979, v. 3, p. 10, 537-8).

[11] Para um desenvolvimento mais amplo desse problema, ver Rojas (1996b:127-55).

momentos entre os séculos XI-XIII e XVI, alcançarão um momento importante de amadurecimento e, portanto, de presença e desenvolvimento mais evidentes de seus principais efeitos e conseqüências civilizatórios durante o século que se estende aproximadamente entre 1750 e 1850.

Verdadeira revolução das estruturas de longa duração histórica que se vinculariam então não apenas com a gênese e eclipse desse "primeiro capitalismo", mas também, e sobretudo, com a constituição e o rápido declínio dessa "primeira modernidade pré-industrial" que constitui seu espaço e referência mais geral. Portanto, explicariam o peculiar ponto de vista braudeliano no tocante à Revolução Industrial. Um ponto de vista que, contrariando a maioria dos autores precedentes, afirma que a Revolução Industrial não é um fenômeno exclusivamente inglês, tampouco explicável somente a partir dos dados essenciais das conjunturas do século XVIII que a antecedem, mas sim um fenômeno de escala realmente européia que só pode ser compreendido como o ponto de chegada de certas mudanças e processos estruturais de longa duração que remontam pelo menos aos séculos XI-XIII da história européia. Além disso, um fenômeno que, longe de ser a causa principal da gênese de nossa atual modernidade — posterior à "primeira modernidade pré-industrial" —, é mais bem explicado como uma das várias e possíveis expressões e conseqüências dessa passagem da primeira à segunda modernidade, passagem que por sua vez foi provocada, entre outros fatores profundos, pela lenta acumulação de efeitos e pelo progressivo amadurecimento desse conjunto de revoluções a que nos referimos e que, como explicou Braudel, atingiram um ponto de condensação excepcional nessa mesma época que corresponde ao despontar da Revolução Industrial.

Relativizando as interpretações habituais da Revolução Industrial inglesa por meio de uma cuidadosa revisão de enorme material empírico, Braudel postula que ela é um fenômeno próprio da economia-mundo européia, o único que poderia explicar o fato de que, imediatamente depois de seu surgimento na Inglaterra — devido a uma feliz conjuntura excepcional da economia e da sociedade inglesas de fins do século XVIII —, tenha se difundido em todo o espaço da Europa ocidental, caracterizando o século XIX dessa história européia como um século de intensa, vasta e generalizada industrialização do território, sobretudo do "pequeno cabo asiático" europeu ocidental.

E também como um fenômeno que não se origina do nada, mas que, pelo contrário, apresenta-se na verdade como o último elo de uma longa corrente de sucessivas revoluções técnicas ou "proto-revoluções industriais" que, em diferentes zonas da Europa, ocorrem nos séculos XI-XIII, XV-XVI e

XVI-XVII.[12] Nesse sentido, a Revolução Industrial européia dos séculos XVIII-XIX seria somente o último golpe, finalmente vitorioso e sem dúvida decisivo, que consegue pela primeira vez romper esse "limite do possível" que no plano produtivo foi sucessivamente rachado e amolecido por todos esses golpes e reveses anteriores que se desdobraram ao longo de toda a história secular da economia-mundo européia, do século XI ao século XVIII.

E, finalmente, contra uma opinião amplamente difundida, que via na Revolução Industrial a forma técnica acabada do "modo de produção capitalista" e, neste último, como realidade econômica, a origem, causa e fundamento global de toda a atual modernidade,[13] Braudel acaba por inverter os termos dessa pretensa conexão direta e causal: para ele, a Revolução Industrial só foi possível pela atenção dada pelos capitalistas a essa esfera da produção industrial, o que por sua vez só se explica pela maior força e presença social que o capitalismo adquire entre os séculos XIII e XVIII. Porém, como o capitalismo é parasita e dependente da economia de mercado, essa maior potência e papel social geral do capitalismo apenas foram possíveis, segundo o raciocínio braudeliano, pelo também anormal crescimento e multiplicação de uma subjacente mercantilização generalizada da sociedade e, por conseguinte, pelo florescimento e expansão da "economia de mercado". Mas, por seu turno, e fiel à tese da dependência geral da vida econômica com relação à vida ou civilização material, tal mercantilização — que se expressa igualmente como monetarização também universal da vida econômica — apenas se explicaria pela condensação e desenvolvimento excepcionais dessa mesma vida material e, portanto, por esse conjunto de revoluções de longa

---

[12] Ver Braudel (1979, v. 3, p. 470-80).

[13] Trata-se de um ponto de vista que se vincula a uma interpretação simplificada e trivial do argumento de Marx. Pois, ainda que para Marx o papel da Revolução Industrial com relação à modernidade seja muito mais fundamental, isso se dá de uma forma sutil e complexa: para Marx, a Revolução Industrial não é apenas a criação da forma técnica adequada do modo de produção capitalista, mas também e sobretudo a substituição, dentro do processo produtivo, do homem pela máquina e com ela a liberação virtual — ainda que no capitalismo nunca real — do homem com respeito ao trabalho. Com isso há também a ruptura de todo limite antropocêntrico na criação do produto e da riqueza social e, conseqüentemente, a possibilidade, surgida aqui pela primeira vez na história humana, de superar a escassez estrutural e fundamental da vida humana, invertendo a secular e milenária sujeição do homem à natureza e criando também pela primeira vez as condições de uma história social baseada na abundância, numa nova relação de harmonia com a natureza e, portanto, de relações de convivência livre entre os homens. Algo que a Revolução Industrial anuncia como promessa futura, apenas realizável depois do fim da configuração capitalista da vida social. Lamentavelmente, não podemos desenvolver aqui, com a merecida extensão, esse complexo argumento. Mas está claro que o mesmo está bem distante tanto do determinismo simplista do econômico sobre o conjunto do social quanto da postulação de uma causalidade direta entre modo de produção capitalista e modernidade. A esse respeito, ver Marx (1975 e 1976). Ver também Echeverría (1984) e Rojas (1984).

duração que dominam esta última dimensão, fundamental e estrutural, das sociedades européias dos últimos oito ou nove séculos.

Remetendo desse modo a explicação da Revolução Industrial ao seu esquema tripartite de civilização material, economia de mercado e capitalismo, o autor de *O Mediterrâneo...* inverte a significação e o papel que comumente se atribuem a essa mesma revolução. Pois, em seu esquema, trata-se mais propriamente da passagem da "primeira modernidade pré-industrial" à "modernidade da qual ainda não saímos", o que, entre outras muitas expressões, abarcaria também essa profunda mutação das estruturas da produção industrial. E isso pelo fato de que essa passagem não seria outra coisa que o período histórico, a meio caminho entre os séculos XVII e XIX, no qual finalmente se aglutina e amadurece toda essa série de mudanças profundas das estruturas de longa duração histórica que Braudel detectou e analisou com tanta perspicácia nas esferas demográfica, geográfica, territorial, econômica etc. e também, obviamente, na esfera da técnica e da produção industrial.

Na opinião de Fernand Braudel, e como um fenômeno subjacente à própria Revolução Industrial, ocorre a passagem de uma forma de crescimento econômico das sociedades que era irregular, mais esporádico e essencialmente descontínuo a outra forma nova e até então inédita desse mesmo crescimento, que depois do século XIX tornar-se-ia regular, permanente e sobretudo contínuo. Ou seja, uma nova ruptura radical dos limites do possível e do impossível, realizada agora para cima, sem uma nova fronteira previsível, da capacidade de potencialização e multiplicação dos resultados da própria atividade produtiva. Um crescimento contínuo que, uma vez mais, será o resultado da acumulação, em longos períodos da história européia, desses lentos progressos referidos da civilização material entre os séculos XI e XVIII, uma das várias conseqüências principais dessa passagem da primeira à segunda modernidade que é a clara superação de vários obstáculos e que Braudel concebe nos seguintes termos:

> Um limite, vários limites foram ultrapassados; certas transformações esboçadas há muito tempo tornam-se então possíveis e se realizam quase naturalmente; a produção aumenta enormemente; a vida econômica transforma-se em seus equilíbrios profundos, pois se prepara para acolher nem mais nem menos do que a revolução industrial. A tarefa de dominar nesse momento o mundo inteiro converteu-se em uma tarefa terrivelmente mais pesada: uma só cidade não é suficiente para cumprir essa tarefa. Portanto, anunciam-se novos tempos, novas ordens, novos espaços (...).[14]

---

[14] Braudel, 1997c:388.

II

> *Hoje, a morte ou, pelo menos, uma série de mutações em cadeia do capitalismo não têm nada de improvável. Elas se realizam sob nossos olhos. De todo modo, está claro que o capitalismo não nos parece mais a última palavra da evolução histórica (...).*
>
> Fernand Braudel

Fernand Braudel foi um pensador profundamente anticapitalista. Mas disso não decorre que tenha sido marxista ou comunista. Simplesmente significa que foi um crítico radical e implacável do que ele mesmo concebia como a realidade do capitalismo. Logo, ao explicar a natureza desse capitalismo como realidade ou estrutura de longa duração, sempre insistiu no seu caráter parasitário, dependente e profundamente vantajoso. Pois, visto que o dado que define de modo mais essencial esse capitalismo é a busca incessante do lucro em larga escala, isso o leva a desenvolver-se ágil e velozmente até aquele setor ou atividade que, em cada momento histórico determinado, é capaz de produzir esses grandes e excepcionais benefícios, seja o empréstimo de vastas somas de dinheiro para os grandes Estados e monarcas europeus, seja a vasta inversão em terras, seja a transferência de capitais para a produção industrial em grande escala, seja ainda o grande comércio a distância. E rechaçando toda possível especulação — o que de imediato nega a tradicional divisão do capital em mercantil, industrial e financeiro, com todas as suas múltiplas conseqüências[15] —, esse capitalismo afirmará essa procura incessante do lucro em larga escala.

Mas, assim como o grande comércio origina-se da concentração das rotas comerciais em pequena escala e nela se apóia para realizar-se, e assim como a grande indústria nasceu em parte da manufatura e continua gerando até hoje, como estrutura auxiliar e complementar, toda uma rede de pequenas oficinas e de pequenas empresas, assim também o capitalismo parasita apóia-se no funcionamento global e na marcha geral da economia de mercado, da qual depende organicamente. Pois de nada servem os grandes carregamentos trazidos da distante China sem a infinita rede de comerciantes menores que os distribuem no comércio a varejo. E assim como não existem grandes financiadores sem os pequenos poupadores que depositam suas

---

[15] Ver Wallerstein (1993).

somas nos grandes bancos, tampouco seria possível a grande produção agrícola sem os muitos camponeses que, em algum momento, venderam suas pequenas parcelas.

Por isso, para Braudel, os limites do capitalismo, que se mantém parasitando permanentemente as estruturas da economia de mercado, dependem obviamente da própria força e expansão específicas a esta última. Ademais, dado o caráter normalmente desmedido, e portanto injusto, dessa ganância, o capitalismo sempre se colocará tanto a favor da economia de mercado e de sua lógica mais profunda de desenvolvimento quanto das posições sociais mais vantajosas. E, então, estará freqüentemente associado aos segredos de Estado e à obscuridade do comércio a longa distância, assim como atrelado ao monopólio das invenções das novas tecnologias ou às informações confidenciais dos futuros movimentos das bolsas.

Mas, se o capitalismo aparece à primeira vista como esse personagem que se beneficia todo o tempo da economia de mercado e que, jogando de maneira oportunista e vantajosa, parece sempre sair vencedor, isso não impede que, de uma perspectiva histórica mais ampla, observado a partir da longa duração histórica, mostre claramente seus limites estruturais e suas incapacidades gerais insuperáveis. O que também, e dessa mesma perspectiva crítica e anticapitalista que já mencionamos, será claramente ressaltado por Fernand Braudel.

Pois se o capitalismo é somente "uma ordem" entre outras do conjunto das que constituem a vida econômica, e se sua atividade se apóia constantemente nessa economia de mercado que o sustenta, então nunca poderá apoderar-se em toda a sua extensão e profundidade de todo o conjunto das realidades econômicas, as quais, de sua posição dominante, controla e em certas ocasiões subordina. Logo, junto a espaços plenamente integrados ao capitalismo sempre haverá vastas zonas fora de sua lógica e até de seu domínio que permanecerão apenas dentro da legalidade de funcionamento da economia de mercado e inclusive na órbita e coerência do simples autoconsumo e auto-reprodução da vida ou civilização material.

E mesmo mais além da economia, uma vez que o capitalismo é incapaz, estruturalmente falando, de abarcar e subsumir em si mesmo toda a ordem econômica, também será incapaz de apoderar-se ou de subordinar a totalidade do tecido social, da política ou da cultura de uma sociedade qualquer. Mesmo que se infiltre no conjunto das hierarquias sociais e se estabeleça no interior da classe dominante, alia-se ao Estado e busca dominá-lo parcialmente, e se faz presente na cultura, forçando-a a funcionar em grande medida em benefício de seus próprios interesses.[16] Não consegue, todavia, submeter e fazer funcionar de acordo com sua lógica, de maneira global e absoluta, esses distintos "conjuntos" da vida social. E isso precisamente porque o capitalismo não é idêntico à modernidade. Embora ambos originem-se simultaneamente, e dentro do mesmo espaço geográfico do planeta, não se movem, no plano de suas temporalidades específicas, nem dentro do mesmo registro nem da mesma lógica geral.

Como já mencionamos, Braudel distingue claramente — como fizeram Marx e a imensa maioria dos autores do século XX que trataram dessa temática — modernidade e capitalismo. Se, por um lado, explica a modernidade como o resultado principal desse conjunto de revoluções de estruturas de longa duração histórica que antes evocamos, por outro, também insiste no fato de que é justamente esse nascimento e desenvolvimento da modernidade que, pela primeira vez na história, abrem as portas ao capitalismo para que este possa prosperar em grande escala, apoderando-se de uma parte importante da atividade econômica e instalando-se em pontos-chave da mesma, ao mesmo tempo em que penetra, escala e deforma em benefício próprio, em medida significativa, o conjunto restante das ordens sociais, políticas e culturais da modernidade.

Mas se o capitalismo não domina nem pode dominar toda a ordem social, e se não foi ele que engendrou a modernidade como sua simples "superestrutura" ou conjunto subordinado e complementar de realidades derivadas, então é possível se perguntar e refletir sobre possíveis modernidades não-capitalistas, modernidades alternativas e qualitativamente distintas das que vivenciamos até hoje e que poderiam realizar-se, constituir-se e desenvolver-se após o fim do capitalismo.

Essa é outra lição que podemos extrair da obra de Fernand Braudel. Pois, a partir de sua perspectiva, quantos capitalismos existiram? Quantas modernidades? Se formularmos o problema em termos temporais, e tendo em vista o que expusemos, parece ser clara a resposta: existiram basicamente dois capitalismos e duas modernidades. Uma "primeira modernidade pré-industrial" anterior a esse ponto de condensação histórico que, na perspectiva da longa duração, abarca os anos entre 1750 e 1850, modernidade que teria acolhido em seu seio esse "primeiro capitalismo" erroneamente chamado "mercantil" dos séculos XIII-XVIII. E logo depois uma segunda modernidade "ainda vigente", que seria igualmente o marco de um "segundo capitalismo" dos séculos XIX e XX.

---

[16] Ver Braudel (1979, v. 2, p. 407-536).

Todavia, Braudel insistiu reiteradamente na importância que poderia ter refletir também sobre as "etapas geográficas" do capitalismo, deslocando a análise que habitualmente se realiza em termos temporais ou de periodização para o plano espacial dessa mesma problemática. A rigor, todo o seu esquema das economias-mundo — e sua análise dos sucessivos centramentos, descentramentos e recentramentos da economia-mundo européia moderna e capitalista dos séculos XIII-XX — pode justamente ser lido como um desenvolvimento importante dessa precisa linha de investigação que, junto com outras variáveis, incorporaria também essa dimensão geográfica ou espacial da história do capitalismo.

Logo, a partir desse outro ponto de vista intelectual, poderíamos voltar a perguntar: quantos capitalismos e modernidades existiram até hoje? E responder, com uma certa leitura da obra de Braudel, que pelo menos, e considerando somente o espaço limitado da pequena Europa ocidental, existiram duas modernidades e dois capitalismos diversos. Uma primeira modernidade, de caráter latino-mediterrâneo, que se vincula mais ao comércio e às finanças do que à produção e que, conseqüentemente, orientou-se mais ao consumo, qualitativo e diversificado, dos produtos que cria, em uma lógica que não apenas aceita mas que inclusive cultiva o luxo, operando então de forma refinada, complexa e permanente sobre as formas das coisas. Uma modernidade de matriz latina e logo católica, rica na recriação das mediações, rebuscada na manifestação dos fatos e dos discursos, e profundamente barroca quanto à sua sensibilidade geral. E, em contraposição a ela, uma segunda modernidade de caráter norte-europeu, que ao alçar o trabalho e a produção ao primeiro plano da vida social constituiria uma modernidade mais austera e autocontida, cultivando muito mais o conteúdo que a forma das coisas e impulsionando uma certa "moral do lucro", mais estrita e produtiva, que se projetaria igualmente sobre o tecido social geral. Modernidade de matriz germânica e logo protestante, que estabelece vínculos mais diretos e imediatos entre as pessoas e as coisas, que economiza em suas manifestações reais e discursivas e que demonstra uma sensibilidade que visa sempre mais ao interior, ao trabalho "de si mesmo", que aos outros e ao exterior.[17]

---

[17] As teses de Braudel sobre essas duas Europas civilizatórias podem ser encontradas, por exemplo, em *Grammaire des civilisations* (1987:338-453), onde, ademais, ele volta ao tema da Revolução Industrial e da industrialização da Europa; e também em "En France, le refus de la Réforme" (1997d). Alguns textos que poderiam permitir desenvolver mais detidamente essa tese das duas modernidades, não obstante ainda pouco trabalhada, são: Elias (1989); Simmel (1989 e 1990), entre outros. Além de, obviamente, o trabalho clássico de Max Weber, *A ética protestante e o espírito do capitalismo*.

Duas modernidades que, por sua vez, são acompanhadas de dois diversos projetos de possíveis "capitalismos" e cuja luta no seio da economia-mundo européia foi tão claramente retratada e explicada na obra braudeliana *Civilização material...* com o resultado que já conhecemos: a modernidade que finalmente se "exportou" e se tentou impor em quase todo o mundo — com a exceção importante da América hispano-portuguesa dos séculos XVI-XVIII — foi a modernidade norte-européia, marginalizando e desqualificando progressivamente, em um longo e complexo processo de séculos, a modernidade mediterrâneo-católica, que foi ao final derrotada como projeto histórico possível, sendo inclusive também submetida a esse projeto vencedor e logo dominante do capitalismo e da modernidade surgidos no espaço do Norte da Europa.

O capitalismo não é então igual à modernidade, e esta tampouco é idêntica à civilização. E mesmo que cada uma dessas realidades ou fenômenos se apóie e se imbrique naquele que o sucede, nada impede que possam voltar a separar-se e, inclusive, que se utilizem os elementos de qualquer um deles para combater ou enfrentar os outros. Então, é possível pensar em modernidades não-capitalistas, assim como em diversos caminhos civilizatórios de acesso à modernidade.

Nas circunstâncias atuais, em que o sistema capitalista moderno parece haver entrado em uma crise definitiva e em uma possível etapa de "bifurcação histórica",[18] essa distinção, e dialética diferencial, entre civilização européia — mas também e igualmente qualquer outra civilização do planeta —, modernidade e capitalismo parece resultar particularmente útil e relevante, com a condição de se trabalhar e refletir seriamente sobre ela e sobre suas múltiplas derivações e implicações.

Fernand Braudel, que não foi defensor nem admirador do capitalismo, muito pelo contrário, perguntou-se explicitamente se o capitalismo sobreviveria à sua crise atual. E de maneira um pouco pessimista respondeu que, a julgar pela experiência histórica prévia, o mais provável é que sobreviva. Todavia, e apesar dessa conclusão que lhe ditava a vasta análise histórica que desenvolvera, não deixou de esboçar, como possibilidade aberta, ainda que difícil, outra saída alternativa a essa mesma crise. E então escreveu: "Uma revolução lúcida — mas poderia existir algo assim? E, se por milagre chegasse a existir, as circunstâncias sempre tão determinantes lhe permitiriam conservar esse privilégio da lucidez por muito tempo? —, uma revolução que

---

[18] Como sugere, a nosso ver acertadamente, Wallerstein (1995).

enfrentaria muitos problemas para demolir tudo o que há para demolir, mas conservando ao mesmo tempo tudo aquilo que seria importante conservar: ou seja, uma liberdade como fundamento, uma cultura independente, uma economia de mercado sem amarras, junto com um pouco de fraternidade. Talvez seja pedir demais".[19] Nós, muito mais otimistas que Fernand Braudel, pensamos que é uma tarefa sem dúvida dificílima porém cada vez mais urgente, próxima e possível.

Bibliografia

BRAUDEL, Fernand. Histoire et sciences sociales. La longue durée. In: BRAUDEL, F. *Écrits sur l'histoire*. Paris: Flammarion, 1969.

_____. *Civilisation matérielle, économie et capitalisme, XVe-XVIIIe siècles*. Paris: Armand Colin, 1979. 3v.

_____. *La dynamique du capitalisme*. Paris: Arthaud, 1985.

_____. *Grammaire des civilisations*. Paris: Arthaud-Flammarion, 1987.

_____. *Escritos sobre a história*. São Paulo: Perspectiva, 1992.

_____. Commerce et puissance maritime au début des temps modernes. In: *Les écrits de Fernand Braudel. Les ambitions de l'histoire*. Paris: Fallois, 1997a. p. 347-57.

_____. Expansion européenne et capitalisme: 1450-1650. In: *Les écrits de Fernand Braudel. Les ambitions de l'histoire*. Paris: Fallois, 1997b. p. 301-45.

_____. Les villes-monde après 1784. In: *Les écrits de Fernand Braudel. Les ambitions de l'histoire*. Paris: Fallois, 1997c.

_____. En France, le refus de la Réforme. In: *Les écrits de Fernand Braudel. Les ambitions de l'histoire*, Paris: Fallois, 1997d. p. 405-16.

ECHEVERRÍA, Bolívar. La "forma natural" de la reproducción social. *Cuadernos Políticos*. México (41), 1984.

_____. Modernidad y capitalismo: quince tesis. *Review*, 14(4), Fall 1991.

_____. El concepto de capitalismo en Braudel y en Marx. In: *Primeras jornadas braudelianas*. México: Instituto Mora, 1993.

_____. *Las ilusiones de la modernidad*. México: Unam/El Equilibrista, 1995.

ELIAS, Norbert. *El proceso de la civilización*. México: Fondo de Cultura Económica, 1989.

LEPETIT, Bernard. La larga duración en la actualidad. In: *Segundas jornadas braudelianas*. México: Instituto Mora, 1995.

---

[19] Braudel, 1979, v. 3, p. 544.

MARX, Karl. *El capital*. México: Siglo XXI, 1975.

____. *Elementos fundamentales para la crítica de la economía política. Grundrisse*. México: Siglo XXI, 1976.

ROJAS, Carlos Antonio Aguirre. *El problema del fetichismo en El capital*. México: Unam, 1984.

____. Between Marx and Braudel: making history, knowing history. *Review*, 15(2), Spring 1992.

____. Dimensiones y alcances de la obra de Fernand Braudel. In: *Primeras jornadas braudelianas*. México: Instituto Mora, 1993.

____. La larga duración: in illo tempore et nunc. In: *Segundas jornadas braudelianas*. México: Instituto Mora, 1995.

____. Die "longue durée" im Spiegel. *Comparativ, Leipziger Beiträge sur Universalgeschichte und vergleichenden Gesellschaftsforschung*. Leipzig, 6(1), 1996a.

____. *Fernand Braudel y las ciencias humanas*. Barcelona: Montesinos, 1996b.

SANTOS, Boaventura de Sousa. *Pela mão de Alice. O social e o político na pós-modernidade*. Porto: Afrontamento, 1994.

____. *Toward a new common sense*. New York: Routledge, 1995.

SIMMEL, Georg. *Philosophie de la modernité*. Paris: Payot, 1989.

____. *Philosophie de la modernité II*. Paris: Payot, 1990.

WALLERSTEIN, Immanuel. *The capitalist world-economy*. New York: Cambridge University Press/Maison des Sciences de l'Homme, 1979.

____. *The politics of the world economy*. Cambridge: Cambridge University Press/Maison des Sciences de l'Homme, 1984a.

____. *El moderno sistema mundial*. México: Siglo XXI, 1984b. 2v.

____. *The modern world-system*. San Diego: Academic Press, 1989.

____. *Geopolitics and geoculture*. Cambridge: Cambridge University Press/Maison des Sciences de l'Homme, 1991a.

____. *Unthinking social science*. Cambridge: Polity Press, 1991b.

____. The West, capitalism, and the modern world-system. *Review*, 15(4), Fall 1992.

____. Braudel sobre el capitalismo o todo al revés. In: *Primeras jornadas braudelianas*, México: Instituto Mora, 1993. p. 71-83.

____. *After liberalism*. New York: New Press, 1995.

10

O Mediterrâneo antigo

*Fábio Duarte Joly**

Fernand Braudel é um dos historiadores franceses cuja obra exerce grande influência no universo acadêmico, seja no campo dos estudos históricos, seja no da sociologia,[1] áreas em que sua teoria das temporalidades estimula reflexões e debates acerca do modo de se conduzir a análise do passado e também do presente. Essa teoria, bem como a proposta de uma geo-história, Braudel aplicou sobremaneira ao estudo do Mediterrâneo, mar ao qual dedicou toda uma vida e obra para compreendê-lo em suas variações ao longo do tempo, chegando a ponto mesmo de torná-lo um personagem histórico. No entanto, é ainda pouco divulgado que Braudel não se dedicou apenas ao Mediterrâneo do século XVI, legando também aos que admiram sua obra um estudo voltado para esse mar desde a pré-história até a Antiguidade. O próprio autor, ciente dessa mudança de rumo, adverte os leitores no prefácio a *Memórias do Mediterrâneo*: "Como talvez seja do conhecimento do leitor, sou um especialista do século XVI mediterrâneo. Por curiosidade, e até mesmo por necessidade, investiguei todo o seu passado, li quase tudo o que de válido encontrei sobre o mar antigo ou moderno. Todavia, a minha pesquisa pessoal só se reporta, de fato, ao período que decorre entre 1450 e 1650".

Fernand Braudel não viveu o suficiente para ver esse livro publicado e citado como parte de sua vasta obra, iniciada com o magistral *O Mediterrâneo e o mundo mediterrânico à época de Filipe II*, de 1949. Justamente 20 anos

---

* Doutorando em história econômica — FFLCH/USP. Agradeço ao professor Marcos Antônio Lopes pelo incentivo para que eu escrevesse este artigo e pela leitura do texto. Também sou grato aos professores Norberto Luiz Guarinello e Rafael de Bivar Marquese pelos comentários e sugestões.

[1] Ver Giddens (1989), que se utiliza de Braudel para discutir as relações espaço-tempo.

após essa publicação é que lhe surgiu a oportunidade de escrever uma história antiga do Mediterrâneo. Em 1969 o editor Albert Skira, planejando uma coleção sobre o Mediterrâneo, convidou Braudel a escrever não só acerca dos séculos XVI e XVII, mas também sobre o passado remoto desse mar, desde as origens até Roma. No entanto, com a morte de Skira em 1973, o projeto da coleção foi abandonado, e Braudel, que já se dedicava ao segundo volume de *Civilização material, economia e capitalismo*, não deu mais atenção a seu manuscrito. Este veio à luz na França apenas em 1998, com o título de *As memórias do Mediterrâneo* (*Les mémoires de la Méditerranée*).[2]

Trata-se de uma obra de fôlego, não só porque cobre um largo período de tempo, do paleolítico à fundação de Constantinopla, mas ainda pelo domínio de uma grande e variada bibliografia. Braudel mostra-se a par das publicações então recentes sobre o Oriente, a Grécia e Roma, embora obviamente não domine plenamente as respectivas documentações arqueológicas e sobretudo literárias. Mas não é o caso aqui de se deter nessas eventuais limitações nem de cotejar suas conclusões com o estado atual das pesquisas, muitas das quais naturalmente deveriam ser revistas após mais de 30 anos de investigações nos campos da pré-história e da história antiga.

Interessa-nos, pelo contrário, convidar o leitor a conhecer essa obra de Braudel por meio de uma breve apresentação das idéias principais que norteiam sua descrição do Mediterrâneo antigo. Entre essas, a que mais o ocupa, constituindo até mesmo uma das linhas de força de sua narrativa, é a que diz respeito à unidade do Mediterrâneo. A partir de que momento é possível falar que esse mar cercado por três continentes e por populações heterogêneas tornou-se unificado? Por que determinados povos, como os fenícios, os etruscos e os gregos, embora tivessem tido a oportunidade, não conseguiram realizar o que coube ao "destino" de Roma, isto é, converter o Mediterrâneo em um *Mare nostrum*? Essas indagações, por sua vez, são recorrentemente balizadas por comparações com o Mediterrâneo da época moderna, com Braudel buscando as estruturas de longa duração que permitem respondê-las, um procedimento que, aliás, não deixa de ser explicitado pelo historiador quando, no prefácio, afirma: "apesar de, seguramente, nada se repetir, tudo tem a ver com tudo, através do longo e brilhante passado do Mediterrâneo". Tendo em vista esse ponto de partida, Braudel propõe-se ela-

---

[2] Sirvo-me aqui da tradução portuguesa, adaptando a ortografia nas citações, quando necessário. Os números de páginas citados no corpo do texto se referem a essa edição. As informações acima retirei do preâmbulo do editor francês, que está incluído na edição portuguesa.

borar uma história do mar nos seus aspectos econômicos, políticos e culturais, sempre pressupondo o Mediterrâneo como um espaço à mercê de fatores climáticos e geológicos que, em última instância, impõem limites e oferecem possibilidades à ação humana e, conseqüentemente, às incessantes trocas por vias terrestres e marítimas.

Apesar de o Mediterrâneo ser para Braudel uma realidade geográfica, apenas se torna uma entidade histórica quando começa a ser navegado pelos homens, que com seus barcos realizam trocas comerciais e intercâmbios culturais, num processo que pode ser dividido em quatro momentos. Inicialmente, nos dois primeiros capítulos, Braudel descreve as características geológicas e o "mecanismo climático" do Mediterrâneo, ou seja, o palco onde se desdobrarão as atividades humanas, bem como os seus tempos pré-históricos. Em seguida, no terceiro capítulo, apresenta o momento de "nascimento do mar", quando a Mesopotâmia e o Egito iniciam seus avanços fluviais e marítimos e esboçam uma primeira unidade do Mediterrâneo. Nos capítulos quarto e quinto, Braudel se detém no momento de crise desse sistema, suas respectivas razões e sua principal conseqüência, que foi o início da preponderância da parte ocidental do Mediterrâneo. Inaugura-se assim o quarto momento da formação histórica do mar, quando entram em cena fenícios, etruscos, gregos e romanos (capítulos sexto a oitavo). Vejamos então, em suas linhas gerais, e com o risco de simplificar o vivo quadro traçado pelo autor, como se apresentam esses momentos.

Braudel inicia seu livro comentando a constituição geográfica do mar, especificamente a oposição entre planícies e montanhas como um dos fatores geográficos que mais diretamente condicionaram a interação humana no Mediterrâneo.[3] A passagem a seguir resume bem esta posição:

> De um modo geral, o desenvolvimento da vida terá sido mais espontâneo nas terras altas, utilizáveis tais como eram, do que nas orlas baixas do litoral mediterrânico. Exclusivamente acessíveis ao homem enquadrado nas sociedades obedientes, as planícies a corrigir nascem do trabalho ombro a ombro e da sua eficácia. Elas encontram-se no pólo oposto às terras altas e escarpadas, pobres, livres, com as quais dialogam porque a tal são obrigadas, mas não sem temor. A planície sente-se e pretende-se superior; sacia a fome, e fá-lo com alimentos escolhidos; mas continua a ser uma presa fácil, com as suas cidades, as suas

---

[3] Logo, Braudel inicia o livro da mesma maneira que fizera em *O Mediterrâneo e o mundo mediterrânico à época de Filipe II*, cujo primeiro capítulo é dedicado a questões de ordem geográfica, como a descrição das características das montanhas e planícies da orla mediterrânea. Ver Braudel (1966:22-76).

riquezas, os seus campos férteis, os seus caminhos abertos. (...) Qualquer civilização vitoriosa, próxima do mar interior, definir-se-á obrigatoriamente como uma maneira de utilizar e conter o montanhês ou o nômade, de usar da astúcia com cada um deles ou, se possível, de os manter a ambos à distância.[4]

Esse esquema Braudel aponta como válido seja para a Grécia arcaica, seja para a Itália sob domínio da Roma republicana, seja até mesmo para a Mesopotâmia.[5] Mas isso não quer dizer que ele não estivesse ciente de que a geografia não é a única chave de explicação histórica. Assim, como que se antecipando a possíveis críticas, sustenta que "a geografia (...) é um formidável utensílio para explicar, caso não lhe atribuamos um determinismo elementar. Ela clarifica e põe problemas sem, contudo, os resolver".[6] Como observou François Dosse, a ênfase de Braudel em uma geo-história decorre de sua preocupação em estabelecer aquilo que denomina estruturas da história, ou seja, tudo o que pertence à ordem do observável (elementos climáticos, vegetais e animais de um quadro geográfico) e que condiciona a existência humana.[7] Em *As memórias do Mediterrâneo*, Braudel retorna com essa questão, ao salientar que "o homem é vítima das forças naturais que o rodeiam como de si mesmo, dos seus hábitos, dos seus apetites, dos seus príncipes (...). "O marinheiro do Mediterrâneo teve de ser, por acréscimo, camponês e jardineiro; os setores marítimos filiformes, limitados geralmente por uma montanha próxima, não bastavam, pois é o mar longínquo que os faz viver."[8]

Logo, o Mediterrâneo inicia sua entrada na história quando os homens lançam-se nele em busca de sua sobrevivência. Braudel situa esse momento entre o quinto e o terceiro milênios, no período da revolução neolítica, quando, ao longo da extensão do mar, começa a despontar a prática regular da agricultura e da criação de animais, além da confecção da cerâmica e tecidos; formam-se as primeiras aldeias, e "o mar se povoa de um número crescente de barcos".[9] Contudo, ainda nesse momento e durante a idade do bron-

---

[4] Braudel, 2001:20, 22.

[5] Ibid., p. 92.

[6] Ibid., p. 161.

[7] Ver Dosse (1992:137). Dosse, no entanto, não deixa de ser crítico quanto a esse ponto: "Ao não utilizar um conceito teórico, Fernand Braudel flutua no grau descritivo das diferentes instâncias do real, em que a única coisa que se poderia afirmar é que o homem, as classes, os grupos sociais só desempenham papel insignificante. Para o resto, aplica um determinismo muitas vezes mecânico a partir das condições naturais (clima, solo, geomorfologia) ou do estado das técnicas. Tudo se aplica como causa no seu relato" (ibid., p. 142).

[8] Braudel, 2001:161.

[9] Ibid., p. 67.

ze, a unidade do Mediterrâneo permaneceu precária, pois pendia mais para leste do que para oeste, centrada que estava na Mesopotâmia e no Egito:

> Mesmo antes de ser constituído, o sistema das relações mediterrânicas encontra-se desequilibrado para leste. Com efeito, o Mediterrâneo construiu-se a partir das exigências e das possibilidades destas duas enormes personagens, uma que toca mal, mas diretamente no mar, o Egito; a outra, a Mesopotâmia, que utiliza, na orla do "mar Superior", a intermediação ativa dos portos da Síria.[10]

Além do Egito e da Mesopotâmia, a ilha de Creta é apresentada como um importante entreposto comercial ligando a Europa, a Ásia e a África.[11] Contudo, a unidade do Mediterrâneo nesse contexto ainda é imperfeita, pois apenas uma parte do mar é singrada pelos barcos, o "Mediterrâneo do Levante". Mas, a despeito dessa situação, Braudel insiste nos rudimentos de uma unidade cultural, de uma cultura mediterrânica já nesse momento. Para tanto, apresenta como evidência os monumentos megalíticos que se espraiam nas zonas litorâneas, sobretudo nas ilhas (Malta, Sardenha, Baleares, Inglaterra, Irlanda etc.), e nas costas do Norte da África, da Espanha e da França. Em sua opinião, esse fenômeno cultural é, provavelmente, decorrência de viagens marítimas, talvez de aventureiros que partiam do Oriente em busca de minas de metal.[12]

Ao longo da idade do bronze, os traços distintivos das sociedades orientais, devido ao próprio impulso econômico favorecido pela metalurgia do bronze e as trocas decorrentes, são o fortalecimento de uma economia palaciana e a formação de um próspero grupo de comerciantes, que "manejam o dinheiro dos pagamentos com desenvoltura, conhecem mesmo ordens de pagamento, cartas de câmbio e pagamentos por compensação — o que prova que os instrumentos do capitalismo surgem naturalmente, assim que as circunstâncias se apresentam".[13] Para Braudel, o capitalismo nasce no Oriente,[14] mas trata-se sobretudo de um capitalismo comercial, personalizado por uma categoria social específica, a dos negociantes vinculados ao comércio marítimo. A essa altura é interessante notar que, mesmo afastando-se de Marx, para quem era essencial a relação entre capital e mercado de trabalho

---

[10] Braudel, 2001:94.
[11] Ibid., p. 142.
[12] Ibid., p. 109, 116.
[13] Ibid., p. 125.
[14] Ibid., p. 96, 99, 122.

livre para a definição do capitalismo,[15] Braudel apresenta um quadro da vida econômica do Egito e da Mesopotâmia que se contrapõe àquela imagem tradicional que via nas sociedades orientais, com seu regime centralizado de governo, um obstáculo ao desenvolvimento do capitalismo, por restringir o grau de liberdade de circulação do capital privado.[16]

Esse momento da história do Mediterrâneo veio no entanto a sofrer uma grave crise no século XII a.C., ocasionada simultaneamente tanto por deficiências estruturais internas quanto por fatores de ordem climática. Quanto a este último ponto, Braudel, tratando o clima como um agente histórico, utiliza-o para oferecer uma interpretação alternativa a tal crise, que, em sua opinião, foi constituída por um conjunto de quatro acontecimentos: o fim do império hitita por volta do ano 1200 a.C., a destruição dos palácios micênicos em torno de 1230 a.C., a invasão do Egito pelos chamados povos do mar e suas derrotas em 1225 e 1180 a.C. e, por fim, "um longo período de seca [que] atormenta o Mediterrâneo nos finais do II milênio". E acerca deste último elemento Braudel indaga: "Não seria esta última personagem, o clima, a mais importante de todas?" Logo, "hititas, micênios e povos do mar teriam sido vítimas não dos homens, mas de uma seca que ocorre todos os anos, alongando desmesuradamente os meses de verão e dizimando as culturas. (...) As cidades micênicas morrem devido a essa crise prolongada e porque se encontram numa zona particularmente seca". E os povos do mar nada mais são do que "uma mistura de povos que a fome atira para as estradas".[17] No entanto, o próprio Braudel apressa-se em afirmar que as variações climáticas não explicam tudo e que a crise do século XII também deita raízes na fragilidade da economia comercial do Egito e da Mesopotâmia. Entra em cena então o desequilíbrio na distribuição de bens por meio de trocas como um fator de instabilidade entre os povos:

> Antes de mais, seguramente, trata-se da fragilidade deste primeiro comércio de longo curso que assentava sobre as trocas de produtos de luxo, servindo as necessidades e as exigências de círculos estreitos, ou seja, da camada mais sofisticada da sociedade de então. Essas civilizações desabrochantes não teriam talvez mais do que a espessura de uma folha de ouro. A economia palaciana já tinha sofrido uma deterioração lenta e visceral, muito tempo antes do século XII catas-

---

[15] Sobre essa relação em Marx, ver Grespan (1998:101-2); ver também Dosse (1992:146).

[16] Essa é, por exemplo, a posição de Max Weber na segunda edição de sua obra *Relações agrárias na Antiguidade*, de 1909. Ver Weber (1992:31).

[17] Ibid., p. 174, 179, 182.

trófico. A guerra custa muito caro, as ligações à distância também. Ora, a sociedade não-privilegiada revolta-se, e a sociedade privilegiada não cumpre o seu dever.[18]

O resultado geral dessa crise foi que, do século XII ao século VIII a.C., o Oriente assistiu a guerras e invasões, como a dos citas, provenientes das estepes asiáticas. Simultaneamente, houve uma migração de povos indo-europeus para o Ocidente, deslocando para aí o eixo da história do Mediterrâneo. A partir do século VIII a.C. essa história pautar-se-á por três processos: a colonização do Mediterrâneo ocidental por fenícios, etruscos e gregos, ocasionando uma "primeira unidade dinâmica do mar interior"; o desenvolvimento da civilização grega; e, por fim, a posse do Mediterrâneo por Roma.[19]

Ao narrar esses eventos, vez por outra Braudel utiliza comparações com a história moderna européia, sobretudo no tocante ao papel comercial das cidades. Assim, por exemplo, quando se refere a Cartago, colônia fenícia no Norte da África, escreve:

> No fim do século VIII, Cartago importava cerâmicas coríntias, vasos de *bucchero* etruscos e uma grande quantidade de objetos egípcios. Porque em Corinto, na Etrúria e no Egito, o comércio púnico era dos mais ativos. Também Veneza importará e reexportará sem pena, no século XV da nossa era, os produtos manufaturados do sul da Alemanha. Os holandeses, transportadores dos mares, procederão do mesmo modo no século XVII, comprando aqui, vendendo ali, praticando ainda na Insulíndia, sempre que possível, uma troca primitiva. Os cartagineses sempre foram transportadores, comprando com uma mão e vendendo com a outra.[20]

A partir do século V, numa conjuntura de guerras entre gregos e persas em que os fenícios aparecem ao lado dos últimos, começa o declínio de Cartago, que recebe o golpe final dos romanos em 146 a.C. Também os etruscos, nos séculos V e IV a.C., não conseguiram realizar uma conquista do Mediterrâneo, nem sequer uma unidade da península itálica, conseqüência que Braudel atribui à falta de coesão das cidades etruscas, "ciosas de sua independência" e cujas assembléias anuais são mais "assembléias religiosas" do que "um organismo político".[21] Aliás, semelhantemente, Braudel apontara

---

[18] Weber, 1992:183.
[19] Ibid., p. 203.
[20] Ibid., p. 220.
[21] Ibid., p. 235.

em Cartago uma incompatibilidade entre um espírito capitalista — no sentido weberiano do termo — e uma "mentalidade religiosa retrógrada", como se a religião tivesse obstruído o desenvolvimento da vida econômica cartaginesa.[22] No entanto, se por um lado, neste último caso, os gregos representam para Braudel um avanço, devido ao seu "espírito aberto" — e não por acaso o historiador delonga-se em descrever aspectos da ciência grega —, por outro, a dispersão das cidades gregas e as suas rivalidades contínuas impossibilitaram um esforço conjunto para dominar o espaço mediterrânico, processo que Braudel novamente explica com paralelos modernos: "O drama das cidades gregas é um pouco o das cidades do Renascimento italiano. Nenhuma — nem Florença, nem Veneza, nem Gênova, nem Milão — soube ou pôde construir a unidade da Itália. (...) O culminar deste processo é a chegada do bárbaro, do macedônio".[23]

Com Alexandre apresenta-se o momento de uma potencial unidade mediterrânica, mas que não chegou a se concretizar, uma vez que ele preferiu voltar-se ao Oriente. Mas, Braudel não deixa de conjecturar que "é tentadora a imagem de uma Siracusa tornando-se, com Alexandre, a metrópole do mar interior, de um império grego triunfando tanto de Roma como de Cartago, prolongando até nós, ocidentais, um helenismo direto, sem a mediação e o *écran* de Roma".[24] Todavia, se o Mediterrâneo permitiu que o império construído por Roma se tornasse um espaço de trocas materiais e culturais, tal espaço começou a se esfacelar precisamente quando Roma decidiu afastar-se do mar para ampliar seu poderio. "Afastar-se do mar é enfraquecer, alongando as linhas de reabastecimento, desafiando o vazio desértico ou oceânico, ou até o semivazio dos países primitivos como a Germânia."[25] Com a fundação de Constantinopla no século IV, transferindo o centro do império para o Oriente, coube ao cristianismo transmitir a herança de Roma. "É com este rosto, esta mensagem que a antiga civilização chega até nós."[26] Assim termina *As memórias do Mediterrâneo*, e não tanto bruscamente se pensarmos que tal conclusão como que introduz *a posteriori* o quadro traçado em *O Mediterrâneo e o mundo mediterrânico à época de Filipe II*, em que o mar divide-se essencialmente entre duas grandes civilizações, a latino-cristã, de matriz romana, e a turco-islâmica.

---

[22] Weber, 1992:226-7.
[23] Ibid., p. 272.
[24] Ibid., p. 275.
[25] Ibid., p. 318.
[26] Ibid., p. 343.

Findo esse breve esboço da narrativa braudeliana, cabe notar, à guisa de conclusão, que, em primeiro lugar, Braudel, ao escrever uma "história total" do espaço mediterrânico desde a pré-história até a Antiguidade, distancia-se do estado atual dos estudos clássicos, cada vez mais marcados por uma especialização que deixa em segundo plano qualquer visão de conjunto. Além do mais, inova ao procurar inserir na narrativa não só os aspectos econômicos, mas também os geográficos e culturais. No entanto, seu método não deixa de apresentar pontos críticos no tocante à descrição das sociedades antigas. Refiro-me à quase ausência de menção a conflitos entre grupos no interior de uma mesma sociedade. Braudel se detém muito pouco nas relações vigentes de exploração do trabalho e suas conseqüências para a estabilidade social e política das cidades orientais, gregas ou romanas. A escravidão, por exemplo, apesar de condenada por Braudel, não ocupa lugar em sua obra. Quando os escravos são mencionados, é porque são mercadorias e, portanto, passíveis de trocas.[27]

O conflito, para ele, situa-se em outro patamar: são "povos" que travam disputas entre si para ampliar suas redes de trocas comerciais e a extensão política de seus territórios. O Mediterrâneo é o palco onde se desdobram tais eventos, os quais, por sua vez, são avaliados por sua maior ou menor competência em estabelecer uma unidade do mar. As censuras de Braudel às cidades gregas e suas equivalentes modernas, as cidades italianas renascentistas, situam-se nesse contexto, pois ele relaciona a falta de unidade política com a incapacidade de construir um espaço unificado de trocas econômicas. Estabelece assim uma relação entre poder político e desempenho econômico, idéia aliás já presente em *O Mediterrâneo e o mundo mediterrânico à época de Filipe II*, onde Braudel apresenta os Estados territoriais menores, como a Inglaterra e os Países Baixos, como mais capacitados para a competição econômica no Mediterrâneo do século XVII.[28]

Se, por um lado, como bem observou R. Bin Wong, a obra de Braudel sobre o Mediterrâneo teve o grande mérito de oferecer uma análise histórica alternativa, não mais ancorada exclusivamente nos Estados nacionais ou num mundo considerado em sua totalidade geográfica,[29] descortinando novas perspectivas de pesquisa, por outro, não se pode afirmar categoricamente

---

[27] Também a conceituação de capitalismo adotada por Braudel, mais voltada para seus aspectos comerciais, contribui para que negligencie o tema da exploração. Ver Fontana (1998:210).

[28] Ver Bin Wong (2001:23-4).

[29] Ibid., p. 6.

que o historiador francês tenha se desvencilhado por completo de categorias originárias da moderna história européia ao voltar-se para períodos anteriores, como bem prova o seu *As memórias do Mediterrâneo*, livro que ainda está por ser devidamente analisado e situado no conjunto de sua obra.

Bibliografia

BRAUDEL, Fernand. *La Méditerranée et le monde méditerranéen a l'époque de Philippe II*. 2 ed. Paris: Armand Colin, 1966.

____. *As memórias do Mediterrâneo*. Lisboa: Terramar, 2001.

DOSSE, François. *A história em migalhas*. São Paulo: Unicamp/Ensaio, 1992.

FONTANA, Josep. *História: análise do passado e projeto social*. Bauru: Edusc, 1998.

GIDDENS, Anthony. *A constituição da sociedade*. São Paulo: Martins Fontes, 1989.

GRESPAN, Jorge Luís da Silva. *O negativo do Capital: o conceito de crise na crítica de Marx à economia política*. São Paulo: Hucitec, 1998.

WEBER, Max. *Storia economica e sociale dell'Antichità: i rapporti agrari*. Roma: Riuniti, 1992.

WONG, R. Bin. Entre monde et nation: les régions braudéliennes en Asie. *Annales HSS, 1*, 2001.

11

A história da civilização latino-americana*

*Carlos Antonio Aguirre Rojas***

> *América... Não é a explicação fundamental da Europa? Por acaso esta não descobriu, inventou e celebrou a viagem de Colombo como o maior acontecimento da história?*
>
> Fernand Braudel

A expansão da pequena economia-mundo européia aos mais diferentes cantos do planeta e sua dilatação, até alcançar as dimensões de toda a economia mundial, constituem, para Fernand Braudel, o processo central da história moderna entre os séculos XV e XIX. Reconhecendo, como Marx e outros autores anteriores, essa recente gênese da *verdadeira história universal* empreendida pela irradiação em escala planetária do pequeno continente, Braudel situa no centro de sua reflexão a pergunta mais importante a responder em toda explicação histórica sobre o período de nossa atual modernidade: por que a Europa?[1]

Pergunta inquietante e fundamental do *métier* historiográfico contemporâneo, que, longe de ter sido resolvida, encontra-se, todavia, de acordo com a consideração braudeliana, prestes a ser adequadamente formulada e esclarecida. E, no entanto, constitui, sem dúvida, uma das chaves mestras — se não a principal — da elucidação de boa parte da história dos homens nos últimos 10 séculos de sua existência.

---

* Tradução de Fábio Duarte Joly.
** Professor da Universidade Nacional Autônoma do México.
[1] Ver o capítulo "L'Europe conquiert le monde", na obra coletiva organizada por Braudel, *L'Europe*. Ver também Rojas (1996:157-77).

Isso porque, muito além das diversas razões da "superioridade" do "pequeno cabo asiático", que é a entidade "Europa", no processo de construção de uma história humana em escala mundial, é indubitável que nesse mesmo processo encontram-se tanto a gênese do "Ocidente" contemporâneo quanto o diálogo, hoje em andamento, entre as formas de historicidade oriental e ocidental, e, com ele, alguns dos elementos basilares da recém-criada história universal. Justamente nas distintas modalidades e etapas dessa disseminação européia sobre o globo terrestre é que se definem os contornos da fisionomia que tem hoje nosso planeta.

A expansão dessa economia-mundo européia, que já dura meio milênio, é tão diferenciada e multiforme como o são as distintas histórias particulares daquelas zonas em que essa expansão busca realizar-se. Assim, enquanto no distante Oriente, na populosa Índia e na velha e milenária China, a Europa defronta-se com civilizações densas e duradouras, fortemente arraigadas em seus espaços vitais e difíceis de serem realmente atingidas nas estruturas mais profundas, no coração da África meridional, situada abaixo do deserto saariano, é a natureza hostil e então pouco humanizada a força que detém os europeus, limitando seus pontos de ocupação aos contornos externos de ambas as zonas mencionadas. Serão esses imensos obstáculos, humanos ou naturais, que limitarão em ambos os casos essa expansão européia, ou o simples reconhecimento do "outro", o mero estabelecimento de um contato ou vínculo permanente entre ambas as civilizações ou entre uma civilização e diversas culturas, ou, em outro caso, um processo sobretudo *destrutivo*, que desarticula a velha civilização *sem* substituí-la claramente por outra nova, alternativas que só se modificariam, nos dois casos mencionados, e mesmo assim apenas parcialmente, no século XIX.

Por sua vez, algo diferente ocorreu com o Islã e com sua brilhante civilização. Esta última se encontra ou já funcionalmente bem conectada com a própria economia-mundo européia, ou ocupando esse largo corredor entre a Ásia e o Mediterrâneo que resulta, em parte por suas próprias características, pouco atrativo para o olhar dos europeus. Fato similar ao que ocorreu, nesses momentos iniciais da expansão européia, com o vasto território da Rússia que, metade ocupado e metade vazio, situava-se então justamente na encruzilhada entre decidir-se a tomar o partido do Ocidente que começava a expandir-se e o distante Oriente que lhe é contíguo. Como ficou conhecido bem mais tarde no século XVIII, e muito mais por iniciativa russa do que européia, esse gigante territorial acabará conectando-se organicamente com o projeto da historicidade ocidental, em detrimento de sua vertente ou modalidade oriental.[2]

Nessa aventura de incursões pelos quatro cantos do planeta, a Europa teve sorte diversificada. Uma vez que, "com raríssimas exceções, nunca houve lugar para duas civilizações em um mesmo território",[3] a Europa não pôde superar a instalação da configuração moderna da velha dialética Oriente/Ocidente nem naquelas regiões do Velho Mundo povoadas por civilizações tradicionais da Índia e da China, nem na zona natural hostil e pouco fecunda do Islã. E se, nesses três casos mencionados, foram os homens comprometidos com outras vias de historicidade que tornaram impossível uma expansão européia mais orgânica, na África meriodional foi mais a natureza exuberante que, durante séculos, desempenhou o papel de freio para os europeus.

Mas há, na visão de Fernand Braudel — apesar desses relativos "fracassos" da expansão européia —, dois grandes êxitos compensatórios: a enorme Rússia, com sua própria "invenção" ou prolongamento siberiano, e a jovem América, localizada nesse "traje incomensuravelmente grande" que é o vasto e complexo espaço do continente americano. A Europa cresce e dá à luz essas "Europas fora da Europa", que são seus verdadeiros triunfos, seus resultados mais proveitosos, justamente ali onde "o terreno não estava ocupado ainda pelos outros ou onde se podia dispensar suas populações e suas frágeis culturas: assim como em uma parte da América, na Sibéria, na Nova Zelândia, ou mesmo na Austrália, ela mesma um continente, e praticamente vazio (...)".[4]

Porém, se o êxito russo é, mais do que mera expansão da economia-mundo européia à Ásia, uma forma de encontro e interconexão mutuamente almejada por ambas as partes, e, além disso, um sucesso relativamente tardio — que só adquiriu dimensões consideráveis a partir do século XVIII —, o êxito americano é, em contrapartida, muito mais precoce e, ademais, muito mais organicamente realizado, elaborado mais profundamente e de uma maneira que, embora bastante acidentada e reiteradamente retomada, obteve, ao final, resultados muito mais globais. Para Braudel, "a América é o produto da Europa, a obra na qual esta última melhor revela a sua essência".[5] Em outras palavras, é sobretudo no Novo Mundo, e precisamente durante o

---

[2] Para uma explicação mais detalhada dos casos aqui mencionados, ver Braudel (1966). Ver também Rojas (1996:109-26).

[3] Braudel, 1986:36.

[4] Braudel, 1982:126

[5] Braudel, 1984a, v. 3, p. 324.

"longo século XVI",[6] que se constitui a primeira etapa das grandes incursões da Europa "fora de sua casa", onde se constrói lentamente essa "Europa fora da Europa" por excelência que é o mundo americano.

Com essa invenção ou reconstrução radical e profunda da América pelos europeus tem início a formação do mundo ocidental contemporâneo, conferindo-lhe, ao mesmo tempo e pela primeira vez na história humana, sua verdadeira condição de história *universal*. Ao conectar-se organicamente com a América, a Europa conecta aquela com todo o velho continente, inaugurando assim a biografia da moderna história do mundo.

Dessa conexão fundamental entre a economia-mundo européia e o subcontinente latino-americano pretendemos desenvolver, apenas a título de exemplo, duas de suas principais derivações. Em primeiro lugar, a que concerne ao papel específico, demasiado *fundamental* e até agora ainda não suficientemente apreciado, que terá a América na *constituição* do capítulo *inicial* da vida do atual capitalismo e da moderna história universal. Um papel de primeira ordem, sem o qual a história ulterior da modernidade e do capitalismo não seria compreensível. Em segundo lugar, e para observar também o outro lado desse processo, o problema do impacto também profundo que essa mesma conexão com a Europa em expansão terá no processo de construção do mapa étnico-demográfico da própria civilização latino-americana.

I

A [América Latina] (...) até pouco tempo estava muito adiantada em relação à outra América, foi a primeira América rica e, por isso mesmo, a primeira a ser cobiçada.

Fernand Braudel

O descobrimento e "invenção" da América por parte da pequena Europa é, na verdade, o resultado do desenvolvimento da segunda grande onda expansiva que vive a civilização européia nos séculos XV e XVI, momento em que essa civilização já tinha superado seu período formativo e conseguido constituir-se de maneira coerente em uma nova economia-mundo. Pois, se no grande movimento histórico das Cruzadas, o primeiro desses grandes ciclos

---

[6] Braudel, 1961:246-7.

expansivos, nascera essa economia-mundo européia, e a entidade "Europa" tinha unido definitivamente suas duas matrizes constitutivas fundamentais — a velha matriz da Europa mediterrânea com a mais recente Europa dos germanos, que despontou na história do século IV em diante —, é igualmente certo que esse movimento confinou-se praticamente aos velhos limites tradicionais que já antes tinham sido atingidos pelos núcleos civilizatórios que conformam a própria entidade européia. Recuperando então a velha zona européia mediterrânea oriental, e incorporando-a nessa dinâmica bipolar da nascente economia-mundo européia, essa primeira onda expansiva da Europa se detém inicialmente "dentro de casa", declinando posteriormente diante dos golpes da peste negra e da forte recessão econômica provocada pelo início da grande ramificação descendente do *trend* secular.[7]

Esse primeiro movimento de irradiação esgota-se dentro da própria Europa, o que não o impede também de prepará-la para sua ulterior aventura universal. É precisamente nesse momento que a Europa mediterrânea, então dominante no interior da economia-mundo européia, consolida o circuito marítimo de ligação entre sua ampla zona setentrional e o próprio espaço mediterrâneo. Deixando em segundo plano a antiga conexão terrestre que deu origem às feiras de Champanhe ao longo da rota francesa de ligação entre o Norte italiano e os Países Baixos, a rota marítima que cruza o estreito de Gibraltar e que sobe por esse "quarto Atlântico", que é o mar do Norte,[8] cria a "fachada atlântica da Europa", esse conjunto de portos e litorais que se voltam para o Atlântico e que, com o desenvolvimento dessa conexão marítima dos dois grandes pólos europeus, se reanimam, se povoam e intensificam sua atividade econômica, direcionando-a para o exterior.[9] Assim, essa "animação da fachada atlântica da Europa ou, ao menos, de alguns de seus setores, Andaluzia e Portugal, será o prelúdio necessário da época dos grandes descobrimentos".[10]

Quando Espanha e Portugal descobrem a rota oceânica até as Índias Orientais e sobretudo o continente americano, defrontam-se com uma tarefa que, sem dúvida, excedia a medida de suas possibilidades estritamente nacionais, obrigando a entrar em jogo toda a economia-mundo européia. Pois, além da conquista e submissão dessas ricas e densas "civilizações do

---

[7] Braudel, 1984a, v. 3, p. 55-7.
[8] Braudel, 1976, v. 1, p. 295.
[9] Braudel, 1984b.
[10] Braudel, 1976, v. 1, p. 299.

milho",[11] que são as civilizações asteca, maia e inca, a tarefa que se impõe aos conquistadores é a verdadeira construção de um mundo novo em um espaço superabundante, em um âmbito geográfico que se apresenta persistentemente, como já ressaltamos, com um "traje incomensuravelmente grande" para as populações humanas aqui existentes.[12] Como se empreende então, durante esse longo século XVI — que finda em 1650, na concepção de Braudel —, essa construção ou "invenção" da América que a incorpora plenamente na corrente da história universal? Quais são as principais conseqüências dessa incorporação?

Seguindo a linha de interpretação braudeliana, podemos dizer que o século XVI vivenciado pelo Novo Mundo não é, paradoxalmente, um século americano, mas um século "europeu" da história da América. E isso em vários sentidos. Em primeiro lugar, porque a América constitui-se nessa época na principal e mais importante "empresa" da expansão européia. Muito mais que na nova rota oceânica do comércio com o Oriente — que se trata finalmente de uma nova forma de vinculação de uma antiga conexão já outrora estabelecida —, é no Novo Mundo que se concentram os esforços dessa pequena península da Ásia que é a Europa. Visto da perspectiva global do processo que então começa a realizar-se, o mencionado processo de formação do mercado mundial capitalista e da universalização da história, torna-se evidente a grande relevância desse capítulo americano que inaugura, estritamente falando, a história moderna do mundo.

Em segundo lugar, a América vive esse clima de século europeu na medida em que suas populações autóctones parecem querer "desaparecer" de seu próprio território, deixando o espaço livre para os conquistadores, devido à incapacidade de aceitar o profundo choque traumático dessa conquista européia. Apesar das discussões em curso sobre as cifras prováveis da população indígena, antes e depois da chegada dos europeus à América, já está suficientemente claro o verdadeiro declínio catastrófico das dimensões demográficas absolutas das grandes culturas americanas.[13] Isso talvez deva ser explicado não apenas pela debilidade biológica das populações nativas diante dos vírus trazidos pelos europeus — elemento sem dúvida central e repeti-

---

[11] Braudel, 1984a, v. 1, p. 125. Braudel (1986:38) diz mais precisamente que se trata de civilizações em processo de consolidação, ou seja, mais de culturas do que de civilizações, mas assinala que essas culturas já tinham criado "povos muito evoluídos, sociedades densas, culturas mais que respeitáveis (...) que despertam admiração".

[12] Braudel, 1966:372-3.

[13] Ver Braudel (1984a, v. 1, p. 12-20).

das vezes enfatizado por Braudel —, mas também como uma forma de "suicídio coletivo" realizado em grande escala por uma civilização que resiste a ser submetida e explorada por outra. No século XVI, a população indígena decresce vertiginosamente quase até a sua extinção, ao passo que a Espanha está em condições de enviar ao Novo Mundo, entre 1500 e 1600, apenas aproximadamente 100 mil homens.[14] Portanto, o problema da debilidade crônica de homens na América continuará persistindo durante muito tempo sem qualquer solução.

Em terceiro lugar, a América vive esse momento "europeu" inicial de sua história porque é pelos seus metais preciosos que se podem explicar o auge e a "decolagem" da economia-mundo européia durante o século XVI. A América é explorada sistematicamente para suprir a mercadoria monetária que a Europa então requer para superar o estreito "parâmetro medieval" de suas trocas monetárias e conseguir integrar uma parte maior de sua economia nas formas financeiras da interconexão social. Não é por acaso que esse primeiro grande afluxo de metal americano coincide com a rápida substituição das formas de economia natural pelas formas de economia monetária, tanto no pagamento das rendas em espécie e, em seguida, das rendas em dinheiro, como no recolhimento de impostos, agora exigidos sob forma monetária pelos diferentes Estados nacionais a seus súditos. Assim, a América é a base oculta da *mercantilização e monetarização generalizadas* que se desenvolvem velozmente em todo o conjunto das relações sociais, no interior dessa economia-mundo européia do século XVI, mercantilização e monetarização que são, como explicou claramente Marx, as condições imprescindíveis para o desenvolvimento do modo de produção capitalista e da modernidade burguesa que o acompanha.

Mas o problema não se encerra por aqui. Na verdade, inclui uma verdadeira revolução de algumas *estruturas de longa duração*. A contínua sangria que o mundo americano realiza de seus metais preciosos em benefício da Europa não apenas permitiu a esta criar uma nova escala de funcionamento financeiro cotidiano, mas também pôs fim a um antigo equilíbrio monetário, de longa duração, que abastecia a Europa de ouro e prata, a partir das minas de ouro do Sudão e das próprias minas de prata da Europa central. O ouro e sobretudo a prata americanos encerram esse regime monetário europeu de longa duração — adaptado a uma sociedade pré-capitalista em que, como explicou Marx, o valor de uso predomina na economia, confinando a existên-

---

[14] Ver Braudel (1976, v. 1, p. 552).

cia das formas financeiras a uma escala sempre relativamente pequena —, regime que vigorou até o século XV. Ao chegar a seu término, essa estrutura monetária que atravessou séculos simultaneamente instaura uma nova, que irá além da própria Europa, prolongando-se aos últimos confins do planeta, até mesmo à distante China.

Trata-se do nascimento do *primeiro circuito econômico realmente planetário* da história humana, da primeira rede estritamente universal do mercado mundial capitalista em germe. Com a importante revolução técnica estimulada pela introdução do método do amálgama no processamento do minério da prata (introduzido em 1557 na Nova Espanha e em 1571 em Potosí), aumentou enormemente o fluxo desse metal rumo à Europa.[15] Esta é literalmente inundada pelas quantidades de prata que chegam da América, que não só provocam a tão citada e estudada "revolução dos preços" européia, mas que levam a Europa à condição de mero *elo intermediário* que terá a função de distribuir também para o Oriente distante uma parte importante desse mesmo metal. E visto que a prata se valoriza constantemente ao longo desse grande itinerário que abrange desde a zona mediterrânea européia até as "necrópoles de metais preciosos" que são a China e a Índia, numa proporção de troca com o ouro que passa de 12/1 para 4/1, é lógico que acabou por se formar uma nova estrutura monetária de longa duração e de alcance realmente universal. Assim, "esse eixo Itália-China, que parte da América e dá a volta ao mundo, seja pelo Mediterrâneo, seja pelo cabo da Boa Esperança, pode ser considerado uma estrutura, uma característica permanente e primordial da economia mundial que continuará em primeiro plano até o início do século XX".[16]

Forma-se então essa nova arquitetura da longa duração, que também afetou de maneira decisiva a própria história interna da Europa, adiando em quase um século a realização de sua tendência mais profunda de recentramento em torno de sua zona norte. Pois, como já mencionamos, os diferentes ciclos expansivos dessa economia-mundo européia são acompanhados simultaneamente de transformações e deslocamentos que ocorrem no interior dessa própria economia. A aventura da Europa "fora de casa" instaurou uma dialética na qual suas incursões externas se fazem acompanhar de — e

---

[15] Braudel, 1976:630-2.

[16] Ibid., p. 661. A esse respeito, Braudel (1984a, v. 3, p. 57) dirá que, quando "as minas de prata do México recebem o golpe brutal da revolução de 1810, o que então cambaleia é a ordem econômica do mundo inteiro, desde a China até as Américas".

se inter-relacionam de distintos modos com — mudanças profundas realizadas "dentro de casa".

Se na origem mesma da economia-mundo européia constituíram-se os dois pólos centrais que animam seu movimento expansivo, sem predomínio de qualquer um deles, com o movimento das Cruzadas essa dominação transferiu-se para Veneza, que durante mais de um século comanda o conjunto da economia-mundo européia e cria a fachada atlântica a que nos referimos. Mas esse domínio da Europa mediterrânea sobre a Europa do norte apenas expressa o grande peso da história passada na civilização européia, no interior da qual subsiste o fato de que é, na verdade, a Europa setentrional a mais jovem e viva de ambas. E assim como na copa de uma árvore os núcleos mais centrais são os de menor tempo de vida e mais recente formação, assim a Europa dos antigos povos germanos apresenta-se, nessa mesma metáfora braudeliana, como a Europa mais nova em comparação à tradicional e mais velha Europa mediterrânea. Esta última está demasiado recortada na "medida" do mar Mediterrâneo, que sempre foi um de seus suportes principais, se não o mais importante.[17] Mas agora a Europa tomou uma escala mundial, e a dimensão das tarefas que isso lhe impõe revelar-se-ia como apenas adequada à hegemonia da Europa nórdica mais jovem.[18]

Sem dúvida, se a consolidação da economia-mundo européia corre paralelamente com a afirmação dessa tendência geral a deslocar a hegemonia de sua zona mediterrânea para a zona setentrional, a irrupção da maré metálica americana e a consolidação de seu itinerário planetário trabalham em sentido contrário ao afirmar, através de suas rotas específicas, a primazia da Europa do sul. Em virtude do fluxo americano, e do manejo e controle que Gênova começa a ter de todas as finanças espanholas desde 1550-60, produz-se um adiamento ou atraso na realização dessa tendência geral, conferindo todavia a hegemonia a essa cidade genovesa mediterrânea no restante do longo século XVI. Os genoveses, "ao oferecerem-se para substituir os comerciantes da Alta Alemanha como financiadores do rei católico, colocam as mãos nos tesouros da América, e sua cidade se converte no centro de toda a economia européia no lugar de Antuérpia".[19] Dessa maneira, o relógio eu-

---

[17] Diz Braudel (1976, v. 1, p. 248) claramente: "O Mediterrâneo contribuiu não pouco, de sua parte, para opor-se à unidade da Europa, atraindo-a para si e dividindo-a em proveito próprio". Eis uma das fontes desse eterno diálogo Norte/Sul que constitui também uma constante da longa duração da civilização européia, predominando sobre a também existente divisão da Europa entre suas porções ocidental e oriental.
[18] Ver Braudel (1982:142-4).
[19] Braudel, 1984a, v. 2, p. 238.

ropeu se atrasa em sua marcha, como conseqüência do movimento e dos compassos peculiares da recém-montada maquinaria americana.

Mas não por muito tempo, pois "em meados do século XVII encerra-se o grande capítulo, de importância mundial, da prata americana".[20] A Europa entra então no famoso século de depressão de sua economia, que a faz retornar um pouco a si mesma e que desacelera todo o ritmo de suas diversas atividades econômicas. Nesse momento, assiste-se, em linhas gerais, ao verdadeiro fim da hegemonia mediterrânea dentro da economia-mundo européia, que, ao deslocar-se para a dominação de Amsterdã, cidade norte-européia, encerra definitivamente a antiga supremacia do Mediterrâneo europeu que não mais iria se recuperar. A civilização européia pende de uma vez por todas para sua zona nórdica, que doravante sustentará sobre seus ombros a tarefa da crescente e cada vez mais complexa expansão dessa economia-mundo da Europa para o resto do mundo.

Por outro lado, isso repercutiu diretamente na evolução posterior da recém-"inventada" América. Com o declínio do Mediterrâneo e da Europa meridional que o envolve, a América hispano-portuguesa foi um pouco "abandonada" à sua própria sorte durante o século XVI, o que lhe permite começar o trabalho de "si sobre si mesma" — inaugurando assim um novo "século americano" de sua história e ganhando "uma primeira organização do espaço econômico"[21] mais autônoma e autocentrada —, implicando também uma reacomodação fundamental de suas duas grandes áreas constitutivas. Pois "a Europa do norte e a Europa do sul reconstituíram suas divergências e oposições do outro lado do Atlântico",[22] e então, com o deslocamento definitivo da supremacia para a Europa setentrional, também se inicia um deslocamento no Novo Mundo que transforma a América — inicialmente pobre e dos pobres do norte do continente — no que será a futura América rica e imperialista de nossa época. Ao mesmo tempo, a América hispano-portuguesa, que fora, no início da "invenção" da América, a América rica e poderosa, que inaugurava a história universal e as primeiras redes mundiais do mercado capitalista e que detinha o relógio europeu inundando a Europa dos metais que lhe eram indispensáveis para seu ingresso na modernidade, converteu-se lentamente na América Latina, sucessivamente explorada por espanhóis e portugueses, por holandeses, ingleses e europeus em geral, e, finalmente, pelos norte-americanos.

---

[20] Braudel, 1976, v. 1, p. 711.
[21] Braudel, 1984a, v. 3, p. 327.
[22] Ibid., p. 345.

II

[Na América Latina] *as três raças combinaram-se: nenhuma delas foi forte o suficiente para conseguir eliminar as outras.*

Fernand Braudel

Se a América Latina foi *fundamental* para tornar possível o relançamento universal da Europa através do mundo, e se sua integração e impacto em escala igualmente planetária constituem o capítulo inicial da história da atual modernidade capitalista, também é certo que essa incorporação ao processo de real universalização da história transformou-a de maneira radical e definitiva ao desencadear — depois do século XVI — os principais processos que hoje definem suas estruturas e perfis fundamentais. O que, por exemplo, e abordando apenas uma de tantas linhas possíveis contidas na tematização braudeliana sobre a civilização latino-americana, torna-se evidente no processo de configuração do "mapa étnico" específico de nosso subcontinente. Processo de complexa e multideterminada constituição demográfica da América Latina que ao longo dos últimos cinco séculos vai desenhando, sucessivamente e dentro dos distintos espaços do vasto subcontinente latino-americano, as diversas "Américas étnico-demográficas" que ainda hoje convivem dentro das várias nações da América Latina.

Distintas Américas, coexistentes dentro da América Latina contemporânea,[23] que não apenas testemunham a riqueza e a diversidade dos componentes civilizatórios desta última, mas que constituem, por sua vez, referências explicativas essenciais dos diferentes comportamentos e relações econômicas, das figuras sociais e políticas e dos universos culturais presentes ao longo da história latino-americana dos últimos 500 anos.

Buscando então reencontrar, a partir dessa problemática específica, as perspectivas de análise da longa duração da história,[24] tentemos reconhecer como é que vai se reunindo e se constituindo esse mapa particular das diferentes Américas étnicas no complexo jogo das contendas demográficas, das migrações intermitentes e do tráfico forçado de homens, tudo isso no diálogo difícil mantido entre as populações e o espaço latino-americano.

---

[23] Sobre esse ponto, ver Braudel (1990).

[24] Ver Braudel (1968). O próprio Braudel tratou de explicar a história latino-americana a partir dessa ótica da longa duração em seu livro *Las civilizaciones actuales*.

A primeira América de que podemos falar, dentro desse lapso dos últimos cinco séculos, é a América *indígena*, a das civilizações pré-colombianas que sofreram diretamente o impacto da invasão e da conquista européias. Uma América que conseguiu *reconhecer* todo o território do que hoje é a América Latina, mas que, por múltiplas razões — uma das quais é precisamente a das peculiares condições que requer a produção de cereais e das plantas de que se alimenta —, apenas pôde ser habitada por *densas* civilizações em aproximadamente uma quinta parte desse mesmo território, em 3 milhões de quilômetros quadrados, dos 14 ou 15 milhões que ele abarca.

América indígena, estruturada em torno de suas três mais importantes culturas — a asteca, a maia e a inca —, que será também, durante o "longo século XVI" de que nos falam os historiadores, a América primeiro submetida à conquista espanhola e logo estabelecida como o espaço dos primeiros assentamentos definitivos dos conquistadores europeus e, por conseguinte, a *primeira América pós-colombiana*, a única realmente ocupada pelos homens durante esse longo século XVI que será o século da "utopia européia na América", esse século mais "europeu" do que americano da história latino-americana de que já falamos e que apenas concluirá seu ciclo de vida aproximadamente em 1650.

Primeira América indígena que, apesar de explorada, submetida e questionada em todas as dimensões existenciais e vitais de sua antiga civilização, permanece tenazmente apegada a seus territórios originais, vinculada aos mesmos espaços geográficos que antes ocupava e como que soldada, em uma história de longa duração, ao mesmo mapa territorial que lhe pertencia antes da chegada de Cristóvão Colombo a nossas terras. América índia de longa duração, que, como se sabe, submergiu durante os séculos XVI e XVII em uma crise demográfica de enormes proporções,[25] crise que a reduzirá a uma décima parte das proporções que possuía antes da conquista e que só se deterá no final do século XVII, permitindo então a lenta recuperação que caracteriza uma parte importante do século XVIII.

Portanto, enfrentando desde uma quase total extinção até um processo combinado de parcial recuperação, ou, em outro caso, uma mistura e mestiçagem intensa com outros grupos demográficos que aparecerão no subcontinente, essa América indígena sobreviveu até nossos dias, dentro dessa mesma América que ela forjou a princípio e da qual ela constitui agora esse componente ou protagonista indígena que é elemento central das várias

---

[25] Ver, por exemplo, Borah (1982). Para uma interessante discussão das distintas cifras propostas dessa depressão, ver Braudel (1984a, v. 1, p. 12-6).

nações latino-americanas, como uma das personagens da história profunda de países como México,[26] Guatemala, Peru ou Bolívia.

A segunda América que hoje podemos reconhecer, dentro do complexo jogo da evolução latino-americana, é a América branca, dos brancos europeus que migraram para a América Latina e também de seus descendentes nascidos já em solo americano. América que, estando muito mais submetida em seus ritmos de evolução demográfica às vicissitudes e reveses da história européia, encontra-se então caracterizada por uma curva evolutiva cheia de paradoxos. América dominante em uma grande parte das hierarquias sociais e políticas da história latino-americana dos séculos XVI ao XIX, essa América branca tem sido, contudo, durante esse mesmo período, uma América minoritária e frágil diante das outras, desenhando sobre o mapa latino-americano algumas bem definidas manchas — geralmente urbanas nessas épocas — de sua própria presença. Pois, se durante todo o século XVI a Espanha não enviou à América mais do que cerca de 100 mil homens, durante o século XVII esse fluxo demográfico cessou quase a ponto de desaparecer, deixando então essa "Europa americana" um pouco abandonada à sua própria sorte e, conseqüentemente, limitada por suas próprias forças e capacidades de auto-reprodução demográfica.

Nesse sentido, ao mesmo tempo em que a Europa decai e se afunda na depressão econômica do século XVII, a América Latina começa a viver seu primeiro século realmente "americano", organizando autonomamente sua economia, criando seus primeiros mercados regionais e desenvolvendo suas primeiras manufaturas importantes. E, na ausência de contribuições migratórias significativas das metrópoles européias, a América branca trata de auto-reproduzir-se para se manter, ao mesmo tempo em que intensifica, de forma compensatória, o processo de mestiçagem étnica com as populações indígenas ainda em decréscimo. E ainda que a intensidade dos vínculos com a península ibérica tenha decrescido enormemente, essa América de populações brancas continua a organizar a exploração e a primeira colonização dos territórios americanos, chegando a ter o controle, no final do século XVII, de

---

[26] Nessa linha, é interessante ler o polêmico mas inovador trabalho de Batalla (1990). Também vale a pena insistir no que foi essa mesma "América indígena" que em Chiapas, no México, deu origem ao importantíssimo movimento do neozapatismo, que se tornou público em 1º de janeiro de 1994 e desempenhou papel fundamental tanto no impulso da democratização e do renascimento da desobediência civil no México como na busca latino-americana e até mundial de novas alternativas críticas e transformadoras para os novos movimentos sociais anti-sistêmicos. A esse respeito, ver Rojas (1995).

aproximadamente 50% do espaço latino-americano, equivalente a 7 milhões de quilômetros quadrados.

A situação volta a mudar no século XVIII, quando a Europa supera o depressivo século XVII e reanima novamente sua economia e seu movimento de expansão rumo ao exterior. Uma parte da população branca da Europa volta a encontrar a rota do Atlântico em direção à América Latina, atraída pelo florescimento do comércio e do contrabando, e pela prosperidade americana da época. E mesmo que durante todo o século XVIII e os dois primeiros terços do século XIX não se trate nunca de um fluxo demográfico muito importante, sua debilidade foi compensada pela rápida multiplicação do elemento crioulo, que cresce demograficamente ao mesmo tempo em que ganha força e presença sociais nos distintos âmbitos latino-americanos.

Porém, apenas tardiamente, no período de 1870-1920, a América branca se vê realmente fortalecida por uma forte emigração européia que, se assentando nos últimos espaços semivazios ou pouco povoados do território latino-americano, vai então desenhar o mapa dessa segunda América étnica, essa América majoritariamente branca que hoje está presente na Argentina, no Norte do México, no Sul do Brasil e em todo o território do Chile. Zonas de claro predomínio do componente étnico branco, que não por acaso se encontram ligadas ao desenvolvimento da pecuária em larga escala, a uma agricultura muito mais moderna, ou a um desenvolvimento importante das atividades de mineração, segundo os recursos disponíveis a cada uma delas. Vínculo evidente entre população branca e atividades econômicas muito mais tipicamente "européias" em sua origem, que se completa com elevados consumos — e às vezes também produções — de trigo, com comportamentos e costumes menos tradicionais, e até com universos culturais menos religiosos e mais laicos em geral.

A terceira América presente nessa história de meio milênio da América Latina é a América negra, uma América involuntariamente estabelecida em solo americano e que foi fruto do tráfico de escravos realizado pelos conquistadores europeus na rota do subcontinente latino-americano. América negra cujo fluxo iniciou-se debilmente no século XVI e que desde o princípio tendeu a concentrar-se de maneira privilegiada nas zonas das costas atlânticas e das pequenas ilhas da América Latina, mas sem penetrar mais que excepcionalmente nos espaços propriamente internos desse mesmo território latino-americano, não apenas pelo impedimento biológico de que os negros têm dificuldade para viver e trabalhar nas zonas altas e frias da massa continental, mas também pela simples razão econômica de que seus preços se encarecem enormemente à medida que se distanciam dos portos atlânticos americanos em direção ao interior.

Assim, será apenas no século XVIII que ganhará muito mais importância o fluxo forçado da população negra para a América. As minas de ouro do Brasil e o processo de colonização interna que corre paralelamente a seu descobrimento e exploração serão os fatores que provocarão a conformação dessa única América negra que constitui um dos elementos centrais do Brasil contemporâneo e que, unida a essa outra América negra que estende sua rede por todo o "Mediterrâneo americano"[27] que é a região do Caribe latino-americano, delineia essa terceira América que se desenvolve e convive com as demais, ao longo da complexa história latino-americana do período propriamente moderno da história humana.

América negra que será alimentada em grande escala pela forte migração do século XIX. Pois, coincidindo com a colonização e divisão da África pelas várias potências européias, a transferência forçada da população negra até a América alcançará seu apogeu entre os anos de 1820 e 1870, atingindo, segundo alguns autores, a impressionante cifra de 50 mil homens por dia. Enorme fluxo demográfico de nova população negra que então vai inundar o Brasil e as ilhas do Caribe, consolidando de maneira definitiva essa terceira América étnica que, apesar de sua importância quantitativa e de sua grande contribuição qualitativa no plano civilizatório para a história dos povos latino-americanos contemporâneos, permanece sendo a menos conhecida e estudada entre as diversas Américas aqui consideradas.

Finalmente, uma quarta América mestiça, mosaico internamente muito diferenciado e produto da mistura das três Américas citadas, que, além de possuir também suas zonas específicas privilegiadas de desenvolvimento — sobretudo no centro do México e numa zona importante do Norte do Brasil, e praticamente em todas as grandes cidades da América Latina —, constitui uma América que cresce e se fortalece dia a dia, competindo cada vez mais com as outras três Américas que são sua origem materna.

Portanto, a história latino-americana encontra-se apoiada, no que se refere à sua composição étnico-demográfica, nas quatro Américas referenciadas, as quais, na sua condição de estruturas étnicas e demográficas de longa duração — lentas para constituir-se e transformar-se, mas igualmente presentes como elementos essenciais da história profunda do subcontinente —,

---

[27] Para uma explicação, a partir da perspectiva da geografia vidaliana francesa, desse "Mediterrâneo americano", ver as interessantes observações de Maximilien Sorre em La Blanche & Gallois (1928).

explicam, em alguma medida, a singular diversidade e caráter dos povos latino-americanos.

Pois não é certo que ainda hoje em dia essas distintas Américas étnicas reproduzem atitudes culturais e visões de mundo igualmente divergentes? Não se vincula, por exemplo, o elemento indígena com uma das formas de consciência mais comunitárias e com umas modalidades de exercício da democracia mais diretas e autogestoras, que hoje abrem novas possibilidades de concepção para a política e para a organização social? E não se conectaram, quase naturalmente, as Américas brancas com um forte desenvolvimento da pecuária e com tipos de agricultura mais modernos que a média preponderante na América Latina? E não foram por acaso as populações das Américas negras que melhor souberam relacionar o sentido festivo da vida com as atividades políticas, contribuindo assim para dessacralizar essas formas autônomas de poder social que são as figuras e relações do nível da política contemporânea latino-americana? E, por fim, não é por acaso verdade o fato de que, enquanto a mestiçagem étnica avança firmemente e cada vez com mais força na história da América Latina, a "mestiçagem cultural", em contrapartida, esbarra desde o início em obstáculos muito mais complicados e difíceis de superar, que parecem ainda hoje pôr em dúvida a possibilidade de sua concretização e realização vitoriosas no futuro? Trata-se, em todo caso, de complexos e importantes problemas que ainda continuam em aberto na busca de um esclarecimento histórico e crítico dos perfis gerais da possível identidade de nossa complicada civilização latino-americana. Uma civilização hoje angustiada por múltiplos problemas econômicos, políticos, sociais e culturais, mas, ao mesmo tempo, profundamente jovem, viva e, sem dúvida alguma, com um grande futuro.

Bibliografia

BATALLA, Guillermo Bonfil. *El México profundo*. México: Consejo de la Cultura y las Artes, 1990.

BORAH, W. *El siglo de la depresión en Nueva España*. México: Era, 1982.

BRAUDEL, Fernand. European expansion and capitalism: 1450-1650. In: *Chapters in Western civilization*. New York: Columbia University Press, 1961.

_____. *Las civilizaciones actuales*. Madrid: Tecnos, 1966.

_____. Historia y ciencias sociales. La larga duración. In: BRAUDEL, F. *La historia y las ciencias sociales*. Madri: Alianza, 1968.

_____. *El Mediterráneo y el mundo mediterráneo en la época de Filipe II*. México: FCE, 1976.

_____ (dir.). *L'Europe*. Paris: Arts et Metiers Graphiques, 1982.

_____. *Civilización material, economía y capitalismo*. Madrid: Alianza, 1984a. 3v.

_____. Introduction. In: *Le monde de Jacques Cartier*. Montreal: Berger-Levrault, 1984b.

_____. ¿Existe una América Latina? *La Jornada Semanal*, México (72), 28 oct. 1990.

_____. Las Europas fuera de Europa. *Siempre* (1.698), ene 1986. (La cultura en México.)

LA BLANCHE, P. Vidal de; GALLOIS, L. (dirs.). *Géographie universelle*, Paris: Armand Colin, 1928. v. 14: Mexique. Amérique Centrale.

ROJAS, Carlos Antonio Aguirre. Chiapas en perspectiva histórica: motor de tres tiempos. *Ojarasca*, México (44), 1995.

_____. *Braudel y las ciencias humanas*. Barcelona: Montesinos, 1996.

12

Braudel e o Brasil

*Luís Corrêa Lima**

Eu me tornei inteligente indo ao Brasil.

Fernand Braudel

No final de sua vida, um mês antes de morrer, Fernand Braudel participou de um grande colóquio sobre sua obra em Châteauvallon, no Sul da França. Esse encontro permitiu elucidar muitos aspectos de sua vida e obra. Foi lá que ele fez esta declaração: "Eu me tornei inteligente indo ao Brasil. O espetáculo que tive diante dos olhos era um tal espetáculo de história, um tal espetáculo de gentileza social que eu compreendi a vida de outra maneira. Os mais belos anos de minha vida eu passei no Brasil".

Não se trata de uma declaração isolada, nem de uma lisonja, nem de um rompante de saudosismo de quem idealiza o passado. Noutra ocasião, ele esclarece: "O Brasil é a mesma civilização, mas não na mesma idade. Foi efetivamente o Brasil que me permitiu chegar a uma certa concepção da história que eu não teria alcançado se tivesse permanecido em torno do Mediterrâneo".[1] Sem paixão nacionalista, mas com uma justa estima pelo nosso país, podemos tratar dessa passagem de Braudel pelo Brasil, das circunstâncias, dos vínculos e das marcas que ela deixou na trajetória do historiador francês. Ele viveu aqui quatro anos incompletos: de 1935 a 1937, e depois, em 1947, morando em São Paulo e lecionando na recém-fundada USP.

Essa história remonta à hegemonia da cultura francesa em nosso continente. A expressão "América Latina", afirmação da latinidade deste subcon-

---

* Aluno de pós-graduação em história pela UnB e bolsista do CNPq, cuja tese de doutorado, em curso, versa sobre a obra de Fernand Braudel.

[1] Apud Daix (1999:162).

tinente, surgiu no século XIX, com o intuito de construir uma certa unidade e homogeneidade neste espaço, marcando a diferença em relação à América anglo-saxônica. Surge então um sentimento panlatinista, valorizando a herança comum dos países latinos: a civilização greco-romana e o catolicismo. O país de referência da panlatinidade passa a ser a França, por unir essa herança cultural à modernidade do Iluminismo e ao ideal republicano. O francês se torna a língua culta. O florescimento do positivismo no Brasil, com o seu espírito científico, testemunha essa influência. Ela chega até a bandeira da recém-proclamada República. Já na época da Inconfidência mineira, diversos jovens brasileiros se formavam na França. Tempos depois, congregações religiosas católicas imigram e abrem escolas no Brasil, enquanto missões científicas francesas viriam formar faculdades em Ouro Preto, São Paulo e Rio de Janeiro.

Em São Paulo, com a derrota do levante de 1932, os liberais resolvem fundar uma universidade para reconstruir a auto-estima paulista e educar a juventude fora da influência fascista. O jornalista Júlio de Mesquita Filho, de *O Estado de S. Paulo*, torna-se o mentor da nova instituição e faz contato com Georges Dumas para organizar uma missão francesa. Surge a USP, em 1934, de fato a primeira universidade brasileira. Professores de outras nacionalidades também vêm, sobretudo italianos. Entretanto, as ciências humanas são reservadas aos franceses. Diversos professores no início de carreira aqui lecionam, como Lévi-Strauss, Jean Maugüé, Pierre Monbeig e Roger Bastide.

Braudel começou sua vida de professor lecionando em liceu, na Argélia. Lá viveu por 10 anos. De volta à França, tornou-se professor auxiliar na Sorbonne. Um colega seu recebeu o convite para ensinar história da civilização na USP, mas morreu inesperadamente. Dumas procurava desesperadamente alguém para substituí-lo. Braudel foi o único que se apresentou, e foi aceito. A idéia de viver no exterior o seduzia, bem como à sua mulher Paule. Ele partiu só, pois sua mulher acabava de dar à luz e só viria mais tarde. O governo francês, cioso de completar a missão, enviou-o no luxuoso transatlântico Marsília, onde Braudel conheceu muitos homens de negócios que do exterior dominavam a vida econômica do Brasil como representantes de consórcios norte-americanos e de companhias de seguro francesas. Até então, o que conhecia do Brasil era apenas um livro de geografia de Denis. Logo que chegou a Santos, impressionou-se com a ferrovia de cremalheiras que transpunha a serra do Mar até chegar à estação da Luz, em São Paulo. A cidade tinha um único arranha-céu, o Martinelli, que orientava os transeuntes. Se alguém se perdesse no subúrbio, bastava olhar o Martinelli e já sabia que direção tomar. Braudel morou em uma casa na rua padre João Manuel, travessa da avenida Paulista.

Os cursos na USP, dados em francês, tinham como público alguns poucos estudantes filhos da alta sociedade. Depois, o governo paulista buscou alunos no ensino médio por meio de bolsas, chegando a ter mais de 200. Podiam-se notar dois grupos: gente que procurava distração intelectual e outros que buscavam o trabalho universitário sério. Este último acabou se impondo e, nos anos seguintes, começou a assumir o ensino e a direção da universidade. No início, o conhecimento da história européia era muito insuficiente e obrigou a um esforço suplementar. Braudel teve que ensinar simultaneamente história antiga, medieval e moderna. Isso o obrigou a repensar e a reexplicar toda a história. Ele chegava às aulas sem nenhuma anotação, ouvia as questões e ia respondendo. Apesar das deficiências no conhecimento, os alunos eram muito inteligentes e interessados. Quando passava lição de casa, os alunos iam à casa de Braudel, que os ensinava uma segunda vez. Havia avidez intelectual e muito gosto pelo aprendizado, algo exemplar. Os alunos, encantadores, contestadores sob certos aspectos, obrigavam-no a tomar partido a propósito de tudo.

Lecionando no Brasil, ele sentiu recomeçar a própria juventude. Foi algo como separar-se do que já vivia, do que já sabia, do que já compreendia, partindo para uma experiência diferente.[2] Os membros da missão francesa tiveram aqui uma oportunidade profissional e uma liberdade que não tinham em Paris. A universidade parisiense levaria muitos anos para lhes dar voz. Na USP, tinham a docência e um público muito interessado. Puderam dar o melhor de si.[3]

Braudel fez três grandes amigos no Brasil: o filósofo João Cruz Costa, Júlio de Mesquita Filho e Eurípedes Simões de Paula, seu aluno de história. O primeiro era considerado um humanista de um requinte extraordinário. Ele ensinou ao historiador francês o que ler sobre o nosso país e como se comportar. Foi por meio de sua biblioteca que Braudel aprendeu a "ver o Brasil". Foi lá que ele tomou contato com as obras de Jorge Amado e de Gilberto Freyre. Outros autores também chegaram às suas mãos, como Oswald de Andrade, Alcântara Machado e Monteiro Lobato.

Quando veio ao Brasil, Braudel já era um historiador identificado com os *Annales*. Na Argélia, pensou em escrever uma tese sobre a política mediter-

---

[2] Entrevista a Reali Júnior (*Jornal da Tarde*, 28-1-1984).

[3] Ver Maugüé (1982:96).

rânea de Filipe II. Em 1927, Lucien Febvre lhe escreve sugerindo trabalhar o próprio Mediterrâneo, um tema muito mais abrangente e interessante do que o soberano espanhol. Estava em jogo uma mudança de rumo, de uma história ocorrencial, centrada em grandes datas, personagens e eventos, para uma história dos espaços, das sociedades e das economias; uma história que a revista *Annales*[4] iria assumir ao ser fundada em 1929. Depois de refletir um bom tempo (talvez uns dois anos), Braudel acaba optando pelo novo caminho e também pela nova escola historiográfica.

Vale a pena notar que o primeiro número da revista *Annales* traz um artigo de Lucien Febvre sobre a América Latina como campo privilegiado de estudos, encorajando os cientistas sociais a virem para cá. Braudel considerou o Brasil um paraíso de trabalho e de reflexão. Além da sociedade nova que encontrou, havia muito campo de ensino e boas condições de estudo. No verão, ele aproveitava os meses de férias para ir ao Mediterrâneo e pesquisar os arquivos. Durante o ano, utilizava o tempo livre para leituras.[5] Em Argel, um cineasta americano havia-lhe mostrado uma câmara fotográfica precursora do microfilme, útil para copiar papéis e documentos de arquivos. Ele a comprou e, desde então, passou a fotografar toda a papelada interessante que encontrava. No Brasil, dispunha de umas 1.500 fotos e passava dias inteiros lendo documentos.[6]

Em suas aulas e palestras podemos identificar não só o historiador francês, mas já o homem dos *Annales* e da nova história em gestação. Numa conferência em 1936 sobre a pedagogia da história, na Faculdade de Educação, ele diz:

> Faltaria o nosso colega a todos os deveres se só falasse a seus alunos de sociedades, de cheques, de preços do trigo. A essência histórica transpôs lentamente diversas fases: foi a crônica do príncipe, a história de batalhas, o espelho de fatos políticos, mas hoje, pelo esforço de denodados pioneiros, ela mergulha nas realidades econômicas e sociais do passado. São tais etapas como os degraus de uma escada que conduz à verdade. Não sacrifiqueis nenhum degrau quando estiverdes em companhia de estudantes. São perigosas as escadas truncadas. Gostaria de vos convencer ainda mais. Em França o historiador ao ensinar é também geógrafo.[7]

---

[4] *Annales d'Histoire Économique et Sociale*. Hoje o título da revista é: *Annales: Histoire, Sciences Sociales*.
[5] Ver Braudel (1992b:10).
[6] Apud Daix (1999:135).
[7] *Revista de História*, 23:18, 1955.

Na receptividade que encontrou e nos auditórios cheios (uma vez lotou um teatro em São Paulo) percebia o apreço de nosso país pela cultura francesa. Era algo que atiçava nele o orgulho e a nostalgia da grandiosidade da França, um sentimento que o acompanhou por toda a vida, apesar de não se considerar nacionalista.[8] A sociedade nova com suas transformações e contrastes deu-lhe outra percepção da história. Assim como Talleyrand em sua viagem pela América do Sul, Braudel teve a impressão de viajar "para trás na história", como se a Europa de outrora pudesse ser vista e imaginada através do Brasil dos anos 1930, com sua agricultura ainda itinerante, seus desflorestamentos e suas grandes famílias patriarcais sobrevivendo ao avanço impetuoso da modernidade.[9] Uma velha cidade colonial do interior faz Braudel se transportar para a Idade Média européia: "Imaginem uma cidade medieval, de pequeno porte, que trabalha para seu próprio mercado e, quando pode, para mercados longínquos. A loja, onde trabalham duas ou três pessoas, geralmente de uma mesma família, permite ao comprador adquirir produtos fabricados sob seus olhos, ou quase. Ei-nos à vontade, por um instante, no século XVIII, no XVII, mais longe talvez, não importa onde no Ocidente".[10]

Um dia, em 1935, Braudel e sua mulher Paule decidem conhecer a floresta virgem que se estendia pela serra do Mar e pelo litoral paulista. Partem de automóvel com um chofer e um mateiro. Dali a pouco, viam o seu mateiro numa atitude idêntica à de um camponês da Idade Média, tentando abrir a floresta com um facão. No mesmo ano, visitam a Bahia. Como Braudel já era apaixonado por mercados e feiras, Júlio de Mesquita sugeriu-lhe que fosse a Feira de Santana. Com humor, alertou para o risco de encontrarem o bando de Lampião, que atuava na área. O casal achou graça mas ao mesmo tempo ficou receoso, pois dois franceses tinham sido mortos pelos cangaceiros. Chegam a Salvador e ficam encantados com tantas igrejas, candomblé, peixes, camarões e gente bonita. Em seguida, visitam Feira de Santana e seu grande movimento de boiadas. Eufórico, Braudel comprou um traje completo de vaqueiro com chapéu de abas largas, tudo em couro curtido de excelente qualidade. No retorno a Salvador, o automóvel pifou no início da noite. Desceram no escuro, e logo depois surgiu uma enorme nuvem de vaga-lumes. Braudel virou um menino correndo atrás deles e mandava Paule vestir a roupa de vaqueiro para não ser raptada por Lampião.

---

[8] Ver *Une leçon d'histoire...* p. 169-70.
[9] Ver Braudel, P. (1992).
[10] Braudel, 1992a:225.

Esse fato anedótico está ligado a uma comparação que ele fazia, dizendo que "os acontecimentos são como os vaga-lumes nas noites brasileiras: brilham mas não aclaram".[11] Temos aí uma amostra da gênese de sua teoria da longa duração dos movimentos históricos. O que interessa no estudo da história não são tanto os acontecimentos, superfície agitada como as ondas do mar e tão alardeada pela historiografia precedente, mas as sociedades subjacentes com suas permanências e suas mudanças mais lentas.

Braudel ainda não tinha publicado nenhum livro. A tese do Mediterrâneo estava em andamento, mas só seria defendida em 1947 e publicada dois anos depois. Nos seus anos brasileiros ele publicou alguns artigos no jornal *O Estado de S. Paulo*, nos quais transparece a sua admiração pelo país. Um dos textos mais representativos dessa etapa talvez seja o que ele escreveu na revista de seus alunos da USP, intitulado "Conceito de país novo".[12] Trata-se de uma comparação entre a Argélia, onde ele viveu, a França, seu país de origem, e o Brasil, com seus aspectos originais. Aí ele tenta elaborar o conceito de país novo.

Poderia a Argélia ser um país novo? Jamais ele acreditou nisso. Tal idéia é inseparável de uma característica de mocidade. Como cidade, São Paulo é um centro urbano bastante antigo, mas como cidade grande é de ontem e, portanto, nova. A Argélia, em sua nova fase, parece datar de 100 anos, pois foi conquistada em 1830, mas é somente no século XX que se processa seu grande desenvolvimento econômico. A colonização francesa promove uma ocupação nas planícies sublitorâneas vazias ou quase vazias, região de águas estagnadas, de animais selvagens e de malária. Uma experiência em "tábula rasa" em que se misturam elementos humanos provenientes de todo o Mediterrâneo ocidental, italianos do Mezzogiorno, corsos da costa e da montanha, franceses meridionais, imigrantes da Alsácia, espanhóis do Levante etc. Na vasta Argélia formam-se três ou quatro pedaços da América.[13]

Nas outras regiões, entretanto, a sociedade aborígine impede a produção do fenômeno americano. No Marrocos e na Tunísia as sociedades aborígines são ainda mais impermeáveis e de penetração mais difícil que na Argélia. Se a tentativa francesa tivesse se desenvolvido de modo geral sobre uma folha em branco, os resultados econômicos seriam muito maiores do que são. Esses países entrariam totalmente na categoria de países novos. Não

---

[11] Entrevista a Napoleão Sabóia (*O Estado de S. Paulo*, 26-11-1995. p. D5).
[12] Ver Braudel (1936).
[13] Ibid., p. 6.

cabe censura, pois a colonização francesa encontra sua justificação moral justamente nesse alargamento da sociedade autóctone norte-africana.[14]

Países novos poderiam ser aqueles cujo desenvolvimento econômico é refreado pela rigidez dos elementos sociais? Na França, a sociedade é dotada de uma coerência, de uma disciplina e de exigências que nem sempre convêm ao seu melhor rendimento. São exigências que vão contra a lógica da economia. A cada passo, os problemas econômicos se entrelaçam com as reclamações sociais. "Produzir" é a voz de comando das sociedades novas, "repartir", a dos velhos mundos. A política tem como papel conciliar o econômico e o social, e nem sempre o faz em benefício do econômico. No Brasil, sobretudo em São Paulo e no Sul, a situação é diferente da Europa. Muitas vezes, observadores qualificados da vida paulista dizem: "Entre nós não existe questão social". Obviamente, trata-se de uma tirada espirituosa, no sentido de que, se existe, ela não se apresenta como na França. Não há aqui uma sociedade com divisões como se fosse um jardim segmentado. A sociedade brasileira possui extrema flexibilidade. Há uma maleabilidade espantosa da massa social, sempre predisposta a se remodelar do princípio ao fim da escala, quaisquer que sejam as condições econômicas, entregue ao sopro das idéias e ao progresso com todas as suas inovações, uma maleabilidade com borrascas que outras sociedades não poderiam suportar.

Na sociedade francesa, um movimento contínuo faz subir a todo tempo elementos dos níveis inferiores para as camadas mais elevadas da sociedade, mas apenas no que é necessário para restaurar e conservar o alto do edifício. Ele é constantemente renovado, mas é sempre o mesmo. No Brasil, os movimentos verticais têm força de torrente tanto na ascensão quanto no naufrágio. Além disso, há estranhas correntes horizontais que arrastam o médico para o magistério, do magistério para a política, da política para as fazendas de café ou de algodão. A existência na França decorre numa linha precisa, enquanto nos países novos há um notável ziguezague, uma imprecisão da mocidade. Essa maleabilidade social é o elemento mais importante para se caracterizar um país novo.

Quais seriam, então, os países novos? Não é o Egito, nem a Índia, nem o Japão, nem a Abissínia nas vésperas da ocupação romana. Não são as civilizações pré-colombianas de México, Bolívia e Peru. Não é a África austral com as suas sociedades aborígines. São, na verdade, a Argentina e o Brasil de tipo paulista. Há reservas quanto ao Canadá e aos Estados Unidos, onde se julga

---

[14] Braudel, 1936:7.

que a sociedade se consolida progressivamente. A Austrália e a Nova Zelândia se aproximam do conceito, mas são inteiramente inglesas, muito submissas ao padrão e à ordem da metrópole.[15]

Alguns imaginam São Paulo uma futura Chicago. Se essa imagem for realidade, a sociedade terá perdido a mobilidade que é causa de muitas das suas misérias, mas também a sua atração e a sua força sobre a natureza. As sociedades, mesmo as mais fluidas, tendem a uma certa ordem, que por sua vez não é eterna. Há um ciclo da ordem à dispersão e da dispersão à ordem. O Brasil, no tocante à sua realidade social, desaparece do Atlântico quando da navegação à vela. A navegação a vapor vai-lhe trazer uma massa de imigrantes ali por 1890, e ele deixa de ser um país jovem. Pressionada pelas circunstâncias, bombardeada por exércitos de recém-chegados, a velha sociedade se abala, amplia suas malhas e salva de sua ordem primitiva tudo o que pode, incluindo sua língua e religião. Aí o Brasil se torna um país novo.[16]

Esse artigo de Braudel mostra a sua reflexão tentando apreender a novidade do país em que ele se encontrava. Essa estada no Brasil termina em outubro de 1937, por causa de sua nomeação, em Paris, para a Escola Prática de Altos Estudos. Ao embarcar de volta à França, em Santos, ele encontra Lucien Febvre, que voltava de uma série de conferências em Buenos Aires. Tiveram a oportunidade de conviver intensamente durante os 20 dias da viagem. Surge uma forte amizade. Febvre se torna uma espécie de pai espiritual ou intelectual de Braudel.[17]

No verão de 1939, ele se preparava para começar a redação de *O Mediterrâneo*. Entretanto, estourou a guerra. Braudel, que era oficial da reserva, é convocado e atua na fronteira do Reno, na linha Maginot. Logo caiu prisioneiro da Alemanha nazista. Ficou na prisão por cinco anos, de 1940 até o fim da guerra, primeiro na Mogúncia, até 1942, depois em Lübeck. A prisão dos oficiais não era um campo de concentração. Eles não podiam fazer trabalhos forçados. Braudel se tornou professor de história dos outros prisioneiros. Com boas relações com os carcereiros, conseguiu até alguns livros da biblioteca de Mogúncia. Nessa época, redige algumas obras de memória, que aliás era prodigiosa, entre as quais uma história do Brasil, um artigo sobre Gilberto Freyre e a sua obra principal, *O Mediterrâneo*.

---

[15] Braudel, 1936: 7-9.
[16] Ibid., p. 9-10.
[17] Ver Braudel (1992b:10).

Braudel podia se corresponder com Lucien Febvre em Paris. Isso lhe permitiu enviar o artigo sobre Freyre, que foi publicado nos *Annales* em 1943.[18] Essa correspondência possibilitou a Febvre corrigir os capítulos de *O Mediterrâneo* e enviá-los a seu autor. O texto sobre o sociólogo brasileiro é o primeiro artigo de Braudel na revista que, anos depois, ele iria dirigir por muito tempo. Esse artigo revela não só o seu conhecimento sobre Gilberto Freyre, mas também sobre outros autores que são comentados. Braudel estava a par da historiografia brasileira daquele tempo e aponta limites e caminhos possíveis. *Os sertões* de Euclides da Cunha, *Retrato do Brasil* de Paulo Prado, *Dom Portugal* de Afrânio Peixoto são citados. *Raízes do Brasil* de Sérgio Buarque é considerado elegante, pequeno demais talvez, mas com um título evocador. De todos esses ensaístas, Gilberto Freyre é, se não o mais brilhante, o mais rico, o mais lúcido e o mais documentado.[19]

A *História econômica do Brasil* de Roberto Simonsen é um balanço de primeira ordem, arejado, que resume em dois volumes tudo o que é possível saber sobre o estado dessas questões até o presente.[20] Já a *História política do Brasil* de Caio Prado Júnior é luminosa, ainda que parcial. Uma obra de juventude que precisaria ser retomada, ampliada e rebatizada. O título não é bom, pois se trata de uma história social em relação à política. Gilberto Freyre não está só entre os historiadores brasileiros com abordagem social. Há livros muito belos de Pedro Calmon que são o melhor resumo coerente da história brasileira.[21]

Gilberto Freyre é um autêntico aluno de Boas, formado nos métodos realistas e frutuosos da sociologia e da antropologia norte-americanas. Ele tem o senso das grandes paisagens históricas, a arte de situar as massas compactas do passado e o gosto pelos vastos problemas, que ele formula com clareza e tenta resolver sempre com toda a honestidade intelectual. Não se trata de um inventário minucioso, claramente ordenado, com os traços eruditos do rigor. Ao contrário, felizmente estamos diante de um pensamento ousado, vivo, atento aos valores humanos, combativo, que jamais deixa de retornar às suas demonstrações e às suas teses com insistência cerrada, às vezes desordenada, mas freqüentemente irresistível.[22]

---

[18] Ver Braudel (2001:60-84).
[19] Ibid., p. 64.
[20] Ibid., p. 66.
[21] Ibid., p. 68.
[22] Ibid., p. 63.

Gilberto Freyre, sociólogo, autor de *Casa grande & senzala*, é também historiador, muito mais do que ele imagina, e brasileiro, com lucidez e fervor. Ele pertence à inteligência de um país que se busca, uma busca febril de si mesmo, de sua essência, das coordenadas exatas de seu destino.[23] Em meio a tantos problemas diversos e complexos, há uma grande tentação dos historiadores brasileiros de explicar todo o político pelo econômico. Outra tentação é reduzir um passado múltiplo e variado somente ao problema de raças. O primeiro mérito de Freyre é de não aceitar essas simplificações amplamente oferecidas. Difícil tarefa pensar diferentemente dos outros. Formulando os problemas "em termos sociais, em termos de humanidade", ele devolve aos fatos a sua verdade. Onde se diz com freqüência: os governantes, as capitanias, o açúcar, as raças, ele vê os homens, as famílias, os meios sociais, as aristocracias e os povos escravos. O progresso é enorme.[24]

No que concerne a colocar os grandes problemas do passado brasileiro em termos de história social, ninguém foi tão feliz quanto Gilberto Freyre. Ninguém avançou com tanta atenção à realidade quanto ele. Aí está o seu grande mérito.[25] Na arquitetura e nas antigas moradias estão os documentos mais evocadores e mais reveladores do passado, que não foram lidos nem utilizados antes dele. Freyre sabe extrair, como um mágico de sua caixa, mil recordações precisas, mil imagens coloridas e tudo o que há de essencial no passado profundo do Brasil. A velha Recife se torna um livro de história de onde ele extrai riquezas de civilização: tradições, cozinha e uma fineza admirável são amostras da doçura inefável da Europa plantada nos trópicos, num Brasil elegante do Norte.[26]

A vida senhorial e rural penetra nas residências urbanas, os sobrados. A eles Gilberto Freyre teria consagrado o seu melhor livro, que, na opinião de Braudel, é *Sobrados e mocambos*.[27] Outra grande contribuição do sociólogo brasileiro é o vocabulário, onde se projetam luzes decisivas sobre a história de nosso país. Ele lança palavras que se tornaram correntes, carregadas de história, de poesia e de inteligência. Não se pode mais falar do Brasil e da América sem deixar que elas venham aos lábios.[28] A obra de Gilberto Freyre tem também deficiências. No passado brasileiro e mesmo no presente há

---

[23] Ver Braudel (2001: 64).
[24] Ibid., p. 67.
[25] Ibid., p. 68.
[26] Ibid., p. 72.
[27] Ibid., p. 77.
[28] Ibid., p. 84.

uma considerável massa humana flutuante e vagante. Não encontramos em Gilberto Freyre o bandeirante, o tropeiro e o vaqueiro. Ele não se deu conta de quanto a vida sedentária no Brasil foi tocada, ameaçada e atraída pelo movimento; e de quanto essa sociedade tão estável parece fluida aos olhos de um europeu. Gilberto Freyre escolheu o sedentário construtor de casas estáveis, igrejas e cidades. O seu Brasil é apenas uma parte do Brasil real.[29] É pena que ele não tenha estendido suas análises ao terreno sólido da economia. É pena que não tenha se ocupado dos mocambos do Império. Entretanto, o essencial do problema é tratado com maestria.[30]

O passado brasileiro é mais complicado e diversificado que Gilberto Freyre supõe. Mas ele tem preocupações que não são "as nossas", segundo Braudel. "As nossas" provavelmente se referem aos historiadores que, entre outras coisas, sofrem com as omissões de datas e com a despreocupação cronológica. Seria injusto criticá-lo por não ver o passado mais complexo, por criar hierarquias meio rígidas, por admitir exclusividades e, às vezes, por generalizar demais.[31] O Brasil é um país de contrastes fortes, uma família de civilizações diversas para além de suas semelhanças. Sua história é uma história de acordos e divergências. Negligenciando essas histórias conflitantes, Freyre ficou à vontade para generalizar e estender ao país inteiro as cores e os tons de seu próprio Brasil.[32] Seus livros são vivos e originais, um vigoroso estudo do Brasil do Norte, porém pecam ao estender rápido demais os seus argumentos ao país inteiro.[33]

As considerações finais de Braudel tratam do Atlântico e suas conexões, e apontam um campo fecundo da nossa historiografia que foi bastante explorado por seus discípulos. Historiador da Europa, elaborando tese sobre o Mediterrâneo, Braudel pretende ver o passado brasileiro de modo diferente de Gilberto Freyre e dos brasileiros, abordando sua dimensão oceânica, européia e mundial. O Brasil seria antes de tudo uma Europa americana, uma Europa alicerçada no "Mediterrâneo moderno" que é o Atlântico. Este tem uma vida própria mais ou menos animada, participando da história geral e da vida amalgamada das "Europas" que o cercam, sejam elas velhas ou novas. O Brasil é muito mais forjado pela Europa do que a Rússia.[34]

---

[29] Ver Braudel (2001:70-1).
[30] Ibid., p. 79.
[31] Ibid., p. 80-1.
[32] Ibid., p. 82.
[33] Ibid., p. 83.
[34] Ibid., p. 83-4.

Os historiadores brasileiros esquecem bastante esse oceano portador de riquezas, com rotas próximas e grandes transversais, com sua vida animada ao longo dos séculos. Há momentos em que essa vida interoceânica é perturbada e mesmo suspensa. Assim como Henri Pirenne falava do fechamento do Mediterrâneo, pode-se falar do fechamento do Atlântico. Podemos conhecer sua "aceleração" de vida no século XVIII, a conquista do Atlântico Sul pelo navio a vapor, no século seguinte, e o progresso urbano generalizado nos tempos atuais. A vida desse oceano, ora intensa, ora débil, faz o Brasil se colar na imensidão marítima ou recuar em sua profundeza continental, quase se isolando. O grande ritmo do Atlântico não é o único ritmo que afeta o país, mas muitos outros dependem dele.[35]

O Brasil, com suas variações múltiplas e suas oposições profundas e ferozes, recomeça a Europa, essa longa história que vem da Antiguidade clássica. A escassez de homens disponíveis no início da Colônia, as grandes famílias, suas "gentes", seus escravos e suas cidades parecidas com a Tebas de Epaminondas ou a Atenas de Péricles possuem um perfume da Antiguidade. Num mundo desprovido de superestruturas políticas eficazes, o elemento de base se tornou a família. Gilberto Freyre viu na casa grande a matriz da família patriarcal. A recíproca também é verdadeira. Foi a família que construiu a habitação colonial.[36]

Braudel é conhecido por *O Mediterrâneo*, sua obra principal, que é uma espécie de síntese da nova historiografia dos *Annales*. Entretanto, ele também foi um latino-americanista até o início dos anos 1950. Após a guerra, deu aulas sobre a América Latina em Paris, preparando candidatos ao ensino fundamental e médio. Seu conhecimento atualizado, estilo atraente e espírito inovador conquistaram grandes talentos como Marc Ferro, Jean Delumeau, Pierre Chaunu e Frédéric Mauro. Braudel possuía uma enorme biblioteca sobre esse assunto. Ele orientou pesquisas e, em 1948, preparou um número especial de *Annales* sobre a América Latina. Ingressando no Collège de France, em 1950, também deu cursos sobre o tema naquela instituição.

Que podemos dizer sobre as marcas do Brasil na formação intelectual de Braudel? Seu *O Mediterrâneo* está dividido em três partes que correspondem a três velocidades dos movimentos históricos. A primeira parte é a da história lenta, quase imóvel, dos espaços e das permanências milenares. São permanências tão longas e mudanças tão lentas que lembram a geografia física.

---

[35] Ver Braudel (2001:84).
[36] Ibid.

É o tempo geográfico. Aí se encontra o que ele chamou depois de "longa duração". A segunda parte é a da história dos grupos sociais e das economias, história menos lenta, do tempo social. A terceira parte, por fim, é a da história dos eventos: superficial, rápida, "nervosa" e sedutora. É o tempo individual. O Mediterrâneo do tempo de Filipe II é decomposto e analisado nessas três escalas.[37] Evidentemente, essa divisão só existe na mente do historiador. Na realidade, tudo está junto, tudo é simultâneo e articulado. Essa divisão, todavia, permite uma compreensão muito maior e mais aprofundada.

A divisão de O Mediterrâneo em três partes foi concebida por Braudel na prisão nazista. Entretanto, a percepção das permanências que fundamentam a história lenta, a compreensão de sociedades capazes de preservar uma identidade bem específica em meio a mudanças de grande porte, e a visão da transitoriedade e da relatividade dos eventos já estavam na mente de Braudel no tempo em que ele viveu no Brasil. O tempo geográfico, o tempo social e o tempo individual são categorias que tiveram sua gestação aqui, ainda que não só aqui.

O Brasil e a América Latina foram objeto de estudo de Braudel por quase duas décadas: do ano em que ele aqui chegou até os primeiros cursos no Collège de France. A partir de 1952, ele se engaja numa história mundial da vida material e do capitalismo, respondendo a um convite de Lucien Febvre. Essa história o ocuparia por quase três décadas, até que fosse concluída numa obra em três volumes. O Brasil e a América Latina cedem lugar a um novo foco de interesse que direciona sua pesquisa e o tema de seus cursos no Collège de France e na Escola de Altos Estudos. A história do Brasil escrita na prisão nazista continuou como mero rascunho; não foi retomada nem publicada.

As marcas do Brasil, porém, ficaram. Civilização material[38] é uma busca das permanências e da história lenta nas diversas manifestações da vida material: modos de vestir, morar e se alimentar, cidades, construções, transportes, comunicações, instrumentos diversos etc. Como não recordar a ousadia de Gilberto Freyre enxergando nas antigas moradias os documentos mais evocadores e mais reveladores do passado? A cidade como um livro de história e a busca do essencial no passado profundo são lições que o historiador francês encontrou no sociólogo pernambucano nos anos 1930.

O "espetáculo de história" que Braudel presenciou no Brasil e o seu conseqüente amadurecimento como historiador não são lisonja, nem saudosis-

---

[37] Ver Braudel (1984).

[38] Publicada inicialmente em 1967 como Civilização material e capitalismo e depois em 1979 como primeiro volume de Civilização material, economia e capitalismo, séculos XV-XVIII.

mo, nem idealização do passado. Sua vinda foi de fato um desenraizamento enriquecedor, de quem com espírito aberto encontra um mundo diferente e uma outra mentalidade. Lucien Febvre não hesitou em constatar que seu filho espiritual se transformou muito mais com o Brasil do que com o Mediterrâneo.[39]

Bibliografia

BRAUDEL, Fernand. Conceito de país novo. *Filosofia, Ciências e Letras*, 1(2):3-10, ago. 1936.

____. *O Mediterrâneo e o mundo mediterrânico na época de Filipe II*. São Paulo: Martins Fontes, 1984. 2v.

____. *Escritos sobre a história*. São Paulo: Perspectiva, 1992a.

____. *Reflexões sobre a história*. São Paulo: Martins Fontes, 1992b.

____. *Civilização material, economia e capitalismo, séculos XV-XVIII*. São Paulo: Martins Fontes, 1995.

____. À travers un continent d'histoire: L'Amerique Latine à propôs de l'oeuvre de Gilberto Freyre. In: *Les écrits de Fernand Braudel III. L'histoire au quotidien*. Paris: Fallois, 2001. p. 60-84.

BRAUDEL, Paule. Origines intellectuelles de Fernand Braudel. *Annales ESC*, 1:241, 1992

DAIX, P. *Fernand Braudel: uma biografia*. Rio de Janeiro: Record, 1999.

UNE LEÇON d'histoire de Fernand Braudel. Châteauvallon/octobre 1985. Paris: Arthaud, 1986.

MAUGÜÉ, J. *Les dents agacées*. Paris: Buchet Chastel, 1982.

---

[39] Entrevista a Reali Júnior (*Jornal da Tarde*, 28-1-1984).

Outros Livros de Interesse
(Títulos já publicados)

Comunidade e democracia: a experiência da Itália moderna (3ª edição)
Robert D. Putnam
260p.

Para entender a política brasileira
Marcelo Douglas de Figueiredo Torres
220p.

As identidades do Brasil: de Varnhagen a FHC (5ª edição)
José Carlos Reis
280p.

Para ler os clássicos do pensamento político
Marcos Antônio Lopes
104p.

Mídia e política no Brasil — jornalismo e ficção
Alzira Alves de Abreu, Fernando Lattman-Weltman, Mônica Almeida Kornis
184p.

Polícia no Rio de Janeiro: repressão e resistência numa cidade do século XIX
Thomas H. Holloway
344p.

O problema da consciência histórica
Hans-Georg Gadamer, Pierre Fruchon (orgs.)
72p.

Os livros podem ser encontrados nas livrarias ou diretamente na Editora FGV.
Tels.: 0800-21-7777 e 0-XX-21-2559-5543 — Fax: 0-XX-21-2559-5532
e-mail: editora@fgv.br — web site: www.editora.fgv.br